殺戮ガール

七尾与史

宝島社

殺戮ガール

主な登場人物

奈良橋桔平 —— 警視庁捜査一課刑事
香山潤平 —— 警視庁捜査一課刑事。桔平の相棒
佐山義弘 —— 捜査一課殺人犯捜査第五係・係長。桔平の上司
今川美咲 —— 桔平の姪。観光バスごと失踪する
今川美由紀 —— 桔平の姉であり、美咲の母親
小田原重三 —— 作家。『スペクター』の著者
遠山研二 —— 風見社の編集者
平嶺さゆみ —— 遠山の恋人
間宮晴敏 —— 私立探偵
大山茜 —— 東京在住の謎の女
小峰サエコ —— 名古屋・古着屋レトロストアの元店員
藤原弘道 —— 名古屋のお笑い劇団『貧乏鯨』の創立メンバー
新巻博史 —— カセットコンロ爆発事故で弟と甥を失う
新巻辰巳 —— 博史の弟
新巻優子 —— 辰巳の嫁。旧姓・別所
新巻拓也 —— 辰巳と優子の一人息子
沢村健太 —— 宅配ピザ「ポモドーロ」に勤務するフリーター
神崎花美 —— ピザの注文客
相川敏夫 —— 失踪したバスの運転手
相川美優 —— 敏夫の一人娘
板東絵理 —— お笑い芸人。ツッコミ担当
三越光代 —— お笑い芸人。ボケ担当

【プロローグ】

二〇〇〇年九月二十九日。

今川美咲《いまがわみさき》は窓の外を眺めていた。九月も終わりともなると厳しかった真夏の暑さは少しだけ遠のいたような気がする。バスは山道を走っていた。道の両側は山林に囲まれ、木々の幹が壁となり入り組むようにして伸びた枝と葉が天井を形成している。枝と葉の隙間から漏れてくる陽光が路面にまだら模様の陰影を描いていた。美咲は窓をそっと開けてみる。自然がそのまま残った山地独特の清々《すがすが》しい空気が彼女の胸を満たす。

「ああ、気持ちいい」

今日は清遠《せいえん》女子高校二年生の遠足日だ。清遠女子高は各学年三十人のクラスが三つある。美咲は二年一組。担任は倉島陽子《くらしまようこ》先生。二十五歳だが、美咲から見てもどこか幼さというかあどけなさが残っている。だから他のクラスの中年教師とくらべても頼りない分、かわりに親近感がある。勉強や部活動の悩みだけでなく、恋の相談もできる。一人っ子の美咲にとって倉島先生はお姉さん的な存在でもあった。

しばらく窓の外を眺めていると、鉄骨や岩石などを満載したトラックを数多く見かけるようになる。中には重機を積んだトレーラーも走っている。美しい自然の風景にはどうにもなじまない。

やがて「ホテル建設反対！」の立て札が何本も目に入るようになる。

なるほど、そういうことか。

何台ものショベルカーが木々をえぐり取りながら山の斜面を削っている。それらが掘り出した土砂で荷台をいっぱいにしたトラックが工事現場を走り回っている。

「何よ、あれ」

美咲は憤りを覚えた。あれでは大自然が台無しだ。心なしか空気も淀《よど》んでいるように感じる。大人たちはまた金儲《もう》けのために貴重な自然を破壊しようとしている。一度壊した自然は元には戻らない。無機質なコンクリートやアスファルトは空気や川を汚し、緑を蝕《むしば》み、そこで生きている動物や昆虫たちを殺していく。どうしてそんなことができるのだろう。

後部席が騒がしい。美咲は舌打ちをして一瞬だけ後ろを見た。麻美《あさみ》や真弓《まゆみ》らクラスでも目立つグループが大声ではしゃいでいる。美咲はクラスメートの一部からイジメを受けていた。それが人より整ったルックスにあるのは分かっている。イジメの首謀者たちは自分たちが持たないものを生まれつき備えている美咲に嫉妬しているのだ。鞄《かばん》を隠したり教科書を破いたり、本当につまらない連中だ。彼女たちはバスの後部席を陣取って本当に付き合っているのかどうかも怪しい男たちの恋話で盛り上がっている。

「ねえ、智美《ともみ》」

美咲は気を取り直して隣に座っている智美に声をかけた。彼女は小学校時代からの親友だ。

「どうしたの？　なんか暗いよ」

普段は明るく朗らかな智美が表情を曇らせている。

「もしかしてアノ日？」

「バカ。違うよ。なんだか妙に胸騒ぎがするだけ」

智美が美咲のおでこを軽くはたきながら答える。

「マジ？　勘弁してよ。あんたの嫌な予感って結構当たるんだから」

「でも、こんな激しい胸騒ぎは阪神・淡路大震災のとき以来だよ」

「はいはい、終わり終わり。せっかくの遠足なんだからさ。楽しく行こうよ」

美咲は手を叩《たた》いて沈痛なムードを変えようとする。大人たちの自然破壊でただでさえ白《しら》けているのに智美までこうでは気が滅入ってしまう。そんな美咲の思いを汲《く》み取ってか智美が弱々しく微笑《ほほえ》んだ。

「辛島《からしま》ミサ、一発芸しまーすっ！」

突然、クラスメートの一人が手を上げながら座席の前に立った。

「あらあら、カラシのやつ。学級会でのリベンジのつもりみたいよ」

先日の学級会は各班から選ばれた代表一名が、自分の得意な一芸を披露するというイベントだった。それは歌や踊りやマジックと実に多彩だった。美咲と同じ班だった辛島ミサは一人コントをクラス全員の前で披露した。もともとひょうきんな性格で普段からみんなを笑わせている。しかしその日のコントは完全に滑ってしまい、クラスメートたちから失笑を買ってしまった。だから彼女はこの場で名誉挽回するつもりらしい。

しかし今日の彼女も芸が冴《さ》えないようだ。いくつかネタを披露するも、車内は白けていく一方だった。やがて後部席の麻美や真弓たちから「引っ込めコール」がわき上がる。カラシはがっくりと肩を落として自分の席に戻っていった。麻美たちがハイタッチをしている。彼女たちも相変わらず意地悪だ。

「カラシも最近はスランプだね。前はもうちょっと笑えたのに」

「まあ、これも遠足の醍醐味《だいごみ》ってやつね」

カラシのことは気の毒に思ったが、美咲は智美と顔を合わせて笑った。おかげで智美に明るさが戻ってきたようだ。そういう意味でカラシの芸は決して無駄ではない。

「ところでシドニーオリンピック見た？」

美咲は今一番旬の話題を振った。

「うん。うちの両親もテレビの前に釘付《くぎづ》けだから」

「すごいよね、高橋尚子《たかはしなおこ》選手。あたし感動しちゃったよ」

二〇〇〇年はシドニーオリンピックの年である。五日前の女子マラソンで高橋尚子選手が金メダルを取った。中盤あたりからルーマニアのリディア・シモン選手とデッドヒートをくり広げて競り勝ち、かけていたサングラスを沿道に投げ捨ててラストスパートをかけた。あのゴールした後の笑顔はとても美しかった。

「あたしも高橋選手みたいにいつか夢を叶《かな》えたいよ」

「美咲の夢ってなんなの？」

「ええと、刑事かな」

「刑事？」

智美が目を丸くする。

「うん。あたしの叔父さんがそうなの。正義の味方って感じでかっこいいんだ。それでとても優しいの」

「美咲ってもしかして叔父様コンプレックス？」

「そんなんじゃないよ！」

二人は顔を見合わせて笑った。

「だったら美咲に何が起こっても叔父様刑事が助けてくれるってわけね」

「うん。絶対に助けてくれるね」

美咲は父親がいない。だから母親が女手一つで彼女を育てた。桔平《きっぺい》叔父さんは母親の弟である。年齢は三十四歳。母と十離れている。そんな彼は自身の姉である美咲の母を何かとサポートしてくれた。美咲は叔父さんに昔からなついていた。事件を解決した話を聞くたびにまるで自分が犯人を逮捕したような気分になっていた。

「いいなあ、刑事の叔父さんなんて。あたしの叔父さんなんて普通のサラリーマンばかりだよ。ホントにつまんない」

智美が背伸びをしながら口を尖《とが》らせる。とりあえず嫌な胸騒ぎのことは忘れたようだ。

そのときだった。

車内が大きく揺れた。遠心力で身体《からだ》が窓側に押し出される。車内からは生徒たちの小さな悲鳴が上がった。

「いったいなんなのよ？」

美咲は身を乗り出して運転席の方を眺めた。どうやらバスはいきなり曲がって脇道に入り込んだらしい。なんとかバスが通れるようなあぜ道を走っている。道の両側は密度の高い山林に囲まれている。木々の枝が車体や窓ガラスをかする音がした。バスはさらにスピードを上げたようだ。舗装されてない道なので車体は乗客もろとも何度もバウンドする。そのたびにクラスメートたちは悲鳴を上げた。

「ちょっと、運転手さん、どこに向かっているんですか？」

最前席に座っていた倉島先生が運転手に声をかけるが、彼はハンドルにしがみついたまま何も答えようとしない。先生の問いかけを無視してひたすら運転に集中している。そういえばあの運転手は最初から変だった。体調不良なのか顔色が悪かったし、思い詰めたような表情をしていた。

異変を察知して車内ではざわつきが広がった。後部席からはもうあの耳障りな笑い声は聞こえてこない。そうしている間にも車体は大きく揺れて美咲の身体を突き上げようとする。まるで乱気流に突っ込んだ飛行機に乗っているような気分だった。

「運転手さん！　バスを止めてくださいっ！」

倉島先生は最前席近くのポールにしがみつきながら運転手に怒鳴った。しかし運転手は相変わらず無視を決め込んでいる。

しびれを切らした先生はバッグからケータイ電話を取り出すと画面を開いた。しかし悔しそうに顔を歪《ゆが》めると、電話をバッグに投げ戻した。美咲にはすぐに察しがついた。ここは通信圏外なのだ。

バスはさらに速度を上げた。その反動に倉島先生が突き飛ばされた。彼女は「きゃっ！」と悲鳴を上げるとスカートをめくり上げながら通路に転がった。周囲の生徒たちが手をさしのべようとするが、振動がひどくてそれもままならない。バスは明らかに暴走していた。運転手は必死といった様子でハンドルにしがみついたままだ。彼の後ろ姿になにか強い覚悟めいた意志を感じた。

「ねえ、智美。いったいどうなってんのよ？」

美咲は隣で凍りついている彼女に声をかけた。

「だから言ったじゃん。胸騒ぎがするって！」

智美が顔を大きく引きつらせる。

美咲は組み合わせた手を額に押し当てながら念じた。
「叔父さん、助けて」

【奈良橋桔平（一）】

奈良橋《ならはし》桔平は墓石の前に新聞記事の切り抜きを置いて手を合わせた。墓石には今川美由紀《みゆき》、美咲と二人の名前が刻まれている。美由紀は桔平の十歳年上の実姉だ。両親は既に他界していたので、桔平にとって唯一の肉親だった。人に対して思いやりの深い、優しい姉だった。そんな彼女の人生が狂い始めたのは今から十年前、ワイドショーを騒がせた女子高団体バス失踪事件だ。なんとバス運転手と若い女性担任教師を含めて一クラス三十人の生徒たちが、遠足の途中でバスごと蒸発してしまうというミステリー小説を地でいくような事件だった。
そのクラスメートの中に美咲がいた。今川美咲。美由紀の愛娘《まなむすめ》であり、桔平にとっても愛すべき姪だ。当時、美由紀は四十四歳。今現在の桔平と同じ年齢だ。美咲が生きていれば二十七歳。もう結婚して子供がいたかもしれない。しかし彼女の時間は十七歳で止まったままだ。

目を閉じると十年前のことが鮮やかによみがえってくる。

＊＊＊＊＊＊＊＊＊

始まりは美由紀からの電話だった。忘れもしない二〇〇〇年九月二十九日の金曜日、午後十時半のことだ。その日は非番で、桔平はテレビでシドニーオリンピックの特集番組を見ていたところだった。世間は高橋尚子選手の金メダルにわき上がっていた。

「きっちゃん、ど、どうしよう。美咲たちが……消えちゃったの」

姉は完全にうろたえていた。受話器から漏れてくる息が荒く震えている。しかし彼女の言っている意味がすぐにはつかめなかった。

「美咲『たち』？　消えた？　姉ちゃん、いったい何があったんだよ」

パニック状態になっているせいか美由紀の説明は要領を得ず、内容を把握できるまでに時間がかかった。

「つまり遠足に向かった美咲たちがバスごと消えてしまったっていうこと？」

姉は受話器の向こうで泣き出してしまったので桔平は彼女の自宅マンションに向かった。リビングに入ると美由紀がソファの上で顔を両手で押さえながらうずくまっていた。タンスの上には癌《がん》で亡くなった夫の遺影が飾られていた。彼が逝《い》ったのは美咲が生まれてまもなくだった。弱り切った身体で娘の身体を抱きすくめると役目を終えたかのように息を引き取った。それから美由紀は女手ひとつで娘を育ててきたのだ。

「ついさっきまで高校の体育館で父兄集会があったの」

失踪した二年一組の生徒たちの父兄が集められて、校長が現在の状況を説明した。しかしその中にめぼしい情報はなく父兄たちの苛立《いらだ》ちは募る一方だった。体育館の中では壇上の校長に向けて怒号が飛び交ったらしい。

この日、清遠女子高校の二年生はバス遠足で朝九時に学校の校庭を出発して、岩大《いわだい》良《ら》高原を目指していた。この高校は各学年三クラスずつあって、今回の遠足の目的地はクラスによって違っていた。行き先はそれぞれのクラスで決めるという趣向だったようだ。バスガイドをつけず、その役割をクラスメートたちが交代で担当するというものだった。

美咲たちのクラスの二年一組は西冠山《にしかむり》にある岩大良高原というわけである。安全のため各クラスの担任は二時間ごとに教頭に定時連絡を入れることになっていた。二年一組の担任は倉島陽子という二十代の女性で、彼女も二時間おきに教頭に連絡を入れて現在地と生徒たちの状況を報告していた。最後に連絡が入ったのが午後二時。しかしそこから連絡が途絶えてしまったというわけだ。教頭が何度も彼女のケータイに連絡を入れたが《電源が入っていないか、電波の届かないところにいます》というメッセージが流れるだけだった。かりにバッテリーが切れたり故障したとしても公衆電話を使うなりして必ず何らかの方法で連絡をしてくるはずだ。さらにこの学校ではケータイの持ち込みは禁止されているが、父兄たちの話によれば何かあったときのために携行している生徒が数名いるという。それが二時を最後にこの時間まで誰からも連絡がない。

「きっとバスの故障か何かでどこかに留まっているんだよ」

「だったら連絡のひとつくらいはあるはずじゃない」

「山の中だから通信圏外なのさ。大丈夫、みんな元気にしてるよ」

枯平は姉の肩に優しく手を置いた。しかし、それがあまりに楽観的な憶測であることは分かっていた。時計を見るともう夜の十一時を回っている。いくら山中で立ち往生したとはいえ、まったく連絡手段が確保できないとは考えにくい。車道を歩いていれば通りかかる車両だってあるだろうから、彼らに助けを求めることだってできるはずだ。それがないということは、転落や衝突や落石など致命的な事故に巻き込まれたと考えるのが自然だろう。

美由紀は肩を震わせていた。彼女もそれとなく最悪の事態を予感しているのだ。桔平は美咲のことを思い浮かべた。母親に似て目鼻立ちの整った美しい少女だった。それが一部のクラスメートの嫉妬を買ってイジメを受けていると美由紀から聞いたことがある。しかし美咲は「あたしは大丈夫。全然平気だから」と笑った。昔から気丈で我慢強い子供だった。それは女手ひとつで娘を育ててきた母親を見ているからだろう。そして母親を必要以上に心配させまいと気遣っているのだ。美咲はそういう子だった。

「ねえ、きっちゃん。警察の方にきっちゃんからもしっかり捜索するように言ってやってよぉ」

「ああ、分かったよ」

十年前の桔平は警視庁室町《むろまち》署に勤務する刑事だった。失跡したバスの運転手の自宅が室町署管内だったので、一人で留守番をしていた彼の幼い娘を桔平が保護した。しかし今回の失踪事件の管轄はK県警である。大学時代の同期がいるから彼に連絡を取ろうか。しかしその彼も、どの程度捜索に関与しているか分からない。

結局、翌日になっても彼女たちからの連絡は入ってこなかった。この失踪にはマスコミも注目した。観光バスごと三十人もの女子高生が消えたのだ。さっそく朝のワイドショーはトップニュースとして扱った。学校や警察から情報が与えられないので、皮肉にもこのワイドショーが美由紀にとって貴重な情報源となった。

警察は彼女たちが失踪したと思われる西冠山を捜索した。事件当日の夜からは三日間ほど豪雨が続き、捜索は難航した。タイヤの痕跡が激しい雨によって洗い流されてしまったためバスの正確な行路を特定することが困難となった。

当初、バスは崖から転落したと考えられており、その方面を集中的に捜索したが彼女たちの荷物ひとつ、バスの破片ひとつ発見されなかった。

何かしらのトラブルに見舞われたとしても運転手や担任、生徒たちを含めて何人かはケータイ電話を所持していたはずだ。しかし十年前当時、西冠山のほぼ全領域は通信圏外だった。山の中腹からでも十五キロほど歩けば微弱ながらも通信圏内に入る。彼女たちの中に心身ともに無事な人間が一人でもいれば、そこまで歩けば連絡が取れるし、ふつうはそうするだろう。付近を通りかかる車両も一台や二台ではないはずだ。

しかしそれがなされなかったということは全員が同時に危機的な状況に陥ってしまっていたと考えられる。それなのに崖底に転落したり、岩壁や対向車などに衝突したという形跡もない。三十人もの女子高生と担任教師、さらには運転手までもがバスもろとも文字通り跡形もなく消え去ってしまったのだ。この事件は多くの人たちの好奇心を刺激した。

学校には連日マスコミが押しかけるようになった。校長や教頭は何度も記者会見を開き、記者たちから安全管理が杜撰《ずさん》だったのではないかと責任追及された。そして節操のないマスコミの連中は子供たちの父兄の家にまでインタビューを取ろうと押しかけるようになった。姉のマンションも連日、インターフォンが鳴った。

それから三日たち、一週間が過ぎた。広範囲にわたっていくつかの崖ポイントが捜索された。しかし手がかりが見つからない。消えたのは三十人を乗せた観光バスだ。財布や腕時計のような小物ではない。これだけ捜索して残骸一つ見つからないというのも考えられない。

大がかりなバスジャックという線も上がった。しかしそれだとバスの目撃情報が一つも出ないというのも腑《ふ》に落ちない。仮にそうだったとして犯人はバスをどこに運んだのか。三十人ものクラスメートをどこに隠したというのか。

そのうち「某国の拉致だ」だの「UFOの仕業だ」だのと言い出すコメンテーターまで出てきた。あるバラエティ番組ではFBI捜査に協力しているというヨーロッパ人の超能力者を連れてきて透視をさせていた。もちろんそんなものはなんの手がかりにもならなかった。

やがて十日が過ぎて美由紀の精神状態も不安定になってきた。ほとんど寝てないようで顔色は優れず瞼《まぶた》の下には大きな隈《くま》を作っていた。髪の毛は艶が失われ、手入れが行き届かずスタイルも崩していた。食事もきちんと摂《と》っていないのか頬がこけて、そのおかげで一気に十歳以上老け込んで見えた。

それから彼女は毎日のように西冠山に向かって単身で捜索を始めた。そんな姉が心配だったので桔平は非番の日はなるべく彼女に付き添うようにした。朝早くから暗くなるまで、美由紀は何かに取り憑《つ》かれたように美咲の姿を求めた。危険を顧みず崖を降りたり、逆に登ったりする。薄気味悪い洞窟の中にも吸い込まれるようにして入っていった。

しかし美咲の行方は杳《よう》として知れなかった。崖や川や森林などめぼしいポイントは大方捜索し尽くされた感がある。なのに彼女たちにつながる手がかりは何一つ出てこなかった。さらに目撃者もない。それらしいバスとすれ違ったという証言は複数出ているが、いずれも失踪の真相には結びつかない。

一ヶ月がたち、三ヶ月がたち、半年が過ぎた。

警察の捜索は続けられたが日ごとにその熱は薄まっていった。次から次へと新しい事件が起こり、警察は失踪事件だけに人手を割くわけにはいかなかった。それはマスコミも同じだ。当初はあれほど過熱していた報道だが、冷めるのも早かった。めぼしい情報も得られないのでネタが尽きるのに時間がかからない。それでも最初の一ヶ月は視点や切り込みを変えたりして平成最大のミステリー事件として視聴者を煽《あお》っていたが、それ以降は同じネタの使い回しでマンネリ化していく。

それに伴って人々の関心も薄れていった。芸能人の熱愛が発覚すれば彼らの興味はすぐにそちらに向いてしまう。ワイドショーや週刊誌でも扱われることがほとんどなくなった。

しかし美由紀は諦めなかった。彼女は生活のすべてを娘の捜索に注いだ。怪しげな占い師や霊媒師にもすがった。相当な金額をつぎ込んだが、もちろん思わしい結果などついてくるはずもない。ついには西冠山近くに移り住み、寝る間も惜しみながら舐《な》め尽くすように山を捜索した。

その時の姉は完全に人が変わっていた。頬はこけ肌はかさつき、窪《くぼ》んだ眼窩《がんか》から覗《のぞ》く眼球はぎらついた光を放っていた。

「姉ちゃん、もう東京に帰ろう。あとは警察に任せようよ」

しかし美由紀は首を横に振った。

「きっちゃん。わたしはあの子の母親よ。あの子がこの山のどこかにいるのが分かるの。感じるのよ。あの子は泣いているわ。『お母さん、助けて』って。この山に来てからその声を何度も聞いたの。わたしは絶対にあの子を捜し出す」

「姉ちゃん。はっきり言うよ。もう美咲は生きていないと思う。おそらくどこかの崖からバスごと転落した。何かの巡り合わせでたまたま見つからないだけなんだ」

「違うわ。あの子は殺されたのよ」

美由紀の眼光がさらに鋭さを増す。どちらにしても彼女は娘の死亡を想定していたのだ。必ずしも希望にすがっていたというわけではなかった。しかし彼女が口にしたのは意外な見解だった。

「殺された？」

「うん。この山に来てからあの子の気配と一緒に何か背筋を這《は》ってくるような邪気を感じるの。美咲は、二年一組の生徒たちはそいつに殺されたのよぉ！」

髪を振り乱し、ぎらついた目で虚空を見つめながらそんなことを口にする姉はまるで幽鬼のように見えた。しかしその表情には邪悪なるモノに対する強い確信が窺《うかが》える。

「わたしはそいつを許さない。美咲と一緒にそいつも必ず見つけ出す。そして……殺してやるの」

美由紀の瞳の色が変わった。そこに狂気はなかった。混じり気なしの純粋な憎悪。やはり彼女は変わったのだ。これが理不尽に子供を奪われた母親の行き着く姿なのだ。

もう昔のような心優しい姉ではない。桔平は思わず彼女を力強く抱きしめた。姉をこんな風に抱くのは生まれて初めてかもしれない。彼女の体は見た目よりも細かった。脆《もろ》くて儚《はかな》くて、これ以上力を入れると折れて壊れそうだった。なのに発熱しているように熱い。

「言ってることがよく分からないよ。誰が美咲たちを殺すんだよ。なんのために殺すんだよ」

「きっちゃんに言っても分からないわ。わたしには感じるの。邪悪だから殺すのよ。邪悪であるために殺すんだよ」

桔平は何も言えなかった。

妄想だ。妄想に違いない。娘を失った絶望的な悲しみと苦しみが彼女の中に仮想敵を生み出した。それは邪悪なモノであり、彼女はそれに憎悪をぶつけることを生きる拠《よ》り所としている。そうでもないとやっていけない。愛娘を失うということはそういうことなのだ。ただの事故なら神を呪うしかない。しかし彼女はそんな不毛なはけ口を受け入れることができなかった。復讐《ふくしゅう》が彼女の、娘不在の今後を生きていくための原動力なのだ。

しかしこの日が、桔平にとって姉の生きている姿を見る最後の日になった。それから一週間後、美由紀の遺体が崖下から見つかった。春先のまだ冷たい雨の降る日だった。彼女は足を滑らせて落下したそうだ。

＊＊＊＊＊＊＊＊

あたりは霧雨で煙っていた。九月も終わりだというのに蒸し暑さが残っている。それでも真夏のような暑さではない。

「姉ちゃん。美咲たちが見つかったよ」

桔平は墓前に手を合わせながらつぶやいた。美咲を乗せたバスが、バスごと失踪してから十年。平成最大のミステリー事件として語り継がれてきた失踪事件が奇《く》しくも十年後の同じ日に謎解きの一端が見えた。

観光バスが西冠山の中腹にある産廃処理場近くの土中から掘り出されたのだ。発見は偶然だった。その産廃処理場が容量オーバーになり施設拡張のための工事が施された。処理のための穴を掘り起こしていたら土中から観光バスが出てきたというわけである。それだけではない。バスと一緒に大量の白骨も掘り起こされた。

バスが落ちた穴は、一度落ちると這い上がってくるには困難であろうと考えられる深さがあった。白骨のうちのいくつかはバスの外で見つかっている。バスが穴に落ちてから外に出たのだ。穴からの脱出も当然試みただろう。しかしそれがなされなかったということは何者かがすぐに穴を埋めたということになる。しかしこれだけの穴を掘って埋めるとなるとそれなりの重機が必要だ。人間の手作業だけでできるものではない。

服の隙間から入り込んだ冷気が背中を這い上がってくるような怖気《おぞけ》を感じた。美咲は殺された。美由紀の言うとおりだった。それもこんな大がかりな方法で。明らかな殺意と悪意を持って担任や運転手を含めたクラス全員の命を奪った。

犯行は計画的だったに違いない。それも綿密に練られたものだと思われる。バスを埋めるほどの穴だ。それなりの準備が必要とされるだろう。その選定場所も絶妙といえる。一般道路から脇道に入ってしばらく進めばちょっとした広場になっている。ふだんから人通りもほとんどなく、山林に囲まれているので処理場からも見届けることができない。つまり人目に触れずに作業をすることができる。

そして当時は現場からそう離れていないところで大規模なホテル建設の工事が繰り広げられていた。トラックやショベルカーといった大型重機の出入りは頻繁だったはずだ。バスを埋める穴を掘るための重機がまぎれ込んでいたとしても誰も不自然に思わない。さらに現場はケータイの通信圏外だ。教師や生徒や運転手たちが救助を求めようにも連絡の取りようがない。それも計算のうちだったのだろう。天候もしかりだ。事件当日の夜から三日間、現場は土砂降りに見舞われた。タイヤ痕などの手がかりもきれいに洗い流されてしまったのだ。

しかしいったい誰が何のために?

全員の命を狙うのならこんな手の込んだ方法を取らなくても、警察が当初考えていた通り、バスを崖から転落させてしまう方が簡単だ。横から大型トラックなどで崖側に押し出してしまうなどいくらでも方法はある。

他にもいくつかの謎が残る。バスを穴までどうやって誘導したのか。落とし穴の場所は明らかにルートから外れている。遠足のバスが状態の悪いあぜ道を通ってあんな場所に立ち寄るなんて考えられない。失踪者リストの中にはバス運転手も含まれている。彼がわざわざバスを走らせてあの穴に落ちたとでもいうのか。それなら彼は落とし穴の存在を知っていたことになる。だったら何のためにそんなことをしたというのか。いや、バスジャックということも考えられる。バスに乗り込んできた武装した犯人が運転手を脅してバスを穴に転落させる。そして自分だけはあらかじめ用意してあったロープを使って脱出する。それからすぐに土をかぶせる。

それにしても犯人はどうして生き埋めという手段を選んだのか。桔平はそこが一番引っかかった。地中深くに埋めてしまったことでクラスメートたちの存在は世間から完全に消えてしまった。警察もバスが埋められてしまったという発想が出なかった。当然である。誰がそんな荒唐無稽なことを考えようか。事故に遭ったバスが何らの偶発的な事情でたまたま発見できないのだと無理やり解釈していた。

もしかしたら犯人の目的はクラスメートの存在をこの世から消すためにあんな手の込んだことをしたのではないか……。いや、むしろクラスメート全員というのは実はカモフラージュで、あの中の一人の存在を消すためだけに他の連中を巻き添えにしたのでは……。

桔平は突然わき上がってきた考えを振り払った。たった一人のために？　あまりにも突飛すぎる。

——きっちゃんに言っても分からないわ。わたしには感じるの。邪悪だから殺すのよ。邪悪であるために殺すんだよ。

美由紀の言葉が脳裏によみがえる。彼女の言う邪悪なモノ。美咲はそのモノの魔手にかかってしまったというのか。あの子は他人から恨まれるような娘ではない。そもそも二年一組全員と担任教師を殺すほどに憎むなんてことがあるのだろうか。運転手だって含まれているではないか。生徒たちにはそれぞれ個性がある。意地悪な子もいれば心優しい子だっているはずだ。それを十把《じっぱ》一絡《ひとから》げにして殺意の対象にしてしまうなんてあり得ることなのか。

姉の美由紀が西冠山で察知した邪悪なモノの気配。極限まで研ぎ澄まされた彼女の精神はそれを察知していた。

「姉ちゃんの無念は俺が引き継ぐよ。この先、何十年かかろうと美咲をこんなむごい目に遭わせたヤツを見つけ出してやる。約束するよ」

桔平は立ち上がって手のひらを見つめた。爪の痕がくっきりと残っている。無意識のうちに強く握りしめていたらしい。桔平は邪悪なるモノの存在を姉の妄想と決めつけてきた。それも十年間もだ。刑事でありながら悪の気配すら察知できなかったのだ。今年四十四歳になるというのに刑事の勘とやらも身についていない。桔平はふがいない思いを噛《か》みしめて墓地を去った。

＊＊＊＊＊＊＊＊

それから一ヶ月がたち、桔平は朝刊の記事に衝撃を受けた。

『白骨死体、一体不明』――九月二十九日にK県西冠山の産廃処理場近くの土中から発見された観光バスは、十年前に失踪した私立清遠女子高校二年一組一行が乗っていたものと判明した。同場所からは大量の白骨が掘り起こされ、警察は身元の確認を急いでいる。その中で担任教師と運転手の身元は確定されたが、生徒たちの方は年月が経過していることもあって情報が乏しく半分以上は特定できていない状況だという。さらに担任教師と運転手を除いて三十体あるはずの遺体が一人分足りないことが警察への取材で分かった。また土中から大量の鉄パイプも見つかっている。数人の白骨の頭部に陥没した痕も認められることから、何者かがこの鉄パイプで殴りつけたとも考えられる。


生徒の遺体が一人分足りない……。

これはいったい何を意味するのだろう？　そして足りない遺体とは誰なのか？

美咲の身元は歯の治療痕から特定された。かかりつけの歯科医が物持ちのよい人物で当時のカルテやレントゲンを破棄せず保存してあったのだ。しかし新聞記事に書かれている通り、まだかなりの人数の遺体の身元が特定されていない。今後はＤＮＡ鑑定などで特定作業が進められるだろうが時間がかかるそうだ。すべての身元が特定されたとき、足りない一人が誰なのかはっきりする。

その人物の骨だけさらに地中深くにまぎれ込んでしまったのだろうか。もしかして彼女だけ穴から脱出できたのかも……いや、それはあり得ない。それならどうして十年間も姿をくらます必要がある？

——彼女がこの事件の首謀者だから。

桔平はその考えをすぐに引っ込めた。これではミステリー小説だ。だいたい何のためにそんなことをする必要がある？

そして十数本におよぶ鉄パイプと頭部が陥没した一部の白骨。いったい彼女たちに何が起こったというのか。現時点では想像もつかない。

——邪悪だから殺すのよ。邪悪であるために殺すんだよ……。

自問自答する桔平の脳裏に姉の言葉がリフレインした。

【奈良橋桔平（二）】

警視庁室町署に「作家宅放火殺人事件」の捜査本部が置かれたのは、観光バスが西冠山の土中から発見された一週間後だった。その前日の深夜に室町署管轄内の住宅から火の手が上がった。消防が駆けつけたが火の回りが早く、その火炎は隣家にまで及んだ。火の上がった住宅は全焼したが、隣家は側壁を焦がす程度に留まった。

全焼した住宅は二階建てで平成初期に建てられた、さほど広くない安普請《やすぶしん》の木造だった。その持ち主は小田原重三《おだわらじゅうぞう》という作家で、住居と仕事場を併用していた。しかしただの失火ではなかった。火の勢いが激しかったのは家中にガソリンが撒《ま》かれていたからだ。さらに遺体の検死の結果、後頭部に鈍器のようなもので強く殴られた痕が見つかった。小田原の倒れていた近くに真っ黒に焦げた小型ハンマーが落ちていた。何者かがそれで小田原を背後から襲い、動けなくなったところで火を放ったと思われる。

明らかに放火殺人だ。

管轄である室町署の大会議室に帳場が立てられた。奈良橋桔平は五年前まで室町署の所轄刑事として勤務していた。凶悪事件が起これば本庁からスーツ姿の捜査員たちが送り込まれてきた。そのたびに彼らが新大陸に乗り込んでくる征服者のように思えたものだ。しかし桔平も今は征服者側の人間だ。五年前、当時の一課長に引き抜かれて警視庁捜査一課の刑事になった。所轄時代はさほど広くない管轄で起こる事件のみを担当していた。それに凶悪事件が年中起こるわけでもない。仕事の大半は恐喝やケンカによる傷害といった瑣末《さまつ》な案件ばかりだ。対して本庁の一課は強盗や殺人など重大な事件を専門に扱うスペシャリストの集まりだ。それだけに重責のプレッシャーからくるストレスも大きい。

「奈良橋、ちょっといいか」

捜査一課殺人犯捜査第五係の佐山義弘《さやまよしひろ》が現場に向かおうとする桔平を呼んだ。佐山は係長であり桔平の直属の上司である。色白の細面に縁なしのメガネ。前頭部がかなり後退していることもあってさらに貧相に見える。しかし見た目とは裏腹になかなかの熱血漢だ。

彼の隣にはひとりの青年が立っていた。仄《ほの》かに赤みがかったすこし長めの髪を真ん中で分けて横に軽くウェーブさせながら流している。どこか少女っぽさを感じさせる目鼻立ちだが、負けず嫌い特有の挑戦的な視線を向けている。どちらにしても女性受けの良さそうなルックスだ。

「新入りの香山《かやま》巡査長だ。今回、お前とコンビを組んでもらおうと思っている」

佐山が青年を紹介する。身長百七十センチの桔平が少しだけ見上げる程度の背丈だ。香山は桔平を見てわずかに表情を緩めた。端正な顔立ちの中に仄かな可愛らしさが漂っている。女性たちの母性を刺激してしまいそうな表情だ。

「俺でいいんですか？」

桔平は佐山に問い質《ただ》した。通常、捜査本部が立った場合、本庁と所轄の刑事がペアを組んで捜査に当たることになっている。主導権は本庁が握るが、土地勘は所轄刑事にある。

「上がそう判断したんだ。ノウハウをきっちり叩き込んでやれ」

佐山が軽く顎を突き出す。

「新しく配属されました香山潤平《じゅんぺい》です。よろしくお願いします」

香山が背筋を伸ばして敬礼をした。地味ながらに仕立ての良さそうなスーツに、存在をことさらに主張しない水玉模様のネクタイ。特にこのネクタイは恋人ではなく彼の母親が選んだものではないかと思った。全体的に面白味がないが嫌味もない。今どきの若い女性にこういうセレクトはできない気がする。育ちのいいおぼっちゃん特有のマザコン的な空気を感じないでもない。

「まだ若そうだな」

「今年二十八になります」

「そうか……」

四十四歳になった桔平の階級は警部補だ。巡査長である香山の一つ上の階級ということになる。

「桔平に潤平か。『平《ぺい》』つながりだな。まあ、とにかく二人とも頼んだぞ」

佐山は二人の肩を叩くとその場を離れていった。香山は敬礼をしたまま佐山の背後を追って向きを変える。桔平は思わず笑いを漏らした。襟についた警視庁捜査一課を象徴する赤バッジがまだなじんでない。配属されたばかりの初々しさがある。

「とりあえず現場に行くぞ」

桔平は香山を促して外に出る。現場は室町署から徒歩圏内だ。五分も歩けば焼け跡が見える。

「しかし、犯人はどうしてわざわざ被害者宅に火をつけたんでしょうね。頭には殴った痕が残るわけだし、ガソリンなんか使えば放火だってことがバレバレじゃないですか」

先輩である桔平を追い抜かないよう歩速を合わせている香山が声をかける。

「犯人は明らかに殺意を抱いてる。だから当然、気まぐれな放火じゃない。そうなると考えられるのは証拠隠滅だろうな」

「ですね」

香山が相づちを打つ。

「でもガソリンを撒いて火を放ってまで何を隠滅したかったんでしょうね？　ガソリンは殺人現場となった二階書斎だけでなく一階まで撒かれていたそうですよ」

「指紋や抜けた頭髪、汗などの残留体液。それらの可能性を考えての犯行かもしれないな」

「凶器の小型ハンマーが現場に落ちていたんですよ。そこまでする犯人が凶器を残しておくでしょうか」

なるほど。香山の言うことも一理ある。もっとも凶器であろうハンマーからは指紋は検出されなかったそうだ。犯人は手袋をしていたのかもしれない。

「だったらどうして犯人はガソリンまで撒いて放火したと思う？」

「被害者は作家ですよね」

「ああ、そうだ」

小田原重三は十五年ほど前、『死のフラグ』という作品が映画化されベストセラー作家の仲間入りを果たした。その後はヒット作に恵まれなかったが、それでも細々と作品を出し続けていた。その多くは初版打ち切りで、絶版になっている作品も少なくない。ジャンルはミステリー、サスペンスやスリラーなどエンターテインメント一般だ。桔平も読んだことはないが映画化された作品のタイトルくらいは耳にしたことがあった。

「隠滅したかったのは作品じゃないかなって思うんです」

「ほう。それは具体的にはどういうことだ？」

桔平は眼を細めながら問い質した。

「小田原重三は何かを書いたんですよ。それは犯人にとって不都合な内容だった。だから抹消しようと考えた。作品は二つの形で残されています。一つは原稿。そしてもう一つは……」

「作家の頭の中というわけか」

桔平が先読みすると香山は嬉《うれ》しそうに微笑んだ。

「そうです。だからまずは小田原を襲った。検死によると気道が焦げていたそうですから、そのときは生きていたんでしょう。頭を殴られ動きを封じられ火災から逃げられなかった。傷の損傷度合いから犯人は女性じゃないかという見方もあるそうです」

「女か。当てにはならんな。非力な男もいるし、タイミングが合わずにたまたま当たりが弱かっただけということもあり得る」

「まあ、そうですね。これだけで女性が犯人という先入観を持つのは危険でしょう。それはともかく、被害者宅は二階に六畳二間、一階は玄関とバスルームとキッチンと狭めのリビングです。広くない家ですが未婚で一人暮らしの小田原には充分でしょう。大量のガソリンが必要だったとは思いませんが、それでも家中に満遍なく撒かれてます。これはおそらく小田原の原稿を抹消するためじゃないかと思います。しかしその原稿がどこに保管されているのか犯人は知らなかった。かといって悠長に探す時間もない。だから家ごと焼き尽くした」

桔平は「なるほど」と腕を組んだ。それなりの洞察力の持ち主のようだ。

そうこうするうちに火災現場に到着した。もうすでに火は消し止められているが、いまだに焦げ臭さが辺りに漂っている。壁の多くは焼け落ちて真っ黒に煤《すす》けた木の柱と骨組みだけがかろうじて残っている。それらも一回でも蹴飛ばせば崩れてしまいそうだ。両隣の民家の側壁も真っ黒に焦げていた。

ガソリンを撒いたというだけあって内部も完全に焼け落ちていた。ざっと眺めたところ書棚やタンスなどの家具類もなんとか形を留めているに過ぎない。パソコンやワープロといった器機は見当たらない。小田原は今では珍しくなりつつある手書き作家らしい。

特に書棚に収まっていたと思われる書籍や資料は完全に燃え尽きていた。これほどの火の勢いなら原稿などの紙類は残らないだろう。香山の見解には頷《うなず》けるものがある。

それから桔平たちは周辺住民の聞き込みを開始した。小田原は近所との付き合いがほとんどなかったようで、多くは自宅に引きこもって創作活動に励んでいたようだ。それでも顔を合わせれば挨拶をする程度の社交性は備えていたらしい。彼の日常を詳しく知る人間はいなかったが、悪く言う者もなかった。近隣との付き合いは薄いが無害な住民ということで界隈《かいわい》に溶け込んでいたようだ。

その中で一つだけ気になる証言があった。小田原の斜め向かいに住んでいる主婦が自宅の二階から、小田原宅に入っていくスーツ姿の女性を見かけたというのだ。

「それはどんな女性でしたか？」

「お向かいだから後ろ姿しか見えなかったけど、たぶん編集者とか出版関係者だと思うわ。そういうところで働いているようなスーツ姿だったたし」

少しばかりふくよかな体型の中年の女性は、瞳に好奇に満ちた光を灯らせながらも周囲を警戒するように声を潜めた。

「顔は見えなかったんですね？」

「ええ。髪は腰にかかるくらい長かったわね。艶のあるきれいな髪だったわ。身長はどうだろう。女性としては平均よりちょっと高いくらいかしら。あたしと違って細身だったけどね」

女性はふくよかな体を揺らしながら笑った。

「年齢はどうでしょう？」

「まだ若いわね。たぶん二十代半ばから後半、そうじゃなくても三十代前半までだと思う。女性は年齢が髪に出るからね。後ろ姿でも見当がつくものよ」

隣で香山が熱心にメモを取っている。

「他にも何か気になったことはありませんか？　たとえば持ち物なんかで」

「ああ、そうそう。キャリーケースっていうのかしら。少し前まで流行《はや》っていたわよね。車がついていてゴロゴロ引っぱっていくやつよ」

「その女性はそれを引っぱって小田原宅に入っていったというわけですか？」

「そうよ。きっと本とか原稿とかが入っているんだと思ったわ。少し大きめだったし」

「何時くらいですかね？」

「夜の十時半くらいかしら」

「そんな遅い時間ですか？」

「でも、そのくらいの時間に他の編集者らしき人が出入りしてるのを何回か見かけたことがありましたよ」

「そうですか……。それであなたはその女性が小田原先生の家を出てくるところを見ましたか？」

「まさか。あたしは人様の家をずっと観察するほど暇じゃありませんよ。それから居間でテレビドラマを見てましたから」

主婦は心外だと言わんばかりに手のひらを一振りした。二人はこれ以上情報を引き出せないと判断して名刺を置いて辞去した。

「十時半か。火災はそれから二時間後だな」

小田原宅から火の手が上がったのは深夜の十二時半前後だ。

「どう思う？」

「ええ。まずは小田原宅に出入りした編集者を特定する必要がありますね。もっともその女性が本当に編集者かどうか分かりませんが。それにキャリーケースというのが気になります。少し大きいサイズだと言ってますから、中身はガソリンの入ったポリタンクかもしれません。キャリーケースに収まるくらいだから小型のポリタンクなんでしょうけど」

桔平は頷いた。たしかにポリタンクをそのまま持って行けば周囲の人間どころか、小田原本人だって警戒するに違いない。その女が編集者だと身分を偽って小田原宅に入り込む。相手を若い女性と見て油断した小田原の背後を小型ハンマーで襲う。動けなくなったところでガソリンを撒き、火を放つ。女性は現場を、現場から速やかに去る。

「しかしその女性が本当に犯人かどうかは確定されているわけじゃないからなあ」

桔平は頭を掻《か》いた。

＊＊＊＊＊＊＊

それから三日後。

聞き込みを終えて室町署の捜査本部に戻ると佐山係長が近づいてきた。

「ごくろうさん。奈良橋、香山、ちょっといいか」

「なんですか、いったい？」

三人は他の捜査員たちと離れた会議室の隅の方に移動した。

「実は犯人に心当たりがあるかもしれないという女性が来てるんだ」

佐山が声を潜めて言った。

「あるかもしれない？　どういうことです」

「最初は恋人の捜索願を出しに来たそうなんだ。しかし事情を聞いているうちに小田原の話が出てきたというわけさ」

「なるほど、そういうことですか」

桔平は得心した。

「とりあえずお前たちで、その女性から話を聞いてくれんか。下の部屋に待たせてあるから」

「そりゃいいですけど。俺でいいんですか？」

「お前というより、この場合、香山かな。相手は若い女性だ。なかなかの美人だぞ。香山みたいなイケメンがいた方が話も聞き出しやすいだろう」

「なんだ、そんなことですか」

桔平は佐山と二人して香山を見た。彼は顔を赤らめて恐縮している。たしかに若い女性が相手なら彼を同席させた方が場が和むかもしれない。桔平は香山を従えて階下に向かった。

「頼んだぞ、イケメンさん」

桔平は香山の肩をポンと叩く。

「よしてくださいよ。奈良橋さんだって僕から見れば充分に渋い男性ですよ。なんだかんだ言って女性たちからもてるでしょう？」

「まあ、な」

桔平は部屋の前で苦笑する。桔平は独身を通しているが、決して女性と縁のない人生ではない。ただ、結婚で人生を縛るのがつまらないと思うだけだ。女性たちからはそれなりに言い寄られる方だと思うが、今のところ特定の恋人はいない。刑事としてそろそろベテランの域に入るので、捜査の主力として忙殺されてしまう。異性とデートを楽しむ余裕はまったくないのが現状だ。

桔平はノックをして部屋の扉を開けた。内部は六畳ほどの小部屋になっており四人がけのテーブルとスチール製の椅子が窓際に置かれている。そのうちのひとつに若い女性が腰かけていた。年齢は二十五歳ぐらいだろうか。窓から差しこむ陽光が彼女の肌を乳色に光らせ、亜麻色の髪は肩で軽くカールしながら光を反射させてチラチラと輝いている。彼女は大きくつぶらな瞳をこちらに向けて少し不安そうにしていた。

「奈良橋と申します」

桔平は部屋の出入り口で頭を下げて中に入った。香山も軽く自己紹介すると桔平に従う。女性は立ち上がり、

「平嶺《ひらみね》さゆみです」

とお辞儀をした。フリルの付いた白いブラウスの胸元には、恋人からもらったもの

だろうか、金色のネックレスが揺れている。タイトなスカートのおかげで彼女の均整の取れた体型が窺える。ぱっと見、上品で清楚《せいそ》な女性という印象を受けた。

桔平はテーブルを挟んで平嶺と向かい合って着席した。香山は桔平の背後で直立して彼女に柔和な笑みを送っている。平嶺も香山を見ると小さく笑みを返した。

桔平は最初に彼女の詳しいプロフィールを尋ねた。それによると年齢は二十五歳、外資系企業のOLをしているとのことだった。

「お知り合いの方が失踪されたと上司から聞いたのですが」

さっそく用件を切り出す。平嶺は居住まいを正して桔平と向き合った。

「え、ええ。出版社の文芸編集者なんですが……」

平嶺は言葉を切って視線をさまよわせると思い切ったように、

「その人が亡くなった小田原先生の担当をしていたんです」

と告げた。その表情には失踪した恋人を案ずるよりは不審の色が濃く見えた。

「その男性とはお付き合いをされていたんですね？」

「はい。そうです」

平嶺の白い頬に果実のような赤みがほんのりと浮かんだ。

「その編集者の名前を聞かせてもらってもいいですか？」

「遠山研二《とおやまけんじ》です。遠くの山に研究のケン……」

背後では香山がメモを取っている音が聞こえる。

「その遠山さんと今回の放火事件について何か心当たりが？」

「え、ええ……」

平嶺がくっきりとした卵形の顔を縦に振った。

「遠山は編集者なんですけど、本来は作家志望なんです」

「作家志望？　それで出版社に入社したと？」

「ええ。そういう人は案外多いみたいです。実際に編集者から作家に転身した人って少なくないんですよ」

平嶺はそう言いながら数人の作家の名前を挙げた。そのほとんどはさほど読書家でもない桔平でも知っている名前だった。たしかに編集者として有名作家と触れ合っていれば創作センスが磨かれるのかもしれない。

「その彼が今回の事件に関与していると？」

桔平はキャリーケースの女の話を思い出した。その女は関係ないのだろうか。あれから三日たつがその女の素性はいまだつかめてない。今のところ警察がもっとも注目している人物だ。

「彼が小田原重三の原稿を私のアパートで読みながら言ったんです。『小田原先生、死んでくれないかな』って」

「そりゃ、物騒ですね。遠山さんはどうしてそんなことをあなたに言ったんですか？」

「そうしたらその原稿を自分の作品として文学新人賞に出すと。この作品なら間違いなく受賞できるからって」

「それって盗作ですよね？」

「もちろん盗作です！」

平嶺の表情がにわかに険しくなった。

「彼、言うんです。この作品を読んだのは小田原先生本人と自分しかいないと。だから小田原先生が亡くなればこの作品を知るのは自分だけだと」

「文体でばれるでしょう」

「もちろん文体は自分のものに変えるつもりだったんでしょう。ただストーリーはそのまま使い回すというわけです。わたしも小田原先生の生原稿を読ませてもらったんですけど、たしかにグイグイと引き込まれるような作品でした」

「どんなタイトルの作品なんですか？」

「たしか……。ああ、『スペクター』です」

「スペクター？」

聞いたことのある単語だが意味が分からない。

「幽霊とか亡霊とか、恐ろしいものという意味ですよ」

背後で香山が解説を挟む。タイトルからしてホラー小説ということになるのだろうか。

「ホラーというよりどちらかといえばサスペンスやスリラーですね。幽霊や怪物は出てきませんから」

「つまりこういうわけですか。遠山さんという男は小田原重三の原稿を自分のものにするために著者を殺害した、と？」

平嶺は神妙な顔をして「そうかもしれません」と頷いた。

「なにか確証はあるのですか？」

「確証ではないんですけど、あれから遠山とは連絡がまったく取れないのです。彼の入居しているマンションにもいないし、ケータイも通じない。今朝思い切って彼の勤務先にも問い合わせてみました。そうしたら事件の次の日から欠勤してるって」

ということは三日連続ということになる。それにしてもどうしてその情報が聞き込みの段階で上がってこなかったのか?

「欠勤の理由は聞けましたか?」

「ええ。どうやら無断欠勤のようです。遠山は三日間も無断欠勤するほど、そこまでいいかげんな人ではありません」

「実家の方は?」

「もちろん連絡を入れました。だけど実家には戻っていないみたいです」

彼女は遠山の両親に不安と動揺を与えないため詳細は伝えなかったという。

「最初は失踪届を出すだけのつもりだったんですけど……。小田原先生の放火事件をニュースで見て怖くなって。それで警察にお話しすることに決めたんです」

「そうだったんですか……」

平嶺は俯《うつむ》いてテーブルの上を見つめていた。白い頬に涙の滴が伝っている。

桔平は彼女の不安も理解できた。彼女は自分の恋人が私利私欲のために殺人を犯して、逃亡していると疑っているのだ。もし彼が犯人なら小田原の家に火を放ったのも、残っている作品に関するメモや資料や推敲原稿などを抹消するためだろう。後日、それらが出てくれれば盗作が発覚してしまう恐れがある。

しかし分からないこともある。どうして遠山は姿を消してしまったのか。これでは自分が犯人だとアピールしているようなものである。

「あの……、『スペクター』はどのような内容の小説だったんですか？」

突然、香山が平嶺さゆみに声をかけた。彼女は少し驚いたように顔を上げると濡《ぬ》れそぼった頬を手の甲で拭って香山の方に向く。

「一人の女性がいろいろな人たちの人生にかかわっては、その人たちを破滅させていくようなストーリーでした」

「へえ、なんだか面白そうですね」

興味を惹《ひ》かれたのか香山がペンを止めて彼女を見る。

「僕、ミステリー小説が好きでよく読むんですよ。実は小田原重三の作品も何冊か読んだことがあります。小田原のミステリーは結構好きでしたよ。あまりに地味すぎて若い読者層には受けないかもしれないけど、人間ドラマに深味を感じます。新作はサスペンスだったんですね。それにしても遠山さんはいくら恋人とはいえよく原稿を見せる気になったもんですね。盗作を目論《もくろ》んでいるなら普通は読ませないでしょう」

「ええ。実は私も小田原重三のファンなんです。たまたま見つけた小田原先生の原稿を無理言って読ませてもらったんです。あの日は私の誕生日で彼もお酒が入っていて警戒心が緩んでいたんでしょう。面白くてイッキ読みでしたよ。小説に出てくる女性は顔や体型や名前を変えていろいろな人たちの前に現れるんです。そして彼らを陥れていくんですけど、中にはそんな彼女に疑問を持ち素性を突き止めようとする人たちもいるんですね。しかし彼女は自分の正体を暴こうとする者たちの命も奪っていく。そんな話です」

「なるほど。その女が『スペクター』というわけですか。他人を傷つけたり殺したりすることになんらためらいを感じない女。そんな感じがしますね」

「それだけじゃないんです。むしろ面白かったのはその女の持つ異様性ですね。歪んだというか、ねじれたというか。時々、不条理で不可解な行動を見せるんです。被害者を目の前にしてくじ引きで殺し方を決めてみるような。それで『ハズレ』を引いたら逃がしちゃうんですよ」

「何なんでしょうね。残虐なくせに根は無邪気なのかな。そういうヤツが一番危険なんですけどね」

と言って枯平は苦笑する。別に現実の話ではない。あくまで小説の中の出来事なのだ。

「遠山は絶対悪がテーマだって言ってました。生まれ育った生活環境や両親の教育とはまったく関係ない、生まれついての悪。そういう女だって」

平嶺が涙で落ちかかった化粧を気にしながら言った。

「絶対悪ねぇ。そんな人間が存在しますかね。やはり悪というのは環境や経験が形作っていくものだと思うんだけどな」

桔平は彼らの会話に自身の見解を挟んだ。悪は作られるもの。人や環境が悪を生み出す。それが桔平の持論だ。

「いや、存在すると思いますよ。なんら問題のない家庭に育った人間が凶悪犯罪に手を染めてしまう例はいくらでもありますから」

香山が桔平の背後から反論を飛ばす。

「何ら問題がない家庭というのも眉唾もんだ。そんな家庭内の事情なんてものは当事者しか知りようがないからな」

――邪悪だから殺すのよ。邪悪であるために殺すんだよ……。

突然、耳朶《じだ》の奥で姉の言葉が音叉《おんさ》のように響いて広がる。

美咲たちをバスごと生き埋めにした人間。その場面を想像してみる。穴から必死になって這い上がってくる少女たちを突き落としながら、彼女たちに土をかぶせる。土砂に汚されながら命乞いを叫ぶ少女たち。そんな彼女たちを容赦なく生き埋めにしていく。

平成の犯罪史に残る犠牲者三十人以上の大量殺戮《ジェノサイド》……。悪魔だ。どんな環境で育ったらそこまで邪悪になれるのだろう。

桔平は吐き気を飲み込んだ。もし絶対悪なるものが存在するなら、美咲の命を奪った人間こそがそうなのかもしれない。

「とにかく今日はありがとうございました」

桔平は立ち上がると平嶺に礼を言った。そして自分のケータイ番号が記されている名刺を渡す。

「なにか他に気づいたことがあったらこちらに連絡をください」

平嶺は名刺を受け取ると、笑顔を残して部屋を出て行った。打ち明けることで楽になったのか、最初に見せていた沈痛そうな表情は消えていた。

「どう思う?」

「とりあえず遠山から話を聞くしかないでしょうね。盗作するために作家を殺すという動機はちょっと飛躍しすぎていると思いますが、三日間も姿を消しているというのは気になります」

その夜、桔平は捜査員たちの集まる捜査本部会議室で遠山研二のことを詳細に報告した。小娘の思い込みと決めつけたのだろうか、上の連中はさほど関心を表さなかったが、それでも彼らは桔平たちに遠山の行方を洗うよう指図した。

桔平たちはとりあえず遠山の入居しているマンションへ向かった。築二十年以上のワンルームだった。玄関はオートロック式にはなっておらず、管理人も常駐していないのでマンションの玄関をくぐると直接部屋まで向かうことができる。平嶺の言う通り呼び鈴を押しても反応がなかった。念のため隣人にも聞いてみたがここ数日、遠山の姿を見かけないという。新聞受けには数日分の新聞が溜まった状態だし、電気メーターの回転盤の速度もかなり緩やかだ。居留守を使っているとは思えない。

自殺という可能性もないわけではない。香山が不動産屋に連絡を取り事情を説明した。担当者の付き添いのもと部屋の中に入る許可が取れた。

部屋の中は荒れていた。プリントアウトされた原稿は散乱して、本棚や押し入れも物色されたような痕跡がある。

「荒れているけど本人でしょう。玄関もベランダも鍵がかかってますから空巣の仕業とは思えません」

「おい、捜査にそういう安直な先入観は持つな。小さな先入観がたわいもない事件を時には迷宮入りさせてしまうこともあるんだ」

桔平は香山に注意を促したが、彼は上の空で部屋の中を見回している。

「どうした?」

「パソコンが見あたりませんね。プリンタはここにあるのに」

香山は桔平を見上げて肩をすくめた。

「デスクトップじゃなくてノートパソコンだろ。それなら持ち歩いているのさ」

「みたいですね。それにしてもＵＳＢメモリもＣＤロムまで持ち歩いているのかな。記録媒体がひとつもない」

「俺たちみたいな侵入者に中身を覗かれるのが嫌なんだろ。きっと盗作した原稿のテキストデータが入っているんだ。だからそれも持ち歩いているのさ」

「まさか。そこまで用心する必要がありますかね」

それから二人で部屋の中を調べてみた。香山はパソコンを諦めて散乱している原稿に熱心に目を通していた。

「奈良橋さん。部屋の中にある原稿をざっと調べてみたんですが『スペクター』の生原稿が見当たりませんね」

「それも遠山が持ち歩いているんだろ」

「いったい遠山はどこにいるんでしょうね?」

「お前、妙に原稿にこだわるな」

「僕は小田原重三のファンですからね。どんなストーリーなのかちょっと興味あるんです。できたら読んでみたいな」

それから結局、遠山の所在に関するめぼしい手がかりは見つからず彼のマンションをあとにすることにした。


それから三日後。

遠山研二の惨殺死体が見つかった。

＊＊＊＊＊＊＊＊

場所は都内郊外にある閉鎖されたパチンコ店だった。

近くに住む小学生の男の子二人が探検のつもりで建物内部に侵入したとき、ホールの奥に椅子に座っている男性を見つけた。家から持ってきた懐中電灯で照らしてみると、男は両手両足首を針金のようなもので椅子にくくりつけられており、顔面やシャツが凝固した血液でどす黒く染まっていたという。怖くなった少年たちはパチンコ屋を飛び出して、両親に報告したというわけだ。

「酷《むご》いですね」

香山が白手袋をはめた手で口元を押さえ、もう片方の手で虚空を振り払いながら男の死体を眺めていた。腐敗臭がひどくて呼吸もままならない。

遠山の左の手首は椅子の肘当ての部分に針金で固定されている。針金は肉に強く食い込んでおり、その周囲の皮膚には皮下出血の痕がまだらに残されている。十本の指の爪はすべて剝がされており、そのうち何本かの指は可動方向とは逆に垂直に折られている。さらに手足や頰、体、耳などところどころペンチか何かで肉を引きちぎられた痕があり、そこから流れ出した血の塊が床に落ちていた。

桔平と香山が到着したころには鑑識の連中が仕事を始めていた。そのうちの一人がフラッシュつきのカメラで何枚も死体を撮影している。そのたびに腐敗臭で満たされた暗いホールが真っ白に瞬いた。

「直接の死因は頸部《けいぶ》圧迫による窒息死だろうな」

被害者は舌尖《ぜっせん》を唇から突き出し、暗紫褐色の顔を少し俯けた状態で絶命している。頸部には手首や足首を固定しているのと同じ針金がかなり深く食い込んでいる。針金の結び目は後頸部にあり、おそらくペンチを使ったのだろう、強くねじられている。手足が固定されているので被害者はまったく抵抗できずに絶命したと思われる。鼻や耳の穴からも血を垂れ流していた痕が残っている。

被害者はすぐに見当がついた。死体の近くにブリーフケースが落ちており、その中には財布が入っていた。財布を開くと免許証が挟み込まれており、顔写真が変わり果てているとはいえ被害者の特徴とほぼ一致する。氏名欄には「遠山研二」と印字されていた。平嶺さゆみの失踪した恋人だ。彼は編集者で小田原重三の担当をしていたという話だった。

「ぱっと見、死後一週間前後といったところか。ちょうど遠山が失踪した時期と重なるな」

「明らかに拷問されていますね」

「ああ。ひどくやられてるな。爪を剝がされて肉をちぎられてか。なんにしてもこんな目に遭う人生はごめんだよ」

桔平は両腕をさすった。外はまだ暑いのにここは古くから建っている土蔵のように暗くて、湿った空気がひんやりとしている。ホールは元パチンコ屋だけあってバレーコート一面分以上の広さはあるようだが、懐中電灯で照らさなければその広さは把握できないだろう。そしてここで叫び声を上げたとしても外には届きそうにない。

それにしても遠山はなぜこんなところに一人でやってきたのか。拉致されて連れ込まれたのか、何らかの方法でおびき寄せられたのか。さらに犯人は単独なのか複数なのか。現状ではあらゆる可能性が考えられる。

そして何より死体の前に置かれたオセロゲームだ。死体は、左手首は椅子の手すりに針金で固定されているが、右は解放されている。オセロの盤は被害者の右手が届く位置に段ボールを机代わりにして置かれている。盤上は黒と白の駒が並んでおり、白い駒の表面は遠山のものと思われる凝結した血液が付着していた。このオセロ盤が凄惨な風景を不自然で異様なものにしていた。

「白の負けですね。四隅を取られたら勝ち目がない」

香山が駒を数えながら言った。

「なんでこんなところでオセロなんだ？　血がついているということは拷問されながらプレイしたわけだろ。そのために右手だけは自由になっている」

鑑識がカメラを向けた。フラッシュで盤上がくっきりと浮かび上がる。本来遊具であるはずのオセロ盤が血で汚れていると凶器のようにも思えてくる。

「犯人は被害者にチャンスを与えたんじゃないですかね」

「なんだ、そりゃ？」

桔平は香山の顔を見た。彼は冷静にオセロ盤を見つめている。

「助かるチャンスですよ。犯人とオセロで対戦して勝てたら解放される。遠山にしてみれば命がけの対戦です。必死だったでしょう。でも彼は負けてしまった。だから殺された」

桔平は思わず「アホか」と返してしまったが、香山の推理以外に考えが及ばない。突飛ではあるがその解釈が一番据わりいい気もする。遺留品は証拠であり手がかりにもなる。犯人にとって得にならないどころか不利にさえなる。それでも犯人はわざわざオセロ盤を残した。捕まらない自信があるのか。それとも捕まることを恐れてないのか。何より現場より垣間見える犯人の「遊び心」が不気味だ。

「どちらにしても小田原宅放火事件と同一犯人の可能性が高いですね」

香山が今度は被害者のブリーフケースの中身を検《あらた》めながら言った。

「ああ。それについては俺もそう思う。しかし、犯人の目的はいったい何なんだろうな。平嶺さゆみは遠山が作品を横取りするため小田原を殺したかもしれないと言っていたが、その遠山がこんな形で殺されてる。二人の共通の知人が犯人ならかなり絞り込めそうだが」

「奈良橋さん。今ざっと鞄の中身を確認したんですが、マンションの鍵が見あたりませんね。ガイシャの服のポケットにも入ってなかったみたいですから」

「マンションの鍵がない……」

三日前に遠山のマンションを訪れたときは、部屋の扉には鍵がかかっていた。そして内部は物色されたような痕跡があった。つまり犯人はここで鍵を手に入れて遠山を殺害してマンションに向かったと考えられる。そして部屋を出るときに律儀に鍵をかけておいたというわけだ。

桔平は一歩下がってあらためて死体を眺めてみる。ちぎられて赤黒く変色した傷は十数箇所に及び、そのひとつひとつもかなり深い。爪を剝がされ不自然に折り曲げられた指は悪趣味なオブジェのようだ。ライトの光に照らされて浮かび上がる異形は何か悪い夢を見ているようで現実感がない。

「それにしてもひどいな。よほどの怨恨があったのか……」

「拷問だから何かを聞き出そうとしたんじゃないですか？」

香山が懐中電灯の光を重ねながら言った。細部の輪郭がさらに鮮明に浮かび上がる。

「何かって何だよ？」

「拷問するくらいだから普通には聞き出せないことでしょうね。何らかの秘密とか」

「だから何の秘密だよ？」

「そんなの分かるわけないじゃないですか。たとえば秘密の隠し場所とか暗証番号とか、そんな感じですかね」

「秘密か……。そういえばノートパソコンはどうなった？」

先日、遠山の部屋を捜索したときノートパソコンが見当たらなかった。

「ここにはないです」

そういえばUSBメモリやCDといったデータ保存媒体も一切見つからなかった。

今どきパソコンを扱っているのなら一つくらいは持っているはずだ。

「拷問してデータの在処《ありか》を聞き出したんじゃないでしょうかね？　そして遠山から自宅の鍵を奪い、部屋に入り込んでノートパソコンや各種メモリを持ち去り処分した」

「何のデータなんだろうな？」

香山が「さあ」と首を横に振る。これ以上はここで考えていても知りようがない。

さらにあのオセロゲームだ。損壊された被害者の遺体を見ていると、爪を剝がされて血まみれになった指先を震わせながら必死でオセロ対戦する姿が思い浮かんで寒気がする。彼はどんな気持ちで駒がめくられていくのを眺めていたのだろう。

――むしろ面白かったのはその女の持つ異様性ですね。歪んだというか、ねじれたというか。時々、不条理で不可解な行動を見せるんです。

突然、『スペクター』を読んだ平嶺さゆみとの会話を思い出した。このオセロこそ異様で不条理で不可解だ。何か理由や目的があるのか。それとも天然なのか。現状では何とも言えない。

「とりあえず平嶺さゆみには連絡しないとな」

「きっとショックですよね」

「まあ、あれだけの別嬪《べっぴん》さんだ。癒してくれる男がいくらでも出てくるだろうよ。ああ、お前が慰めてやればどうだ。彼女、そんなに悪い気はしないと思うぞ」

「いい加減にしてくださいよ。まるで彼女の弱みにつけ込んでいるみたいじゃないですか」

「冗談だ。そうムキになるな。まだ彼女にはいろいろ聞かなくちゃならんことがある」

香山が顔をしかめたまま小さく頷いた。被害者の恋人である以上、現時点では彼女も容疑者の範疇《はんちゅう》なのだ。


しかし桔平たちは平嶺さゆみから話を聞くことができなかった。桔平たちが遠山の死体を検分している頃、彼女は買い物からの帰り道で、何者かによって刃物で刺され絶命していた。

＊＊＊＊＊＊＊＊

平嶺さゆみの死は捜査本部に衝撃を与えた。当初、遠山と平嶺のセンを重要視しなかったが、二人が殺害されたとなると単なる偶然とは思えない。小田原宅放火事件の犯人が手を下した可能性が高い。

しかし遠山に続いて平嶺の事件も聞き込みを重ねたが、めぼしい情報は得られなかった。

平嶺は自宅近くの路地で襲われており、現場は人目のつかない場所にある。背後から襲われたようで背中に三ヶ所、腹部に二ヶ所、喉元に裂傷が残っていた。傷口は頸動脈に及んでいる。死因は刃物による失血だ。叫び声を聞いたなどの情報もないことから犯人は速やかに手早く事を済ませたと思われる。相当にやり慣れていてその手の凶行にためらいを持たない人間の犯行と思われる。遠山の惨殺ぶりからもそれが見て取れる。

「どうして彼女が殺されなくちゃならん？」

桔平はしゃがみ込むと赤黒く湿った路面を眺めながら言った。妙齢の女性がこんな寂しい路地の上で埃《ほこり》と血にまみれながら倒れていた姿を想像するとやりきれない思いになる。恋人を失ったとはいえ、彼女はまだ若いし、美貌にも恵まれている。その悲しみさえ乗り切れば、きっと華やかで楽しい人生が送れただろうに。理不尽な形で彼女の人生を止めてしまった犯人に全身から怒りが滲《にじ》んでくるのを感じた。香山も同じ気持ちのようで頰を強《こわ》ばらせ両手の拳を握りしめながら立っていた。

周囲は、使われていない古い倉庫に囲まれてちょっとした路地になっていた。しばらく観察してみたがほとんど人通りがない。聞き込みで分かったことだが、平嶺は駅へ向かう際にこの路地をよく利用しているという。平嶺のアパートの裏口がこの路地に面しており、ここを通れば駅までは若干の近道になるという。しかし夜はまったく人通りが絶えることから、さすがに避けていたようで、その際には表通りに出るらしい。彼女が刺されたのはまだ外が明るい時間だった。

「小田原、遠山、平嶺の事件がすべて同一犯の犯行だとすると……。三人に共通していることは何だ？」

枯平はしゃがんだままで香山を見上げた。彼は険しい顔で平嶺の血痕を見下ろしていた。

「やっぱり作品……ですかね」

「作品？」

「ええ。『スペクター』ですよ。実作者である小田原は当たり前ですが、遠山も平嶺もあの作品に目を通しています。そして遠山はあの作品を横取りしようとしていた。だから恋人である平嶺以外の人間には見せていないはずです」

桔平は立ち上がり、膝についた土埃を払った。

「つまり、犯人の目的があの小説だというのか？」

「よく考えてみてくださいよ。遠山の自宅マンションから『スペクター』の生原稿が出てきてません。パソコンも見当たらないし、テキストデータの保存された記憶媒体も出てこなかった。遠山の殺害現場に残されていた鞄からも原稿もデータも出てきてないんです。彼は明らかに『スペクター』の原稿を扱っていたのにおかしいと思いませんか？」

たしかに香山の言う通りだ。今のところ『スペクター』という作品はどこからも見つかっていない。また現場の遺留品から犯人を特定する手がかりは出てこなかったようだ。

「つまり、犯人が『スペクター』の在り処を遠山本人から聞き出して直接処分したということか？」

「そのための拷問だったのではないでしょうか。さらに小田原宅の放火もそうです」

「そういえば、お前、先日そんなこと言っていたよな。放火の目的はこの世から完全に作品を抹消するためだって」

「ええ。今回もそうじゃないですか。原稿そのものが消えている。データもそう。それだけじゃない。作品を記憶している人間も殺された」

遠山のノートパソコンやUSBメモリのデータは、おそらく遠山が小田原の作品を自分なりにアレンジした盗作だ。犯人はそれすらも抹消したことになる。

「だけど、犯人はどうしてそこまでして『スペクター』の存在を隠そうとするんだ?」

香山が腕を組んでそこに答えを見いだすように虚空を見上げた。

「やっぱり犯人にとって不都合なことが書かれていた、そうじゃないですかね?」

香山の返答を聞いて、突然、ある推理が浮かんできた。しかしあまりにも突飛すぎる。

——犯人がスペクター本人だったら?

平嶺さゆみは作品を読んでいる。その彼女が言った。

「一人の女性がいろいろな人たちの人生にかかわっては、その人たちを破滅させていくようなストーリーでした」

その女性は絶対悪の持ち主でタイトルは彼女自身を指す。

スペクター……恐ろしいもの。怪物。

女は実在するのではないのだろうか。

小田原はその女性をモデルにして作品を書いた。そのために彼女のことを徹底的に調べ上げ、数々の悪事を小説にしていく。そしてそのことを彼女は知った。女は自分の秘密を守るため『スペクター』をこの世から完全に抹消しようと考えた。そして実行した。原稿もデータも、そして彼女を知る者たちの記憶もすべて処分した。

——邪悪だから殺すのよ。邪悪であるために殺すんだよ……。

またも桔平の頭の中で姉の声が響いた。


【間宮晴敏（一）】

間宮晴敏《まみやはるとし》が西新宿の雑居ビルに探偵事務所「間宮オフィス」を開業して四年になる。子供の頃はジェームズ・ボンドに憧れていて、世界を股にかけるスパイになりたいという夢が今の仕事を選んだ遠因だったのは間違いない。しかし実際の請負内容は浮気調査、不倫調査、行動調査、身元調査、信用調査、盗聴器発見など小さな案件ばかりである。世界を股にかけるどころか、都内から出ることも希《まれ》だ。浮気や不倫などの調査は新宿、池袋、渋谷のラブホテル街で片がつく。ジェームズ・ボンドにはほど遠い。

間宮晴敏は今年で四十路《よそじ》を迎えた。三十代前半までさまざまな仕事を転々としながら小説家になる夢を追い続けてきた。書いては文学新人賞に投稿する日々だったが、箸にも棒にもかからない。五十回目の連続一次選考落選でさすがに心が折れた。そこで彼は人生の方向転換を図る。大手の探偵事務所に弟子入りして、そのノウハウを吸収した。そして三年後に現在地に開業を果たしたというわけである。

この仕事に向いていたのだろう、正確で堅実な仕事ぶりで顧客の信用を獲得していった。クチコミでも広がり、依頼も増えて経営も安定してきた。今では女性秘書を雇えるほどになっていた。

「間宮所長、お客様がみえてます」

浅川《あさかわ》真夏《まなつ》が、開いた扉の隙間から顔を出した。今年二十八になったというが、まだ大学生でも通りそうなあどけなさが残っている。彼女も当時の間宮と同じくバイトや派遣の仕事を転々としていたが、何か夢や目標があるというわけでもなく、芳しくない雇用情勢に流されながらもここにたどり着いた。勤務を始めてからそろそろ一年になる。性格も朗らかで接客も感じが良く、仕事もそれなりに優秀なので間宮は長く続けてほしいと願っていた。

「じゃあ、通してあげて」

「はい」

扉の向こうで浅川と男性の声が聞こえる。やがて扉が開いて二人の男性が入ってきた。ひとりは五十過ぎくらいだろうか、頭髪は薄く、痩せ形で青白い顔の貧相な男だった。しかし窪んだ眼窩に入る眼球は不自然なほどに鋭利な光を放っていた。もうひとりは三十前後だろうか、ほどよく小麦色に焼けた、短髪のスポーツマンタイプの若者だ。シャープに整った顔立ちは妙齢の女性たちの好意を集めるだろうと思えた。浅川もどことなく嬉しそうだ。

「風見《かざみ》社の遠山と申します」

青年の方が間宮に名刺を差し出した。遠山研二。風見社の編集者とある。中堅の出版社だ。風見社の別の編集者から仕事の依頼を受けたことが何度かあった。

「作家の小田原重三でございます」

隣に腰かけた中年が一呼吸置いて、同じように名刺を出した。こちらは小説家とある。小田原重三。聞いたことがある名前だ。間宮は記憶を巡らせてみる。ああ、十年以上も前に『死のフラグ』がベストセラーになった作家だ。あの作品は映画化までされたが、その後は鳴かず飛ばずではなかったか。最近はあまり名前を聞かない。おそらく芸能人でいう「あの人は今?」のような立ち位置にいる作家なのだろう。もっとも間宮は作家デビューすら漕《こ》ぎ着けなかったが。

「間宮先生の評判はうちの先輩からも聞いてます。とても丁寧な仕事をされる方だと」

「それはありがとうございます」

間宮は遠山に頭を下げた。いい仕事をすればその顧客が新たな顧客を呼んでくれる。この業界は医者や弁護士と同じで信用が一番なのだ。仕事については間宮自身、ライバルたちには負けない自信があった。

「それで今回はどのようなご依頼でしょうか?」

「ある女性を調べてほしいのです」

遠山の方に対する質問のつもりだったが、答えたのは小田原の方だった。そして一枚の写真を差し出した。

間宮はその写真を手に取ってみた。望遠レンズによる隠し撮りだろう。そこに女が写っていた。腰にかかるほどの黒くて長い髪。サングラスをしているので目元は分からないが鼻梁《びりょう》はすっと通っている。顎先もヤスリをかけたようにすっきりと尖っていた。しかしどこか造形美を思わせる人工的な整い方のような気がする。年齢は三十前後といったところか。細身の体にベージュのトレンチコートを羽織っている。カメラの存在にはまったく気づいていないようだ。

「彼女は大山茜《おおやまあかね》と名乗っています。住所はこちらです」

そう言いながら小田原はメモ用紙を出した。そこには北新宿の住所が書き込まれている。神田川沿いに住宅やアパートが密集するエリアだ。

「名乗っている？　ということは偽名ですか」

「いや、何も確信はありません。ただこの女性の素性をできるだけ詳細に調べていただきたいのです」

小田原はギラギラとした眼光をそのままに口角を上げた。上下口唇の隙間から黄ばんだ前歯がわずかに見える。こんなやりとりの中にも物語を探っているような作家らしい表情だった。

「申し訳ありませんが、調査理由をお伺いしてもよろしいですか？」

「それは必要ですか？」

間宮ははっきりと頷いた。依頼を無条件に引き受けるわけにはいかない。この手の依頼の中には犯罪につながる可能性も少なからずあったりする。調査対象が妙齢の女性なら依頼の目的がストーカー行為であることも考えられる。そうなれば間接的とはいえ間宮が犯罪に荷担したことになってしまう。

「適正な理由がなければお引き受けいたしかねます。その可否についてもこちらが判断しますのでご了承ください」

小田原は隣に腰掛けている遠山と顔を見合わせると何度か目配せを交わしたが、最終的には納得したように頷いた。

「分かりました。実はこの女性をモデルにした作品を書こうと思っているのです」

「ほう。小説ですか」

「ええ。いちおうフィクションですが、彼女のミステリアスな人生をベースに書いていくつもりです」

間宮は背もたれに背中を押しつけた。小説のモデルか。作家が言うのだから本当のことだろう。しかしこれだけでは判断がつきかねる。

「そこのところをもう少し詳しくお聞かせ願えますか」

「ええ」

小田原は首肯するとわずかに顔を上げた。先ほどからの眼光は和らぎ、どこか懐かしさをこめたような目で虚空を見上げる。

「十年ほど前の話です。新宿コマ劇場前の広場でひとりの少女と出会ったんです。夜十時過ぎだったかな。彼女は大きなボストンバッグを抱えて隅っこの方にひとりぼっちで立っていた。明らかに家出少女だ。妙に色白だった以外、これといって特徴のない子でね。ブスでもないが美人とか可愛いというほどでもない。面白味のない顔立ちって言うのかな。だから周囲を通り過ぎる男たちの興味も惹かなかったようだ。誰も彼女に声をかける者はいなかったよ。私は彼女に声をかけた。『こんな時間に立ってると警察に補導されるよ』ってね。彼女は家出してきたばかりだからそれは困ると言うんだ。行く当てはあるのかと聞いたら『ない』と言う。年齢を聞いたら十七歳。高校生だ。そこで私はうちに来ないかと持ちかけた」

小田原はこれまでずっと独身だったという。室町駅の近くに一軒家を構えており、そこが事務所兼自宅になっているらしい。

「相手は未成年ですよね？　どうして……」

小田原が「おっと」と手を振って間宮の問いかけを制した。

「誤解されては困るんだが、私は別に彼女にセクシャルな関係を求めたわけではないよ。私はゲイでね、正直言って女性に性的興味を感じないんだ」

隣で座っていた遠山が思わずといった風情で背中をのけぞらせた。どうやら彼も初耳らしい。

「あの頃は私も行き詰まっていた。ベストセラーを出して注目されたはずが、その後鳴かず飛ばずでね。目に見えて仕事が減りだした頃です。私は物語を探して夜の街をさまよっていた。行き詰まるとよくそうしていたんです。渋谷や池袋、新宿歌舞伎町。人が多く集まる夜の街を歩いた。そこに彼女がいたんだ。私はこう見えても直感に鋭くてね。誰からも見向きもされない少女にただならぬ邪悪な気配を感じたわけです」

「邪気ですか」

間宮は目を細めた。小田原が目を大きく見開いて嬉しそうに頷く。

「そう。彼女と目があって背筋がゾワッとしたんです。この子、ただものじゃないと感じました。普通の人には分からないかもしれないけど、私のこういう勘ってよく当たるんだ。そのとき思ったんです。この子、人を殺したことがあるんじゃないか、とね」

「それなのに家に連れて帰ったんですか？」

間宮が尋ねると小田原は不敵に微笑んだ。

「そうです。この子を連れて行けば何かすごい物語が起こると思いました。そんなことにすがらないといけないくらい当時の私は行き詰まっていた。彼女のことをじっくり観察して、彼女のことを書こうと思ったわけです」

「その少女とはどのくらいの期間、同棲したのですか」

「三週間くらいかな。もちろん性的関係なんてありません。女性に対して欲情することはありませんからな」

そんな小田原を遠山が気味悪そうに見つめている。

「近所の人たちからは不審に思われなかったんですか？」

「姪っ子を預かってるって言っておきました。みんな信じてくれましたよ。それにしても面白い子だった。いつも冗談ばかり言っててね。台詞《せりふ》がいちいち面白いんだ。あれは持って生まれた天性ですよ。実は私もいくつか彼女の台詞を自分の小説に使ったことがあります。あの子、お笑い芸人の素質がありますね」

「他には何か特徴がありました？」

「オセロが強かったかな」

「オセロ？　シェークスピアじゃなくてゲームの方？」

「ええ。高校はオセロ部に所属していたと言ってました。私もオセロにはそこそこ自信があるんで、暇つぶしによく彼女と対戦していたんですよ。結局一度も勝てなかったですけどね」

小田原が黄ばんだ歯を見せながら笑う。

「同棲生活が三週間で終わったのはどうして？」

「消えたんですよ。ある朝、気がついたら彼女がいなくなってたんです。実はこっそり彼女の写真を撮っておいたんだけど、そのデジカメのデータもいつの間にか消されていました。私が記録していたメモもなくなっていた。それはもう見事な消えっぷりです。靴下ひとつ、髪の毛一本残さなかった。それまで彼女がそこにいたという痕跡すらなかった」

「三週間もいたんだから名前くらい名乗ったでしょう？」

「ええ。松宮綾《まつみやあや》。一応、生徒手帳も見せてくれました。王林《おうりん》高校の二年生」

「そこまで情報があれば自宅も突き止められますよね」

「もちろんそうしました。でも彼女は家出して行方不明のままだった。家族が警察にも捜索願を出していました。もちろん私は彼女を家に置いたことを黙ってました。面倒に巻き込まれるのはごめんですからね。もっとも彼女は松宮綾ではなかった」

「それはどういうことですか？」

小田原は目を細めた。

「とりあえず松宮綾のことを調べてみました。王林高校の同級生を捕まえて、クラスで写っている写真を見せてもらった。その子に『松宮綾さんってどれ？』って聞きました。そうしたら似ても似つかない女の子を指さしました」

「うん？　だってその家出少女は松宮の生徒手帳を持っていたんでしょ？」

間宮は首をかしげると、小田原が小馬鹿にするように鼻で笑った。

「写真に写っていた子が本物の松宮綾ですよ。つまり家出少女は松宮の生徒手帳に自分の顔写真を貼り付けて彼女の名前を騙《かた》っていたというわけです。そもそも王林高校にはオセロ部なんてないんですよ」

「なるほどね」

合点がいった間宮は何度か頷いた。

「ちなみにそれから三年くらいたってですかね。どこからか白骨死体が上がりました。たぶん歯の治療痕を照合したんでしょう。結局、身元が松宮綾と特定されましてね。殺人の可能性が高いみたいですよ」

「まさか、その家出少女の仕業とか？」

「そこまでは分からない。あれから七年がたって実質的に迷宮入りしてますしね。ただ、あの少女がどうして松宮の生徒手帳を持っていたのか。それが問題です」

白骨化しているならそれなりに年月がたっているはずだ。家出少女は松宮綾を殺して死体を隠し、彼女になりすましていたとも考えられる。

「白骨が出たなら警察に届けなかったんですか？」

「どうしてそこまでする義理があるんですか。十年前とはいえ未成年を自宅に置いていたわけだし、面倒はごめんです」

たしかに彼にとっても後ろめたいところではある。しかし彼の目的はもっと別の所にあるはずだ。

「ではその少女の正体は分からず終《じま》いというわけですか？」

「まったくというわけでもないですよ。それとなく一万円札を目立つ所に置いてみたりしたけどちょろまかすようなマネはしなかったですね。物語を期待していた私としては正直物足りなかった。でもね、あの子は気づいていたのかもしれない。私の勘の鋭さを」

小田原が誇らしげに言う。

「彼女の秘められた邪気を感じ取った勘ということですか？」

「ええ。私は私で彼女のことを探ってました。ボストンバッグも彼女がお風呂に入っている間にこっそり調べてみたけど生徒手帳以外、彼女の素性を示すものが見つからなかった。入っていたのは衣服類がほとんどでした。財布の中も覗いてみたけど預金通帳、保険証など彼女の身元を証明するものは一つもない。そろそろ普及し始めてきたケータイ電話もなし。この徹底ぶりにかえって不自然さを感じたね」

彼女の身元を特定する貴重品は駅のロッカーなどに保管されていたのかもしれない。どちらにしてもその若さでかなりの警戒心の持ち主だ。問題はどうしてそこまでして警戒する必要があったのか、だ。

「あの当時はちょうど女子高生を乗せた観光バスが丸ごと消えてしまう事件があってね。知ってますか?」

突然、小田原が違う話題を振ってきた。

「ああ、よく憶えてますよ。たしか遠足の途中でしたよね。随分ワイドショーでも騒いでましたから。結局、真相は分からず終いでしたよね。まるでバミューダ海域の謎みたいでした」

あれも十年ほど前だ。当時世間を騒がせた事件はいまだミステリーのままだ。彼女たちの荷物一つ見つかっていない。今でも忘れた頃に週刊誌などで特集が組まれていたりする。インパクトが強い事件だけに間宮の記憶にも鮮明に残っていた。

「彼女、あの事件に妙に反応してましたね。テレビでそのニュースやワイドショーが流れると一瞬だけど表情が変わるんですよ。普通の人だったら見過ごしてしまうほどわずかな変化だけど、私は見逃しません。だてに長年作家をやってるわけじゃない。

この観察眼が私の武器なんです」

なるほど、それが彼の眼光を研ぎ澄まさせているのだろう。

「あの事件に反応ですか？」

「ええ。でもあの子はそれを見せまいとしていた。でもね、どんなに演技をしようと目の動きや表情に出てしまうものです。それは一瞬で仄かなものだったけど、私が感じ取るには充分すぎる変化だ。テレビには興味ないふりをしていたけど、耳は注意深く音声を拾っていたはずです」

「興味のないふりを決めていた、か。まさか、彼女がバスごと失踪事件に関わっていたということですか？」

そう言いながら間宮は心の中で苦笑した。我ながら突飛でもない推測を口にしたものだ。しかし小田原は失笑するどころか笑みそのものを消した。

「それ以上は小説のネタだから言えません。それにあくまで私の憶測であって真相を確定できたわけじゃない。バスがどこに埋まって……おっと」

話の途中で小田原が思わずといった調子で口を押さえた。しかし間宮は聞き逃さなかった。

「埋まってる？　ということはバスは土の中ということですか」

小田原は舌打ちをすると人差し指を立てた。

「これ以上は申し訳ないけど言えないですね。商売上の秘密です。とにかく彼女は私の前から消えた。おそらく私の勘の鋭さに気づいたのでしょう。だからもういられなくなった……。ここまで話せば充分でしょう。今回の依頼がストーカー目的でないのは分かってもらえましたか？」

間宮は頷いた。

それにしてもバスが地中に埋められたという発想はふつう出ない。あれほどの大きさの車体を埋めるなら重機など大がかりな準備が必要だ。突飛なことを言う小田原はしかしそれ以上その話に触れようとはしなかった。

「あの子が姿を消してから、私は彼女の痕跡を追い続けました」

「家出少女の痕跡ですか？」

「そう。日本各地で起こる不可解な事件に常にアンテナを張ってね。そのうちのいくつかに彼女らしき人物が引っかかってきたわけです」

小田原が勿体《もったい》ぶった様子で手持ちの革鞄をパンパンとはたく。その中に資料が揃《そろ》っているようだ。やはり詳細を開陳するつもりはないらしい。

「不可解な事件って？」

「失踪とか放火とか不審な事故とかローカルで些細《ささい》な事件です。今のところ未解決だが小さな事件だから警察でも保留にしてあるようです。それらも小説のネタに関わることだから言えませんが。まあ、とにかく彼女は今も生きていて誰かの人生に関わってるってことです。私の知る限り、その人たちの多くはロクなことになっていない」

小田原は何年にもわたって謎の家出少女を追っていたようだ。しかし彼の口吻《こうふん》からして少女にはニアミス程度にしか行き着いていないのだろう。それにしてもバスごとの失踪といい、ローカルな事件といい、間宮は大いに関心を惹きつけられた。

「それで本題に入りたいんですが、この大山茜……」

「大山……。ああ、そうでしたね。この女性が調査対象でしたね」

少女のインパクトが強すぎて、大山茜のことが頭の中から離れていた。

「実は十日ほど前になりますか、彼女との出会いはある雑居ビルのエレベーターの中でした。三人くらいしか乗れない小さなエレベーターでね。扉が開いたら彼女が乗っていた。年齢は二十代後半から三十代前半といったところです。まるで見覚えのない顔立ちだった。それなのにエレベーターの扉が閉まった瞬間、激しいデジャブを感じました。私はこの女にいつかどこかで会ったことがあるってね。でもいくら考えても思い出せない。私も職業柄、人の顔を忘れることはないんだけど、どうしても出てこないんだ」

「それは不思議な話ですね」

「人間の記憶って視覚だけじゃない。しばらくしてそれに気づきました」

「視覚だけじゃない？」

「たとえば絶対音感ってありますよね。微妙な音の違いを聞き分けることのできる能力です」

突然、小田原が指先で自分の鼻翼をトントンとつつきながら続けた。

「私には絶対嗅覚があるんです。昔から臭いに敏感です。私の鼻はあの狭いエレベーターの中で彼女の仄かな体臭を嗅ぎ取った。その臭いが記憶の奥にインプットされていたんですね。再びその臭いに触れることでデジャブが引き起こされた。間違いない。あれはあの少女の臭いだった」

間宮はいま一度、大山茜の写真を確認した。整ってはいるがどこか作り物めいた印象がある。整形手術だろうか。そして何よりこの女の肌の白さは際立っている。

「その女性は小田原先生を見て何か反応がありましたか？」

「あの女はそんなヘマをしない。顔色一つ変えなかったですね。でも私のデジャブを感じ取っていたと思う。今思えばそんな気がします」

そして小田原は、エレベーターを出た女の後《あと》を距離をとってつけた。それで今の住所と氏名を突き止めたというわけである。

「もし大山茜が十年前の家出少女だとして、そうすると彼女の姿を目にするのは姿を消して以来ということですか」

「ええ。まさに十年ぶりです。痕跡を追い続けてきたけれど実際の彼女に行き着いたことはありませんでした。あの女の警戒心は異常です。特に不穏を察知する能力。あれは千里眼に近いと思う。こうやって私が嗅ぎ回っていることもあの女は気づいているはずだ。だから決して隙を見せない。大山茜として完璧に日常に溶け込んでいます」

小田原の表情にはわずかに怖れの色が浮かんでいる。隣では遠山が腕を組みながら静かに聞いていた。

「そんな警戒心の強い女性が、また再び先生の前に現れた。絶対にバレないという自信があったんですかね？」

「いや、そうじゃない。彼女は私の勘の鋭さや絶対嗅覚を見抜いているはずだ。それでも私の前に現れた。過去の事件を追っていて感じたことなんですが、彼女は時として不可解というか、不条理な行動に出ることがあるんですよ」

「不条理？」

「ええ。人の運命を、オモチャを壊すような感覚でもてあそぶような。それはまるで幼児の気まぐれです。もしかしたら今回の出現も私をもてあそぶための罠かもしれない。しかしそんなことで怖気づくほどこちらもやわじゃない。それなら彼女の邪気を徹底的に暴き出して物語にしてやろうというわけです」

小田原が歯を剝き出しにして笑う。しかし間宮にはどことなく強がっているようにも見えた。

「つまり僕に彼女の正体を探れというわけですね」

「ええ。あなたはその方面のプロだ。私よりも巧《うま》くやってくれる。それに私は他の執筆も抱え込んで忙しくなってしまった。だからお願いしたいんです」

小田原の隣で黙っていた遠山が無言のまま頷く。

女は平成最大のミステリーに関与しているかもしれない。この点には強く惹かれるものがある。しかし小田原の話はあまりに突飛すぎる。女を十年前の家出少女と断定する根拠も、作家としての観察眼だとか絶対嗅覚だとか言って客観性に乏しい。空想で仕事をする人間特有の誇大妄想にも思える。そもそもローカルで起こっている事件だって、彼女の姿を見ているわけではないだろう。そんな状況でどうして彼女の手口だと結論づけられるのか。失踪したバスだって見つかったわけじゃない。小田原は土の中だと口を滑らせたが、それだって大きな可能性の一つでしかないではないか。依頼の内容はとにかく大山茜の素性を突き止めることだ。間宮は顎先を指先でさすりながら思いを巡らせた。大山茜が十年前の家出少女と別人だったとしても関係のないことだ。それは小田原が失望する事実に過ぎないというだけの話だ。

「お話は分かりました。依頼はお引き受けしましょう」

間宮の承諾に小田原が微笑む。しかしその笑みは、どことなく相手にジョーカーを引かせたプレイヤーのような底意地の悪さを感じさせた。

【間宮晴敏（二）】

間宮晴敏はアパートの住人を装って郵便受けに近づく。この軽量鉄骨の三階建てのアパートには各階に五戸、合計十五戸が入っている。広さからして一人暮らし用の物件だろう。壁や手すりの状態からまだ築浅であることが分かる。建物の一番端に階段があり、その上り口付近に部屋番号順に郵便受けが並んでいる。開き扉にはダイヤル式のつまみがついており、それぞれに割り振られた番号を合わせて開くようになっている。扉の上部は折りたたんだ新聞が差し込めるくらいの隙間になっており、配達人はそこに郵便物を差し入れる。扉には表札として使える、クレジットカードサイズ大のスペースが設けられているがすべて空白になっている。個人情報が何に使われるか分からない昨今、郵便受けに名前を出す方が珍しくなっている。

三〇一号室の郵便受けを確認すると縦長の封筒が差し込まれていた。しかし収まりきらない分が隙間からはみ出ている。間宮はすかさずその封筒を引き抜いた。その封筒には他の郵便物が輪ゴムで止められている。間宮は速やかにその場を離れる。ためらいは禁物だ。他人の不審を招いてしまう。彼は路地を何度か迂回《うかい》して人目に触れないようにしながら、アパートのすぐ近くに建つウィークリーマンションの玄関をくぐった。

間宮はこのマンションの三階に部屋を借りた。ベランダから先ほどのアパートを眺めることができる立地。もちろん住人の出入りも把握できる。アパートの各部屋の扉のすぐ隣はスライド式の窓になっており、磨《す》りガラスでなおかつ常時カーテンで閉ざされているので内部を窺い知ることができない。ネットで入手した賃貸物件情報にはあのアパートの二〇一号室の間取りが掲載されている。扉や窓の配置から三〇一号室と同じ間取りであるのは間違いない。それによれば扉を入ってすぐに八畳ほどのダイニングキッチンと奥に六畳の洋室、手前に同じ広さの和室がある。扉の隣の磨りガラスは和室の窓だ。洋室の方はベランダに通じている。建物の反対側に回って見上げるとそのベランダを確認できるが、そのベランダのガラス窓もほぼ一日カーテンによって遮られているので、そちらからも部屋の内部を覗くことができない。

間宮はダイニングテーブルの上で縦長の封筒と一緒に輪ゴムで束ねられた郵便物を確認した。

この縦長の封筒の差出人は間宮本人である。中身はちょうど収まるサイズにカットされた少し硬めの厚紙である。郵便局によっては郵便物を戸別に、このように輪ゴムで一纏《ひとまと》めにして配達することがある。このサイズの封筒なら郵便受けからはみ出してしまうので、輪ゴムで纏められた他の郵便物を簡単に取り出せるというわけだ。間宮は対象者の郵便物を調べる必要があるときにこの手を使う。古典的だが有効な手段だ。

郵便物の一つを取り出す。電話料金の請求書のようだ。宛名欄には「オオヤマアカネ様」とプリンターで印字されている。三〇一号室の住人である大山茜だ。小田原に依頼された調査対象者である。他にはアパートを管理する不動産屋からの通知書類、映画の試写会の招待状、アクセサリーショップからの案内などが束ねられている。その中に一通の封筒が紛れていた。

ポップでカラフルな花柄で彩られたデザインは送り先への親近感が窺える。宛名欄には大山の名前と住所がペン字で記されている。可愛らしい字体だなと思って裏を返すと果たして差出人は女性だった。

内山裕美《うちやまゆみ》。住所は北九州市門司《もじ》区。

間宮はキッチンに立つとヤカンに水を入れて沸騰させた。注ぎ口から出てくる湯気に糊《のり》付け部分をかざしながら慎重に剝がしていく。郵便物は大山のポストに戻すつもりなのでハサミやカッターで切るわけにはいかない。慣れた作業なのでそれほど苦労することもない。開封すると中には便せんが入っていた。

『茜ちゃん。お久しぶり。内山裕美です。ご両親を事故で亡くされて七年が経ちますね。つまり茜ちゃんが門司を出て広島に引っ越してから七年ということになります。何度かお手紙を出したんだけど、宛先不明で返送されました。いつの間にか広島からも出ていたんですね。そこから連絡の取りようがなく、どうしてるのかなと思ってましたけど、私の方も仕事が忙しくなり他の友達たちともすっかり疎遠になってしまいました。それが最近、ひょんなことから茜ちゃんの現住所を知ることができてお手紙させていただきました。またよかったら門司にも顔を出してください。近々、中学の同窓会が開かれるそうです。会えるのを楽しみにしています』

と書かれている。文末にはケータイと自宅の電話番号が書かれていた。内山裕美は大山茜の中学校時代のクラスメートのようだ。文章から当時の親交ぶりが窺える。間宮は便せんの文面と封筒の宛名と差出人をデジカメで記録すると、封筒に戻して慎重に糊付けした。糊が乾けば開封の痕跡も残らないだろう。

間宮が大山茜の調査を開始して今日で五日目になる。郵便物も毎日調べていたがめぼしい情報が得られなかった。しかし今回は大きな収穫といえる。彼女の過去を知る友人の連絡先を入手できたのだ。

ここ数日の間に間宮は大山茜の大まかなアウトラインをつかんでいた。知り合いの行政書士に依頼して彼女の戸籍附票や住民票を取得した。間宮たち一般人が他人の戸籍を取得する場合、正当な理由が必要となるが、弁護士や行政書士、司法書士といった有資格者たちは無条件で取得できる職権を持つ。彼らが興信所の依頼でそれをするのは職務上の悪用になるが、それでも金さえ支払えば引き受けてくれる者も中にはいる。

年齢二十七歳。福岡県北九州市門司区出身。両親は駆け落ち同然で一緒になったので、親族と絶縁状態でさらに兄弟姉妹がいない。二十歳の時、手紙に書いてあるように交通事故による両親の死をきっかけに自宅を処分して故郷を離れることになる。両親は生命保険を含めてそれなりの資産を娘に残したようだ。戸籍附票を確認すると、広島、大阪、浜松と転々としながら、このアパートに移ってきた。今から半年ほど前のことである。

　間宮は郵便物を再び、大山のポストに戻してすぐに自分のマンションに戻る。ベランダのカーテンを閉めてその隙間からカメラで大山の部屋の玄関を監視する。これがここ数日の彼の日課となっている。やがて扉が開いた。玄関から女が出てくる。間宮のカメラのファインダーが彼女の顔をとらえる。帽子をかぶっていたが望遠レンズなので大山の色白で整った目鼻立ちがくっきりと視認できる。彼女がカメラに向いた一瞬を狙ってシャッターを押した。もちろんカメラに気づいた様子はない。時計を見る。まだ昼前だ。

　大山は近くのコンビニで店員として働いている。しかし今日は午後三時からの勤務のはずだ。間宮はここ数日の張り込みで彼女の勤務シフトを把握していた。アパートの家賃は八万三千円。コンビニはアルバイトなので時給と勤務時間を勘案すれば家賃を捻出するのは厳しいはずと思っていたが、週に二度ほど夜の仕事を入れている。駅前の酒場でホステスのバイトをしていた。客として接近しようかとも考えたが、それは止めておいた。この段階で顔を覚えられてしまうのは、今後何かと不都合だろうと考えたからだ。

大山は部屋に鍵をかけてアパートの階段を駆け下りていく。ジーンズにシャツという軽装だ。長い黒髪は後ろで束ねて、まるで馬の尻尾を思わせる。キャップを目深にかぶり、迷彩柄のトートバッグを肩に引っかけると敷地内にある駐輪場へと向かう。彼女は車を持っておらず移動手段のほとんどが愛車であるプジョー製の自転車だ。十六インチの折りたたみ。色はスコッチブルー。

間宮はファインダーから目を外すと、急いでサングラスをかけて部屋を出た。駐輪場に自分の原付バイクを停めている。ヘルメットをかぶりキーをさし込んだ。道路に出ると前方に自転車をこいでいる大山の背中が見えた。間宮は適度な距離を取りながら彼女を追跡することにした。

まずはアパートから五分ほどの距離にあるレンタルビデオ屋に入った。間宮も客を装い、すかさずバイクを敷地内に停めてエンジンを停止させる。中に入ると大山がトートバッグから取り出した数枚のＤＶＤを店員に返却しているところだった。店員はそれらを受け取ると返却台と書かれた棚の上に置いた。

大山がどんな作品を見るのか興味を引かれて返却台にさりげなく近づいた。「お笑いウォーズ・シーズン１」とタイトルのはいったＤＶＤがシーズン５まで並んでいた。他にも三枚ほどＤＶＤが置かれていたがいずれもお笑い芸人の出てくるものばかりだった。

間宮は映画のＤＶＤを探すようなふりをして店内を探ってみた。やがて店の奥のブースに大山の姿を認めた。そこは映画やドラマではなく、お笑い関係の作品を集めたブースだった。お笑い芸人たちのライブやオリジナルコントを収録したＤＶＤが所狭しと並んでいる。間宮もたまにレンタルビデオ屋に立ち寄ることがあるが、お笑いのＤＶＤがコーナーの一角を占めるほど出ているとは知らなかった。

どうやら彼女はお笑いを愛好しているようだ。結局、映画やドラマのブースに立ち寄ることはなく、お笑い関係のＤＶＤを数枚レンタルするとその店を出て行った。次に向かった先は書店だった。やはり彼女はそこでもお笑い関係の本を漁っていた。小説や実用書などには目もくれない。雑誌も手に取るのはお笑い関係だ。

それから近くのスーパーマーケットで食材や生活用品をまとめ買いしてアパートに戻る。そこで郵便ポストを探り、先ほど間宮が戻しておいた郵便物の束を取り出して差出人を確認しながら部屋へ向かう。間宮が開封した痕跡に気づいた様子はない。

部屋に入ってもカーテンを開くことはない。間宮が監視を始めてから彼女のアパートに他人の出入りはない。外でも誰かに会っている様子もない。郵便ポストから抜き出してこっそり覗き見したケータイ電話の請求書を見ても利用されているのは主にネットやメールなどの通信料で、通話にはほとんど使われていないようだった。無料通話分はほとんど次月に繰り越されている。そんなことから特定の恋人や親しい友人がいないであろうことが推測できる。
　ここ五日ほど張り込みを続けている限り、社交性に乏しいが、これといった不審な点は見えてこない。とりあえず過去を遡って調べてみる必要がありそうだ。

【間宮晴敏（二）】

　博多には何度か行ったことがある。しかし間宮にとって北九州市は同じ新幹線の停まる福岡県の都市でも初めての土地だった。
　東京駅から新幹線のぞみ号で約五時間。小倉《こくら》駅からJR鹿児島本線に乗り換えて約十五分。間宮は門司港《もじこう》駅に降り立った。国の重要文化財にも指定されている駅舎は大正レトロモダンを思わせる左右対称型のクラシカルな木造建築だ。どこか冷たく無機質な現代建築のフォルムとは違い、ネオ・ルネッサンス様式のデザインは風格と気品を備えている。この駅が一段と美しく感じられるのは手前に大きな石畳の広場が確保されており、そこへの車両の乗り入れができないので、駅舎の正面景観が妨げられないようになっているからだろう。本州から訪れる客たちを迎え入れる九州の玄関口にふさわしい駅舎だと思った。広場には噴水が設けられていて、それがまた訪れる者たちを和ませる。大きく息を吸い込むと関門《かんもん》海峡から流れてくる潮風が鼻孔をくすぐる。

駅を一歩出るとまるでタイムスリップでもしたかのような錯覚に陥る街並みが広がっている。旧門司三井倶楽部や旧門司税関、門司郵船ビルといった石造りや煉瓦《れんが》造りの洒脱でクラシカルな建築物が並び、その向こうに本州と九州を結ぶ関門海峡が見える。

間宮は駅前の大通りからタクシーに乗り込んだ。運転手に行き先を告げる。タクシーは山側に向かい、商店街を抜けて坂を上っていった。数百メートルも走るとレトロモダンな建物は見当たらなくなり、その代わり昔ながらの商店街や住宅街が広がっている。やがてタクシーは坂道の途中にある木造二階建ての民家の前で止まった。運賃を支払って外に出ると門司の街並みと関門海峡が見渡せる。海峡を挟んで下関《しものせき》市街まで眺めることができた。

民家の表札を見て間宮はそれまでの観光気分を振り払った。そこには「内山」と毛筆体で名字が大きく刻まれ、その下に家族全員の名前が並んでいた。世帯主は裕之《ひろゆき》、その隣に里美《さとみ》、裕美と並んでいる。

内山裕美。大山茜に届いた手紙の差出人だ。裕之と里美は彼女の両親だろう。どうやらまだ独身のようだ。

さて、どう切り込んでいくべきかと思い巡らしながら内山の家を距離を置いて眺めていると、玄関から年配の男女と妙齢の女性が出てきた。裕美と両親だろう。彼らはよそ行きの服装で庭先の駐車場に停めてあるワンボックスカーに乗り込んだ。助手席の母親は何やら広告チラシを眺めている。双眼鏡で覗き込むと百貨店の広告のようだ。これから小倉のデパートにでも向かうつもりなのだろう。車は駐車場を出ると坂を下りてそのまま間宮の視界から消えていった。表札には三人の名前しかなかったから今は無人のはずだ。念のため近くの公衆電話から内山の家に電話をかけた。誰も出ない。しばらくは帰ってこないはずだ。

「ラッキー」

間宮は内山の家の玄関にそっと近づく。木造二階建ての簡素な家屋だった。周囲を見渡す。通行人はいない。間宮はさっと玄関先に潜り込むとバッグからピッキングの道具を取り出した。一目見て分かったがピッキング対策がされていないシリンダー錠だ。鍵穴に器具を入れると十数秒でロックが外れた。仕事柄たまに必要になる技術だ。玄関扉を開けて中に滑り込む。玄関からは居間に通じる廊下と階段に分かれている。

子供部屋といえば二階だ。間宮は脱いだ靴を持ったまま、階段を上っていく。

二階には二つの部屋があった。奥の方の部屋の扉にカラフルな造花で彩られたレイが掛けられている。扉を開けて中に入り込む。八畳ほどの和室になっており、学生時代から使っていたであろう勉強机とベッドが置かれている。書棚を覗き込むと早くも目的のものが見つかった。裕美たちの中学校の卒業アルバム。間宮はさっそくアルバムを取り出すとページを開いた。卒業生たちの写真がクラスごとに並んでいる。そこには内山裕美の写真もある。出席番号順に並んでいて彼女の次が大山茜だった。

じっと当時の大山の写真を眺める。瞳がクリッとしていて若干ふっくらとした丸顔だが可愛らしい少女だ。間宮は現在の大山茜の写真と見比べてみた。中学三年生だから十二年も前だ。少女から大人の女性に変貌を遂げるには充分な年月である。メイクや整形が加われば尚更《なおさら》だ。そうとはいえ二つの写真にはまるで共通点が見当たらない。特に肌の色。中学生時代の大山は色黒だが、現在の彼女はかなりの色白である。本棚を確認するとさらに小学生時代のアルバムも見つかった。どうやら二人は幼なじみらしい。小学校も一緒だ。やはりここでも大山は色黒だった。メラニン色素の関係で肌が焼けやすい体質なのだろう。そういう体質の女性がその後の改善でここまで色白になれるものだろうか。

さらに探っていくと他にもアルバムが数冊出てきた。その中に内山裕美の成人式の様子を写した写真が見つかった。振り袖姿の友人たちと一緒にポーズを取っている写真。その中に大山茜がいた。高校のアルバムに比べると顔がほっそりとしている。もともと目鼻立ちが整っているだけに、メイクの効果も手伝って美しい大人の女性になっていた。ただ色黒は隠せないでいる。

現在の写真と比べてみる。唇や鼻の形、両目の間隔。髪型による印象の違いもあろうが、七年の隔たりがあるとはいえまったくの別人だ。大山茜は七年前、成人式を終えた直後に交通事故で両親を亡くしている。彼女には兄弟姉妹がおらず親戚とも疎遠だ。つまり天涯孤独同然の身である。さらに両親の残した資産もある。

「すり替わりか……」

東京のアパートに住んでいる大山茜はおそらく本人ではない。誰かが大山の人生のどこかですり替わったのだ。大山にすり替わる前は誰だったのか。

間宮はアルバムの写真の何枚かをデジタルカメラで撮影した。そして元にあった場所にアルバムを戻す。侵入の痕跡を残さないよう注意しながら玄関を出た。

ふと人の気配を感じて背後をふり返る。誰もいない。気のせいか。一瞬、女の姿が脳裏をよぎったが振り払った。つけられている？　バカな。俺は他人の尾行に気づかないほど間抜けじゃない。間宮はもう一度ふり返る。やはり誰もいない。人の気配も消えている。きっと神経過敏になっているのだ。間宮はケータイを取り出すとタクシーを呼んだ。

【間宮晴敏（四）】

間宮は浜松駅を降りていた。

門司を出てからその足で広島に向かった。大山茜の戸籍附票を見ると門司の後に広島市に住所を移している。広島市役所からほど近い東千田《ひがしせんだ》公園に面したところにあるアパートだ。彼女は門司を出てから一年ほどそこに住んでいた。アパートはまだ健在で訪ねてみるとオーナーの家が同じ敷地内に隣接していた。オーナーは一人暮らしの老女で大山の門司時代の写真を見せると「ああ」と遠い目をして虚空を見上げた。老女曰《いわ》く、一年しかいなかったが、目鼻立ちの美しい女性だったので印象に残っていたようだ。会っても挨拶しない、内向的な感じの女性だったという。ついでに間宮が東京で撮影した現在の大山の写真を見せると知らない女性だという返事だった。どうやら広島の時点ではまだすり替わっていなかったと思われる。

それから間宮は次の転居先の大阪に向かった。彼女は生野《いくの》区にある御勝山《おかちやま》古墳近くのマンションに三年ほど住んでいたようだ。広島のアパートオーナーの老女が内向的と言っていたように、大山茜本人は美貌に恵まれていたが、社交性に欠ける女性だったようだ。マンションの部屋には人の出入りがほとんどなかったらしい。交通事故で家族を失うというショックもあったかもしれない。一日の多くは部屋に引きこもっていたようだ。隣の部屋の住人は新築当初から住んでいたので、彼女のことをうっすらとではあるが覚えていた。間宮が東京で隠し撮りした大山の写真を見せても知らない女性だと答えた。大阪でもすり替わった形跡がない。

なので大阪で一泊して間宮は次の転居先である浜松に向かったというわけである。

広島や大阪に比べると駅前繁華街の規模は小さいものの、県庁所在地ではない地方都市としては発展している方だろう。駅を出てすぐ隣には地元の鉄道会社が経営している百貨店、そしてガード下には大型の家電量販店が入っている。駅前のロータリーには各方面行きを示すバス停が円周上に配置され人々がバスを待っている。ランチにしようとしばらく駅周辺を歩いてみたが、駅から数十メートルも離れると繁華街が続くにもかかわらず閑散としてくる。どうやら地方都市にありがちなドーナツ化現象らしい。昼時にもかかわらず入った蕎麦屋は閑古鳥が鳴いていた。

半年前まで約一年半ほどの間、大山茜は浜松駅から車で十分ほど離れている南伊場《みなみいば》町に住んでいた。ＪＲ東海の浜松工場が広がっていて構内には整備中と思われる新幹線の車両が置かれている。彼女のマンションは工場から大通りを一本挟んで向かい側に建っていた。九階建ての鉄筋だ。

間宮はさっそく聞き込みを開始した。

ほどなくしてマンションの住民から当時の様子を聞くことができた。大山茜が東京の今のアパートに移ってきたのは半年前だ。それまでこのマンションに身を置いていたことになる。この頃になると家族を亡くしたショックから立ち直れたのか、どうやら仕事を始めたらしい。広島と大阪でも仕事をしていたようだが単発のバイトばかりでほとんど自室に引きこもっていたようだ。現在の大山茜の写真を見せても隣人は知らないと首を振った。ということはこの時点でもすり替わりが起こっていなかったということになる。少なくともこのマンションに住んでいた大山茜と今現在東京にいる女とは別人だ。浜松から東京へ転居する途中ですり替わったのだろうか。

本物の大山は浜松に来てからも他の住人たちと打ち解けるようなことがなかったようだが、近隣の歯科医院で受付として勤務していたらしい。

大山が勤務していた「エナメル歯科医院」はマンションから数キロ離れたところに

あった。一階にコンビニが入っている雑居ビルの二階に入居している。間宮は保険証を出して受付を済ませると待合室で順番を待つ。平日の昼間ということもあるのか、患者は他に一人しか待っておらず数分で治療室に通された。治療ユニットに腰掛けると、四十代後半だろうか、白衣姿の男性が姿を見せた。口元にはブルーの大きめのマスクをしている。胸の名札を確認すると《院長・鈴木《すずき》弘治《こうじ》》とあった。受付以外にスタッフは一人しかいない。あまり流行っていない歯医者のようだ。

「こんにちは。今日はどうされました？」

鈴木院長が問診票を確認しながら間宮に声をかける。歯医者に来るのは数年ぶりだ。間宮は若干の緊張を覚えた。もちろん今日の目的は治療ではない。

「歯石を掃除してほしいんです」

患者でもないのにいきなり現れて話を聞かせろというのも気が引ける。虫歯はないと思うのでとりあえず歯石を取ってもらうことにした。もう一人の患者も治療が終わって暇になったのだろう、院長は顎の模型を持ち出してきて歯周病のためのブラッシングケアの説明を始めた。さらには間宮の歯を染め出してプラークチェックまでする。院長の機嫌を損ねないよう熱心なふりをして話を聞いた。二十分ほどの説明が終わってやっと治療に入る。院長は超音波スケーラーなる器械で歯石の除去を始めた。器具がいいのか技術が優れているのか、思ったほど苦痛ではなかった。

「ところで先生。以前、ここで僕の知り合いが勤務していたらしいんですよ」

間宮はうがいをしながら本題を切り出した。

「え、誰ですか？」

院長はグローブとマスクを取ると目を丸くして聞き返してきた。

「大山っていうんですけどね。大山茜。ご存じですか？」

「ああ、茜ちゃんねえ……」

院長の表情がわずかに曇る。彼女のことをあまり良く思っていないようだ。

「間宮さんは彼女のお知り合いなんですか？」

「いえいえ。親しいってほどではありません。知り合いの知り合いといったところです」

親密だと答えれば、下手なことを言えないと警戒感を与えてしまうかもしれない。

院長はどことなく安堵《あんど》したような表情を見せた。

「彼女、根暗なんですよねぇ。だから取っつきにくいっていうか」

「ああ、やっぱりそう思います？　間宮さんも」

院長の共感が声に出ている。

「彼女、見た目は美人でしょう。うちで受付をやってもらっていたんですけどね……」

受付に立つ女性が咳《せき》払いをする。院長はばつの悪そうな顔をして声のトーンを落とした。

「あまり笑顔を見せないし、声が小さいでしょう。どうしても暗くなっちゃうんですよね。僕ともなかなか打ち解けてくれないし。歯医者って患者さんにとって怖いところだから雰囲気って大切じゃないですか……」

ここで一度言葉を切って、

「ブスでもいいから明るい子がいいんです」

と受付の方を眺めながら間宮に耳打ちした。間宮も苦笑する。

「その彼女がなんで辞めちゃったんですか?」

「それがね……」

そこで院長がさらに表情を曇らせた。

「他のスタッフと彼女が妙に意気投合しちゃってですね。二人揃って辞表を持ってきたんです」

「二人揃ってですか?」

「そうなんですよ。浜松みたいな中途半端な街じゃあ生きてても面白くない、上京するんだってね。いきなり二人でしょう。引き継ぎもしてくれないから困りましたよ。うちもギリギリの人数でやってますからね。社会人としてちょっと非常識だと思いましたね。それが半年前の話です」

「どうして上京するって話になったんですか？」

「茜ちゃんはサエコにそそのかされたんですよ」

院長が吐き捨てるように言った。

「サエコ？」

「あっ、もう一人の従業員のことです」

サエコは大山のあとに入ってきたスタッフだという。

「そういえば、その女性のことは聞いた気がする。齋藤《さいとう》じゃなくて、佐藤《さとう》じゃなくて、高橋《たかはし》……」

サエコのフルネームは知りようがないが、指をこめかみに当てて思い出すふりをしながらありがちな名前を並べ立てた。

「小峰《こみね》です。小峰サエコ」

「ああ！　そうそう、コミネ、コミネ」

我ながらわざとらしい演技だと思ったが、院長は不審に感じていないようだ。患者が来なくて暇を持てあましているのだろう。むしろ彼女たちのことを話したそうに見える。間宮にとっても都合がいい。

「そのサエコの夢が何だと思います？」

間宮はかぶりをふった。知るわけがない。

「お笑い芸人なんですよ。茜ちゃんにそう言っているのが聞こえちゃったんですけどね。そん時、一緒に東京に行かないかって茜ちゃんを誘っていたんです。茜ちゃんは茜ちゃんでシナリオライターに興味があるみたいなことを言ってましたからね。どちらも芸能関係でしょう。だからあの二人は気が合ったんだと思います」

お笑い芸人でピンとくるものがあった。東京にいる大山茜はビデオレンタル屋でお笑い芸人のＤＶＤばかりを物色していた。雑誌もそうだ。

「先生、ちょっと見てもらいたい写真があるんですが」

間宮は門司の内山裕美の自宅にあったアルバムの写真の何枚かを見せた。これは現地でデジカメに収めた画像をプリントしたものである。そこには色黒ながら目鼻立ちの整った大山茜が写っていた。

「ああ、茜ちゃんだ。半年前とはいえ懐かしいな。でもちょっと若くないですか？」

「ええ。彼女の成人式の写真ですから」

「なるほどね。やっぱり美人だ」

院長が納得したように頷く。つまりここで勤務していた大山茜はまだ本物であったということだ。

「そしてもう一枚」

今度は東京のアパートで隠し撮りした現在の大山茜の写真を見せた。

「誰ですか？」

院長が目を細めた。やはり東京の大山は偽物だ。そして間宮にはある憶測が浮かんでいた。

「よく見てください」

彼はメガネを外すと写真に目を近づけて凝視する。

「ああ、分かった！　サエコですね！　目と顎の感じが変わっちゃってるからすぐには分からなかったけどサエコですよ。色白なところは相変わらずだ。茜ちゃんは色黒だったでしょう。二人でいるとオセロみたいだってからかったんですよ。これは東京で撮ったんですか？」

「え、ええ。そうです」

憶測通りだ！　間宮はこみ上げてくる興奮を押さえ込みながら答えた。

「サエコのやつ、整形したんだ。東京の女といえば整形ですからね」

「人によりますけどね」

地方の人間にはそういう先入観があるらしい。

「間宮さんも人が悪いな。サエコが上京してから整形していることを知ってて、僕を試したんでしょう」

「え、ええ。まあ、そうです。ちょっと変わったから気づくかなあと思って」

と、間宮は出任せを言った。

「まあ、サエコも美人といえば美人なのかもしれないけど、どこかこう作り物めいて好きにはなれませんね。やっぱり天然の茜ちゃんの方がいい。あの子、もうちょっと明るければなあ。その点、サエコはお笑い芸人を志望しているだけあってひょうきんな子でしたよ。いつも冗談を飛ばしてはスタッフや患者さんたちを笑わせてました。面白かったですねえ、彼女のジョークは。きれいな茜ちゃんと明るいサエコを足して二で割るとちょうどいいんですけどね」

院長は頭を掻きながら笑った。受付嬢がキッとした目でこちらを見ている。

窓口で治療費を支払って医院を出た。ここらで小峰サエコを調べてみる必要がありそうだ。

【間宮晴敏（五）】

大山茜と同じように知り合いの行政書士に依頼して、小峰サエコの戸籍附票を投宿先ホテルのファクスに送ってもらった。

鳥取県倉吉《くらよし》市出身。地元の高校を卒業して実家近くの観光ホテルに勤務していた。成人するまで倉吉で過ごすが、両親を亡くしたことをきっかけに故郷を出る。大山の両親は交通事故だったが、小峰の場合は自殺だったようだ。兄弟や親戚がいないのでサエコは天涯孤独となる。そんな彼女は各地を転々としながら二年ほど前に浜松にやってきた。

しかし戸籍附票では浜松で行方が途切れている。エナメル歯科医院の鈴木院長によれば大山茜と一緒に上京したようだが、住民票の移転手続きがなされていない。思った通りだ。大山茜は小峰サエコと一緒に上京するつもりだったのだろう。歯科医院に勤務していた女はおそらく本物の小峰サエコではない。

大山茜もサエコも境遇は非常に似通っている。出身地は東京から遠く離れているし、両親を亡くし兄弟も付き合いのある親戚もいない。だから彼女たちを訪ねてくる人間は極めて少ないはずだ。つまりすり替わっても気づかれにくい。

間宮の脳裏にからくりの一端が浮かんでくる。

本物のサエコが故郷の倉吉を出てから浜松にたどり着く過程のどこかで「謎の女」がサエコとすり替わった。本物のサエコはおそらくこの世の人でない。作家の小田原重三が話していた女子高校生と同じだ。松宮綾といったか。謎の女は松宮になりすまして小田原の自宅で一時期を過ごしている。その松宮も白骨死体として上がった。いずれサエコの死体も出てくるだろう。

女は、肉親のいない内向的で社交性の低い女性に狙いを絞っている。理由はもちろんすり替わっても発覚しにくいからだ。とはいえその身分での永住は難しいのだろう。古い知人が連絡を取ってきたり訪ねてくることがないとも限らない。いずれは住処を変える必要がある。

そんな彼女は、条件に当てはまる大山茜に次のターゲットとして目をつけた。彼女の勤務するエナメル歯科医院へ就職して取り入っていく。そして上京をそそのかす。転居のタイミングで大山とすり替わったのだ。東京で大山茜と名乗っている女は、浜松ではサエコだった。もちろん本物の大山は殺されている。

小田原重三の依頼は大山茜の正体を徹底的に調べることだ。間宮自身も彼女の正体には強く惹かれるものがある。それが平成犯罪史上最大のミステリーといわれた女子高生バスごと失踪事件の謎に結びつくというのだ。

大山茜の前は小峰サエコだった。女は引っ越しをするように身元を次々と変えていく。それに合わせて整形によって顔も変えているようだ。

サエコの前はどんな女性になりすましていたのか？　松宮綾の前にも他の人格があったのだろうか？　それを遡って行けばいずれは女の正体にたどり着くはずだ。しかもそのプロセスは興味深い。彼女はいったい何人の女性を手にかけたというのか。

間宮はすぐにエナメル歯科医院に電話をかけた。思った通り、先ほどの受付の女性が出た。

「先ほど治療を受けた間宮と言います」

「どうされましたか？」

「いえ、別に調子が悪いとか痛くなったわけではありません。ちょっとご相談があって連絡させていただきました」

「院長に代わりましょうか？」

「いいえ。実はあなたにお願いがあって電話をしたんです。もちろんそれなりのお礼もさせていただきますよ」

間宮が切り出すと受話器の向こうで息をのむような音が聞こえた。

「なんでしょうか？」

逡巡《しゅんじゅん》するような間があったが、彼女の声が返ってきた。

「以前そこにお勤めになっていた小峰サエコさんの履歴書が必要なのです。あなたの力でなんとか手に入らないでしょうか」

こんなことを院長に頼むわけにはいかない。履歴書とはいえ立派な個人情報だ。経営者がおいそれと他人に見せるはずがない。しかし従業員ならどうだろう。あの受付は仕事に熱が入っていなかったように見えた。給料や待遇に不満を抱えているに違いない。

「三万円でいいですか？」

近くに院長か患者がいるのだろう、彼女が声を潜めて言う。思った通りのってきた。

間宮は迷うことなく受け入れた。サエコの職歴を自前で調査するとなると経費もさることながら手間暇がかかる。三万なら安いものだ。間宮は念を押す意味でもう一万上乗せした。受付は声を弾ませて快諾した。

そしてその日の夜、間宮は小峰サエコの顔写真が貼ってある履歴書を受け取った。

【間宮晴敏（六八）】

日曜日ともあってアーケードの商店街は買い物客たちでごった返していた。古くは萬松寺《ばんしょうじ》や西別院《にしべついん》の門前町として発展した大須《おおす》商店街だ。東京の秋葉原、大阪の日本橋に次ぐ名古屋の電気街として発展したが、ここ最近は大手家電量販店が名古屋駅近辺に進出してきたためその規模は縮小しつつあるようだ。しかしオタク街としても知られており、アニメ、コミックやテレビゲームの専門店など若者たちからの人気も根強い。その他にも大須演芸場、古着屋、家具屋、仏壇屋、ゲームセンターやパチスロ、ライブハウスなどあらゆる世代が楽しめる店舗がひしめき合っている。さらには外郎《ういろう》や味噌《みそ》カツといった名古屋名物を扱う食べ物屋も充実している。東京の秋葉原、浅草、下北沢、原宿、巣鴨が一ヶ所に集められたような商店街といえる。それだけに若いカップル、オタク、家族連れや老人など客層もさまざまである。外国人も多い。実際に歩いてみると時間がたつのを忘れてしまいそうだ。

間宮はネットで検索したマップを印刷して、それを眺めながら商店街をさまよっていた。名古屋は何度か訪れたことがあるが、この商店街に来るのは初めてだ。入り組んでいる路地も少なくない。目的の店は奥まった路地の先にあった。壁面が煤けて年季を思わせる小さな雑居ビル。薄暗い階段を上ると入り口扉に「古着屋レトロストア」とポップにデザインされた看板がかけられている。扉を開けるとさほど広くない店内にカラフルな古着が並んでいた。レトロストアという店名だけに洋服やアクセサリーのデザインもどことなく昭和の独特な味わいがある。奥まった路地なので立地に恵まれているとは思えないが、なかなかの人気店のようで若い女性客たちで賑《にぎ》わっている。

店内のスタッフは三人だった。全員が昭和レトロを思わせる可愛らしいワンピースを纏っている。

間宮はレジカウンターの奥で伝票作業をしている女性に声をかけた。スタッフの中で年長に見えたからだ。胸につけられたネームプレートを見ると《店長・近藤《こんどう》美春《みはる》》とある。茶系が強い髪を束ね上げて後ろで縛っているので卵形の顔の輪郭がくっきりしている。妙にボリュームがあって長い睫毛《まつげ》がカールしていた。ほっそりと手足が長く、その割に顔が小さい。まるで雑誌の表紙を飾るモデルの体型だ。年齢は三十代前半といったところか。

一人で訪れる男性客が珍しいのだろう。近藤は一瞬だけ訝《いぶか》しげな視線を向けたが、すぐに笑顔を繕った。

「何かご用でしょうか？」

彼女は作業を中断してカウンターに出てきた。

「実は以前、こちらに勤務していた小峰サエコさんについてちょっとお聞きしたいのですが……」

エナメル歯科医院から受け取った彼女の履歴書の職歴欄にこの店の名前が記されていたのだ。

「ああ、サエコちゃんね」

彼女の名前をつぶやくと近藤はいやそうに眉をひそめた。

「ところで、どちら様ですか？」

近藤が間宮の素性を尋ねる。間宮は自分の名刺を差し出した。

「実は小峰サエコさんと金銭的なトラブルを起こした人がいまして。彼女の所在を追っているのです」

と出任せで答える。近藤の反応からサエコのことを良く思っていないことが窺える。

彼女に対する不満や愚痴も多いのだろう。こういう相手からはストレートに聞き出せることが多い。

「やっぱり。あの子も相変わらずね」

近藤が両手をくびれたウエストに当てながらため息をついた。

「相変わらずと言いますと？」

「最初はいい子だと思って採用したんですよ。引っ込み思案な感じはあったけど言葉遣いがきちんとしてたので」

引っ込み思案？　エナメル歯科医院でのサエコとは若干印象が異なる。院長は彼女のことをひょうきんな女性だと言っていた。

「どのくらい勤めていたんですか？」

「だいたい二年くらいですね。でも前々からおかしいとは思っていたんですよ」

彼女が眉間に皺《しわ》を寄せながら言う。

「おかしい？」

「ええ。まあ、小売店でよくあることなんですけどね。店の商品がなくなるとかレジのお金が微妙に合わないとか。最初は少額だったんですが、そのうちエスカレートしてきてね、スタッフの誰かがやってるのは間違いないんです」

「いわゆる内引きですね。それが小峰サエコだった？」

「レジの真上に見つからないようカモフラージュしたカメラを仕掛けておいたんです

よ。ばっちり映ってました」

近藤が寂しげに苦笑する。

「現行犯ですからね。映像を見せて問い詰めたら今までやっていたことも認めました。お金は返すと泣きつかれたので、警察に届けるのは止めてあげましたけどね。即日解雇です。あれから二年もたちますかねえ。どこでどうしてんのかなって思ってたんですけど。金銭トラブルということはそれからもやっていたんですか？」

「え、ええ。まあ、そういうことです」

金銭トラブルは出任せだったが、偶然にもサエコはそういう人間だったようだ。だからこそ近藤はサエコのことを初対面の間宮に詳しく話す気になったのだろう。近藤はサエコが名古屋を出て浜松にいたことを知らなかったようだ。

「ああいう手癖の悪さは病気ですよね。彼女のためにも警察に届けるべきだったんだわ。痛い思いをしないと直らないものよ。でもやっぱり裏切られた気分だわ。うちで懲りて更生してくれるって信じていたのに。もともと内向的な子だったから打ち解けるまでには時間がかかったけど、手癖さえ悪くなければとってもいい子でした」

「内向的？」

間宮は聞き返した。やはりエナメル歯科医院でのサエコとはキャラクターが違う。

院長の話によれば、彼女はひょうきんなことを言っては患者やスタッフを笑わせていた。内向的とは対照的だ。

「ええ。それでも私は彼女のことが好きだったんですよ。プライベートでも一緒に飲みに行ったりショッピングしたりしてましたからね。彼女からも誘いを受けたことがあります。映画とかお笑い芸人のライブとか……」

「お笑い⁉」

間宮は思わず反応した。その様子に戸惑ったような顔で彼女は頷いた。

「ええ。知り合いが地元のお笑い劇団に所属しているとかで、そのライブがあるから観に来ないかと誘われたんです」

「それって、いつの話ですか？」

「サエコをクビにする半年以上前だったから、二年半くらい前かな。この店のすぐ近くに大須演芸場があるんですが、そこで彼らのライブがあったんですよ。素人さんたちのわりになかなか面白かったですよ」

ここでもお笑いだ。東京の大山茜はお笑い芸人のＤＶＤをレンタル屋で漁っていたし、浜松の小峰サエコの夢はお笑い芸人になることだった。

「サエコさんはお笑い芸人になりたいようなことを言ってませんでしたか？」

「それはないでしょう。自分は引っ込み思案だから人前に立つ仕事はできないって言ってましたから」

間宮は顎をさすった。明らかに歯科医院のサエコとは別人だ。歯科医院のサエコが例の女なら、ここでのサエコは本物ということになる。名古屋から浜松に転居する途中ですり替わったのだ。では例の女がサエコにすり替わる前は誰だったのか。当時サエコに急接近していた人物が探している女である可能性が高い。

「そのとき小峰サエコの知り合いだという素人芸人にも会ったんですか」

「ええ。サエコが紹介してくれましたよ。名前はなんて言ったかな？　ああ、そうだ。あのライブのパンフレットがまだ残ってるかも。なんでも捨てないで取っておくタチなんですよ。ちょっと待ってください」

近藤はカウンターを離れて奥の部屋に入って行ったが、それから数分ほどして戻ってきた。

「これです」

間宮は彼女の差し出すパンフレットを受け取った。パソコン初心者がワープロソフトで作製したようなデザインだった。「名古屋お笑い大戦争」と炎状にデザインされた派手なフォントでタイトルが打たれた下に「劇団・貧乏鯨《びんぼうくじら》」と丸ゴシック体で記されている。それが劇団の名称のようだ。開催日時は二年と七ヶ月前だった。

「プロのお笑い芸人や役者を目指している人たちが集まっているんですって。サエコの知り合いという人が……あ、これだ」

近藤のきれいにデザインされたネイルアートがパンフレットに紹介されている芸人の一人の上に置かれた。

「アラマキとかげ……。ああ、エリマキトカゲに引っかけてあるんだ」

パンフレットには主要メンバー数人の顔写真が掲載されているが、アラマキとかげは名前だけだった。劇団の中では二軍選手のようだ。

「サエコがアラマキさんと呼んでいたからそれが彼女の名字なんでしょう」

「彼女？」

芸名から男性だと思ったが違うらしい。

「ええ。色白で肌のきれいな人でしたよ」

「色白？」

東京の大山茜を初めて見たとき肌の白さが印象的だった。そしてエナメル歯科医院の履歴書に貼り付けられていた小峰サエコの顔写真。最初に目を引いたのは顔立ちよりも色白さだった。

「ちょっとこの写真を見てもらいたいんですが……」

間宮は歯科医院で入手した履歴書から剝がしたサエコの写真を近藤に見せた。近藤は写真を眺めながら目を細める。

「もしかしてアラマキさん？」

近藤が首を傾《かし》げながら言った。間宮は鼓動が高鳴るのを感じた。

「間違いないですか？」

「うーん。色白なところは同じだけど。ちょっと目鼻立ちが違うかなあ。それと右頰に黒いシミがあったんだけどこの写真にはないわね。でも整形したらこんな感じになるかもね」

近藤が写真を見つめながら言った。

「時に小峰サエコさんとはどんな感じの女性だったんですか」

「ちょっとふっくらとしてますけど、見た目は好感の持てる、チャーミングな子でしたよ。だからあんなに手癖が悪いとは思わなかったわ」

そう言いながらカウンターの引き出しからアルバムを取り出した。お客さんに商品説明するための写真が並んでいる。店内でデジカメ撮影された写真のようで、スタッフが店の商品を身につけてポーズを決めている。近藤がモデルをしている写真もあった。

「これがサエコです」

間宮は顔を近づけて写真を見つめた。女は水玉模様のワンピースに真っ白な麦わら帽子をかぶって柔らかな笑顔を向けていた。たしかに好感の持てそうな女性だ。しかしここに写っている女は履歴書の写真とは似ても似つかない。どちらかといえばふくよかな体型の彼女の肌は小麦色に灼《や》けていた。

【間宮晴敏（七）】

間宮は買い物客でごった返す大須商店街を歩きながら考えを巡らせていた。

バスごと失踪事件に関わった「謎の女」は次々と別人になりすまし、何食わぬ顔をして社会に溶け込んでいる。女が選ぶターゲットには共通点がある。まずは肉親がいないこと。そして内向的で社交性に乏しいこと。大山も小峰も両親を亡くしていて兄弟がいない。親戚とも疎遠になっている。そして二人とも内向的だ。エナメル歯科医院の院長が大山のことを「もう少し明るければなあ」と話していたし、近藤もサエコと打ち解けるまでに時間がかかったと言っていた。

そんな二人を女は狙った。彼女たちが姿を消しても誰も気づかないだろうし、そうであればすり替わっても同じことだ。肉親や頻繁に連絡を取り合う親戚や友人がいたらそうはいかない。

おそらく、お笑いのパンフレットに載っていた名前「アラマキとかげ」なる女性は例の女だろう。彼女は大須の古着屋で働く店員の小峰サエコに目をつけた。時間をかけて取り入ったのだろう。そしていつしかサエコはアラマキに心を許していくことになる。そんなサエコが店の金に手をつけて解雇される。失意の彼女は名古屋を出ることを決心する。アラマキにも相談したことだろう。ターゲットの転居は女にとってすり替わる絶好のチャンスだ。

アラマキはサエコを殺して彼女の身分を奪う。さらに整形手術で目鼻立ちをいじる。そのあと彼女の向かった先は浜松だった。そこで小峰サエコと名乗り、何食わぬ顔でエナメル歯科医院のスタッフとして勤務していたのだ。

彼女が目をつけたのが同じ歯科医院で勤務する大山茜だった。内向的で友達の少ない彼女を巧みに懐柔する。すっかりサエコのことを信じ切った大山は、彼女にそそのかされて一緒に上京する決意をする。おそらく転居のタイミングで大山は殺された。そして謎の女は、今度は大山茜として東京のアパートに住んでいる。その際にまたも整形手術をほどこしたのだろう。サエコになりすました歯科医院の履歴書の写真と現在の大山の顔写真を比べてみても目鼻立ちや顎のラインが微妙に違う。髪型も変えてあるので一見しただけでは別人に見える。また古着屋の店長の近藤が「右頬に黒いシミがあった」と証言していたが、今ならレーザーで除去することができる。アラマキからサエコにすり替わるときに施術したのだ。

誰も自分を疑う者はいないと思っていたに違いない。しかしそんな彼女に不審を抱く人物が現れた。作家の小田原重三だ。本人曰く絶対嗅覚の持ち主である。十年前の少女の体臭を覚えていた。それとまったく同じ臭いを大山茜に嗅ぎ取ったのだ。視覚で物事の多くを判断するふつうの人間では彼女の正体を見極められない。小田原の特殊能力だ。

間宮はもう少し謎の女がたどってきた道筋を遡ってみようと考えた。依頼を受けたときは小田原の思い込みや妄想だと決めつけたが、こうして調べてみるとなかなかどうして引き込まれるミステリーである。バスごと失踪事件に関与したかもしれない女が名前や顔を変えながら人知れず社会に溶け込んでいる。そのプロセスにおいて少なからずの人間を犠牲にしているだろう。そこまでする彼女の目的は何だろうか？　何を目標にそんな手の込んだ人生を送っているのか？　そして女の正体とは？

商店街の中にある喫茶店に入り店員にコーヒーを注文する。コーヒーが運ばれてきた頃に「マミヤさんですか？」と男性から声をかけられた。間宮はカップを持ちながら男を見上げた。三十前後といったところか。彫りの深い顔立ちに黒縁のメガネがなじんでいる。肩までかかる長い髪を後ろでまとめ上げた男は痩身で背も高く、どことなく浮世離れした雰囲気が漂っている。

間宮が「はい」と頷くと、男は「藤原弘道《ふじわらひろみち》です」と頭を下げた。

「わざわざお越しいただいて申し訳ありません」

間宮は立ち上がって礼をすると藤原に着席するよう促した。藤原はパンフレットにあったお笑い劇団『貧乏鯨』を立ち上げた創立メンバーの一人である。パンフレットには劇団主宰者への連絡先が記されていたので電話を入れてみたら彼につながったというわけだ。

「いえいえ。取材でしたら喜んでお受けいたしますよ。僕と劇団の知名度も上がりますからね」

男は椅子に腰を落としながら快活な笑顔を見せた。役者の卵だけあって店内の他の客たちと比べても別格の存在感がある。女性の店員もチラチラと彼のことを気にしているようだ。

「フリーでライターをしている間宮と申します」

古着屋を出てからすぐに劇団の連絡先へ電話を入れた。間宮はライターと素性を偽って、取材の申し込みという形で藤原をこの店まで呼びつけたのだ。間宮は名刺を差し出す。こういうときのためにいくつかの肩書きでの名刺を複数用意してある。

「『チェス』というフリーペーパーの記事なんですけど、素人劇団を特集してましてね。今日はお話を聞けたらと思いまして」

「『チェス』ですか！　コンビニや書店にたくさん置いてありますよね。あれに載せてもらえるんですか」

藤原が表情を輝かせた。

『チェス』が名古屋を含めた東海地区で一番で出回っているフリーペーパーであることは把握済みだ。名古屋を拠点として活動している彼らだけに、地元の有力誌に取り上げられるのは願ってもないことだろう。藤原もすっかり本気にしたようでこちらを疑っている様子はない。

まずは劇団の沿革やメンバーについてなどの話を聞いた。藤原は演劇に対する熱い思いを交えながら、劇団のことを面白おかしく話していくが、間宮の興味はそんなところにはない。熱心に耳を傾ける素振りをしながら、どのように切り出そうかとチャンスを窺っていた。

「お笑いを主体とした劇団なんですよ。僕みたいにコメディ俳優を目指す人間もいますが、お笑い芸人志望の人も少なくないですね」

「そういえば個性的で面白い芸名の方が多いですよね」

間宮は近藤から借りたライブのパンフレットを広げながら言った。二年と半年以上も前のライブだが、藤原は嬉しそうに微笑んだ。

「そうなんですよ。特に芸人だと名前を覚えてもらわなくちゃなりませんからね。インパクトは重要です。彼らにとっては名前も芸の一つですから」

「この『アラマキとかげ』って面白い名前ですね。エリマキトカゲみたいで」

さりげなく本命を持ち出したつもりが、藤原の笑みがさっと消えた。

「アラマキさんかぁ……。その人はもう劇団を辞めちゃってます。もう二年も前の話ですよ」

藤原が困ったような顔をして頭を掻いた。彼女のことはあまり話したくないようだ。

「どうして辞めちゃったんですか？」

「これについては書かないでほしいんですけど。あんまり楽しい話じゃないんで」

彼の表情がさらに曇る。

「ご心配なく。劇団のイメージを損なわせるようなことは書きません。それはお約束します。まあ、興味半分で聞いてるだけです」

藤原は安堵したように笑顔を戻した。もっとも何を話しても記事にはならないのだが。

「本名は新巻優子《あらまきゆうこ》さんという女性です。結婚していて子供もいたんですけどね……」

「結婚？　子供がいた？」

思わぬ情報に思わず声が裏返ってしまった。藤原が少し驚いたように間宮を見る。

「事故でご主人と子供さんをいっぺんに亡くしてしまったんですよ」

多くの人間の命を奪いながら社会に溶け込んでいた女が、若くして結婚をして子供までもうけていたとは。そのささやかな家族も事故で失ってしまう。ますます女が分からなくなった。

「交通事故か何かですか？」

「いや、それがね……。カセットコンロが爆発したらしいんですよ」

「なんですか、そりゃ？」

「少なからずあるらしいですよ、カセットコンロの事故って。一年に何人かは死人も出ているって話です。扱いを間違えると引火したり爆発したりするらしいんですよ。

新巻さんも自宅で焼肉をやっている最中に爆発したそうですからね。やっぱり怖いですよ」

藤原はコーヒーを口に含みながら言った。

「で、彼女は無事だったの？」

「ええ。たまたま現場にいなかったので助かったそうですよ。ただ、やはりショックだったんでしょうね。その日のうちに行方をくらましてしまったんです。亡くなったご主人のお兄さん、つまり彼女にとって義兄に当たる人が僕に連絡を取ってきましてね。彼女の所在に心当たりがないかといろいろ聞かれました」

「心当たりがあったんですか？」

藤原が悲しげに首を横に振る。

「他の団員にも聞いてみたんですが、誰も心当たりがないと言ってました。今ごろどこで何をしていることやら。とりあえず変な気だけは起こさないでほしいですね」

変な気を起こすどころか他人の命を奪いながら生きながらえている。

新巻優子の話ばかりをするわけにもいかないので、他の団員に話題を移して藤原の話を熱心に聞くふりをしながら、頭の中では女のことを考えていた。亡くなった夫の兄が彼女の所在を調べていると藤原が言った。優子にとっては義兄である。彼からも話を聞くべきだろう。大きな情報を握っている可能性がある。

藤原の話題は芸人たちの名前の由来に入っていた。さほど興味はなかったが取材の体裁を取り繕うためメモを取っていた。

「それはそうと『アラマキとかげ』の名前の由来となるエピソードについてはご存じですか？」

藤原の話が終わったタイミングを見計らって話を切り出すと、彼女の名前を出してほしくないという意思表示だろうか、肩をすくめてみせた。

「きっとご家族の方ならご存じですよね。新巻優子さんのお義兄さんでしたっけ。連絡先は分かりますか？」

「いや、ですから彼女のことは記事にしてほしくないんですよ。劇団のイメージにもかかわることだし……」

藤原が顔を曇らせる。

「ええ。もちろん記事にはしませんし、原稿が完成したら藤原さんにも確認を取ってもらいますから大丈夫です。ちょっと面白いネーミングなので個人的に気になってるんですよ」

「そういうことでしたら……。そこまで面白い芸名ですかね」

藤原はバッグから分厚い名刺ファイルを取り出した。表紙には「劇団関係」のシールが貼り付けられている。開くと夥《おびただ》しい枚数の名刺がファイリングされている。藤原はその中から一枚を抜き取った。名刺には「新巻博史《ひろし》」と印字されている。二年ほど前に彼が義妹のことで藤原の元を訪れた際に置いていったらしい。

「なんとか彼女には戻ってきてほしいんですよね。他の連中は気づいてないかもしれないけど、新巻さんはすごい才能を秘めています。ネタのセンスが抜群なんですね。いずれ大化けしますよ。僕には分かるんです」

お笑い芸人としての彼女を語る藤原の眼差しは真剣だった。

【新巻博史（二）】

視界が爆《は》ぜた。何もかもが吹き飛んだ。

覚えているのはそこまでだった。目が醒めると新巻博史は病室のベッドの中だった。顔や腕がヒリヒリと痛む。手を当てようとしたが両手には包帯が巻かれていた。それから間もなく顔の上半分にも巻かれていることに気づいた。何よりひどい頭痛がする。

「博史！」

母親である美智子《みちこ》の顔が見える。頬は濡れそぼって、双眸《そうぼう》を真っ赤に充血させていた。彼女は今年で七十になる。年相応の相貌をしていたはずが、今はそれよりずっと老けて見えた。あまり寝てないのか顔色は土色で、艶を失った髪が乱れている。頬もこけてしまったように見える。

「母さん、俺はいったい……」

起き上がろうとする博史を母親が制した。

「あんたはゆっくり寝てなさい。火傷がひどかったし、頭も強く打ったんだよ」

「辰巳《たつみ》は？　拓《たく》ちゃんは？」

聞くのが怖かった。しかし聞かずにはいられなかった。母親がぎゅっと歯を食いしばって頬を震わせている。やがて大粒の涙が震える頬を伝わり、握りしめた彼女の拳を濡らした。

博史は瞳を閉じて枕に頭を戻した。

これは夢なんだ。俺は悪い夢を見ているんだ。

やがてその思いは「夢であってほしい」という願望に変わり、一分後には絶望を噛みしめた。

「俺が死ねばよかったんだ。なんで辰巳や拓ちゃんが死んで、俺みたいなやつが生きてるんだ」

博史は包帯で巻かれた拳を掛け布団の上に叩きつけた。刺すような疼《うず》きが走ったが、やり場のない怒りがそれを鈍化させた。

「バカなことを言うんじゃないわよ！」

母親が濡れた瞳で長男を睨《ね》め付けた。

「だってそうじゃないか。あいつは拓ちゃんの父親で優子さんの夫だ。守らなきゃいけない家族がある。それに比べて俺はどうだ？　会社にはリストラされてかみさんには逃げられて。ダメな兄貴だよ。俺には失うものが何もない。母さんだってそう思うだろ。できのいい弟や可愛い孫が残ってくれた方がよかっただろ」

「お願いだからそんなことを言わないで。私にとってあんたたち二人は自分のお腹を痛めて産んだ子供よ。どちらを失っても悲しいに決まってるじゃないか。あんた、長男でしょ。父さんもいないんだよ。こんなときくらいしっかりしてよ」

美智子が博史の胸に顔を埋めて泣き出した。博史はそんな母親の髪を撫《な》でながら「ごめん」とつぶやく。父親の辰博《たつひろ》は五年前に癌で亡くなった。

「しょうがないわよ。事故なんだから。誰が悪いわけでもないんだから」

美智子が涙と鼻水でグシャグシャになった顔を上げる。

「母さん、優子さんは？　優子さんは無事なんだろ？」

博史の問いかけに母親が表情を消した。新巻優子は辰巳の妻であり、二歳になる拓《たく》也《や》の母親だ。

「それが……」

布団の端を握る彼女の手が震えている。

「いったいどうしたんだよ？」

「いなくなっちゃった……。優子さん、手紙を置いて消えちゃったのよ」

そう言って大きく息を吐き出した。涙は止まったようだが代わりに額に汗が滲んでいる。

「なんて書いてあったんだよ？」

「二人のところに行く、捜さないでほしい……って」

博史は唾を飲み込んだ。明らかに遺書だ。優子は辰巳と拓也の後を追うつもりだ。

「警察に連絡は？」

「言われなくたってしたわよ！　事故から三日経つけどまだ見つかってないの。あんた、あの子の行き先に心当たりとかないの？」

美智子が声に切迫を滲ませる。どうやら博史は三日間も意識を失っていたようだ。

「意識が戻ったんですね」

そうこうするうちに医師と看護師が病室に入ってきた。血圧や体温から始まり火傷の治り具合や脳波のチェックも受けた。そして薬を投与されると再び博史の意識は遠のいていった。

＊＊＊＊＊＊＊＊

辰巳が優子を家に連れてきたのは四年前のことだ。

美智子も博史もその時は少し驚いた。辰巳は実弟ながらルックスに恵まれているとはお世辞にも言えない、誠実と生真面目さだけが取り柄の男で、学生時代から女性とは縁のない人生を送っていた。性格の地味さはファッションやライフスタイルにも表れていて、若い女性受けのする人間ではない。ましてや妙齢の女性をエスコートしたり楽しませたりするスキルなど持ち合わせようもない。兄の博史とは正反対の物静かで奥手な性格なのだ。

母親も博史もそんな辰巳のことを気にかけていた。年齢も三十半ばになる。このままでは一生結婚できないのではないか。そんな心配をする心の余裕が当時の博史にはまだあった。一流大学を出た博史はインターネット上のコンテンツを手がける会社に勤務しており、それなりのポストと給与を得ていた。社交的でルックスにも恵まれていた博史はモデル出身の雅美《まさみ》を妻に持ち、辰巳からも羨ましがられていた。それから間もなく会社の業績は急激に悪化して博史はリストラされる。それがきっかけで雅美は家を出て行くわけだが、それはまた別の話だ。

辰巳は絵本や児童書の古本を扱う会社に勤務していた。会社といっても家族経営同然の超零細だ。それでも辰巳は実直な性格を買われたようで、大学を卒業後、就職してからずっとお世話になっていた。仕事内容も給料もやはり辰巳の職場らしい、華やかさとは縁遠い堅実さがあった。

そんな会社に別所《べっしょ》優子が新入社員として入ってきた。辰巳が彼女の教育係として業務全般を指導することになった。必然的に一緒にいる時間が長くなる。辰巳は心根の優しい男だ。今までは女性が近くに寄ることがなかったから彼女たちも弟の良さが分からなかった。しかし優子は違ったはずだ。

彼女が実家にやって来たとき「寡黙だけど信頼ができる男性」と辰巳を評していた。彼女の言葉を聞いて辰巳は照れくさそうに頭を掻いて笑っていた。美智子も辰巳に恋人ができたことを心底喜んでいるようで、優子のことをいつでも歓迎した。結婚前から彼女に服を買ってやったり、一緒に食事に連れて行ったりと絆《きずな》を深めていった。父親が亡くなってふさぎ込むことが多かった母親が久しぶりに見せた幸福に満ちた笑顔だった。

別所優子も色白な肌が印象的な、それなりに整った顔立ちではあったが、見た目は地味で大人しい感じのする女性だった。

しかし話してみれば存外に陽気でユーモラスな性格である。母親や博史の前でもジョークを交えて面白おかしく話をする。彼女が来てから新巻家は笑いが絶えなかった。そんな彼女の夢はお笑い芸人になることだという。まさかと思ったがかなり真剣に取り組んでいたらしい。後で知ったことだが、優子はお笑い劇団に所属していて年に数回の公演にも参加していたという。辰巳もそんな彼女を温かく見守っていたようだ。

優子が実家に姿を見せるようになって半年後。

二人は結婚した。それによって別所優子は新巻の姓を名乗ることになる。式は身内だけで済ませた。生まれも育ちも名古屋だった美智子は派手な披露宴を考えていたようだが、辰巳と優子はジミ婚を押し通した。どうやら辰巳が優子の境遇に気を遣っていたようだ。彼女は両親を早くに亡くして兄弟もいない。親戚とも疎遠で天涯孤独の人生を送ってきた。彼女側の席に呼べる人間がいなかったのだ。さらに彼女は親しく付き合っている友人もいないようで、身内だけの式もほぼ全員が新巻家親族と辰巳の親友だった。仕方がないので職場の人間全員を彼女側の席に当てることになった。

母親とも話したが、肉親や親戚はともかく友人が一人もいないというのはどうなっているのだろうと思った。孤独が染み付いていると人を寄せ付けないものなのかもしれないが、それにしても一人もいないというのも不自然だ。そのときは人間的な欠陥を疑ってしまったが、二人の結婚生活を見る限り杞憂《きゆう》だったようだ。

辰巳の家は狭いながらも新築の一軒家だった。子供が生まれたのを機に名古屋市郊外の建て売り物件を目一杯のローンを組んで買ったのだ。小さな子供がいるとマンションやアパートでは泣き声が気になってしまう。頭金の一部は母親の美智子が援助した。

そしてあの日、博史は弟夫婦の家の夕食に招待されることになった。甥《おい》っ子の拓也は二歳になっていた。そのころには博史は職を失い離婚していたので、生活も以前と比べて荒《すさ》みつつあった。弟夫婦はそんな博史を励ます意味で招待してくれたのだと思う。

ダイニングに通されると、テーブルの上のカセットコンロに大きめの鉄板が載せられていた。鉄板は新品のようで表面に艶があった。ビール瓶も数本並んでいた。

「今夜は焼肉だよ。兄ちゃん、好きだろ」

そう言いながら辰巳は肉のパックを冷蔵庫から取り出す。奮発したのだろう。質の良さそうな肉が敷き詰められていた。その隣で拓也が無邪気に笑っている。母親譲りの白い肌に、辰巳の特徴でもあるふっくらとした頬。ぱっちりと開いたどんぐりのような眼。贔屓《ひいき》をするわけではないが、よその幼児と比べても別格に可愛かった。鬱屈とした生活でささくれだった気持ちも甥っ子の笑顔に癒された。

「新しい鉄板か？」

「うん。今日は兄ちゃん入れて四人で食べるつもりだったからさ。大きめのやつとカセットコンロを買ってきたんだ」

「優子さんはどうした？」

夕食の準備はできているのに彼女は姿を見せない。

「体調を崩しちゃってさ。寝室で寝てるよ」

「大丈夫なのか？」

「ああ。大丈夫だと思うよ。夕飯の支度は彼女がやってくれたんだ」

辰巳はビールの栓を開けながら言った。博史のコップにビールを注ぐ。博史は鉄板の上に手をかざして温度を確認した。

「そろそろ鉄板も熱くなってきたから肉を焼くか」

「よしきた」

辰巳はパックを覆っているビニールを取り除くと肉を鉄板の上に載せた。白い煙を上げながら音に合わせて油が弾《はじ》ける。それを見ていた拓也が煙にむせて咳をまき散らした。そんな姿を見て辰巳と博史は笑い声を上げた。思えば兄弟だけで食事をするのも久しぶりのことだ。拓也に肉や野菜を食べさせながら、二人は思い出話に花を咲かせた。

「それで……優子のことなんだけどさ」

突然、辰巳が声を潜めながら顔を近づけてきた。

「どうした？　優子さんと何かあったのか？」

辰巳が表情にどことなく不審感を滲ませていた。

「あいつのこと……よく分からないんだよ。いくら聞いても過去のことは話そうとしないし」

「幼少の頃にご両親を亡くされて施設を転々としてきたって言ってたじゃないか。俺たちには窺い知れない苦労があったと思うぜ。思い出したくもない辛《つら》いことがいっぱいあったんじゃないか？」

「そ、そうなんだけどさ……。何かがおかしいんだよ。先日、優子の施設時代の知り合いという女性が、風の便りに結婚したと聞いてうちを訪ねてきたんだ。たまたま優子は留守にしていたんだけどさ」

訪ねてきたのは優子と同年代の女性だったという。彼女も最近結婚をきっかけに名古屋に引っ越してきたようだ。

「それのどこがおかしいんだよ？」

「玄関先でちょっと話をしたんだよ。施設を離れて優子とは十年以上会ってないというんだ。その当時の写真を見せてくれたんだけど……今の優子とは似ても似つかないんだ」

辰巳が訝しげに首を傾げながら言った。

「そりゃあ、十年も経ってるんだ。当時まだ高校生くらいだろ。十代から二十代の女の変貌ぶりはすごいからな」

博史も別れた妻の学生時代の写真を見たことがあるが、なんとか今の面影が読み取れる程度だった。彼女もモデルになるにあたって顔をいじってるはずだ。

「似てないのも程度問題だよ。本当に別人なんだ。十年前の写真の優子の肌はあんなに白くないし、目がヒラメみたいに離れているし、そもそも頭の形が違うんだ」

「頭の形？」

「うん。写真の優子の頭は顔の大きさに対してアンバランスに大きいんだよ。だから施設でも『でっかち』って呼ばれていたらしいんだ」

そのあだ名は頭でっかちからついたものだろう。それはともかく今の優子の顔はどちらかといえば卵形に近く少なくとも頭でっかちではない。両目の位置間隔も平均的といったところだ。

「さらに右頬の黒いシミがないんだよ」

優子の右頬には十円玉ほどの黒いシミがある。それほど濃くないはずだが下地が真っ白なのでどうしても目立ってしまう。

「でも彼女、昔はなかったけどいつの間にか出てきたと言ってたぞ」

博史はそれもチャームポイントだと思っていたが、彼女は頬をさすりながら苦笑していた。ここ数年のうちに出てきたものだという。

「シミはいいとして、頭の大きさとか目の間隔って十代後半から二十代にかけての成長過程でそこまで変わるもんなのかな」

辰巳が箸を置いて腕を組みながら言った。幼少期からならあり得るかもしれないが、ある程度成長を終えている十七歳からでは考えにくい。

「人違いじゃないのか。その女性も優子さんのことを知り合いだと勘違いしたんだよ。たとえば同姓同名だったとかさ」

　そうは言ってもやはり腑に落ちない。日本全国に別所優子という名前の女性は何人いるのだろうか。

「優子さんがその女性と実際に会ってみれば分かることだろ。彼女の連絡先は聞いておいたんだろ？」

「ああ。彼女は名刺を置いていったよ」

　最初から博史に見せるつもりだったのか辰巳は胸のポケットから名刺を取り出した。名古屋外郎を販売する会社のようで「岡島園恵《おかじまそのえ》」と印字されている。彼女によると旧姓は前原《まえはら》だったそうだ。

「優子さんに見せたんだろ。彼女なんて言ってた？」

「そんな女、知らないって」

「やっぱり先方の人違いだ。だったら問題ないじゃないか」

「とりあえず、これ見てよ」

　今度は新聞記事の切り抜きを差し出してきた。一昨日の夕刊だ。そこには「ホームから転落。女性死亡」と見出しが打たれていた。駅ホームから転落した女性が通過した列車にはねられて死亡したというニュースだ。記事を読み進めるとどうして辰巳がこの切り抜きを見せたのか分かった。その女性が岡島園恵だったのだ。

「兄ちゃん、それどう思う?」

「どうって……。ちょっとビックリするよな」

博史を見つめる弟の表情が険しくなっている。

「まさか、お前……、優子さんがやったとか言うんじゃないだろうな」

「もちろんそんなこと信じてないよ。ただ、その日優子は拓也を母さんに預けて丸一日家を空けてるんだ。街に買い物に行くって」

「考えすぎだよ。ショッキングな事故だったから疑心暗鬼になってるだけさ」

そう言ったが、博史の頭の中にも黒い靄《もや》が広がっていた。その靄の中で色白の優子の顔が見え隠れする。たしかに彼女の素性については何も聞かされてない。母親も博史も、奥手で女性に縁のない辰巳と一緒になってくれる女性なら、彼女の過去のことなどどうでもよかったのだ。むしろ詮索をして優子の気持ちが離れることを恐れた。

「優子のやつ、時々、寝言を言うんだよ。本人も気づいてないけどさ」

「当たり前だろ。自分の寝言なんて分かるかよ」

博史は肉を口の中にいれて頬を膨らませている拓也の頭を撫でながら言った。

「バラオ、バス、ジェノサイド」

辰巳が単語を並べる。

「なんだよ、それ」

「彼女の寝言だよ。本当はもっと長いんだけど発音がはっきりしないから何を言ってんのかよく分からないんだ。でもこの三つだけはなんとか聞き取れた。この寝言は今までにも何度か聞いてるんだ」

辰巳が重い表情のままビールを口に含んだ。

「ジェノサイド……集団殺戮《さつりく》か。物騒だよな。優子さん、一体どんな夢を見てんだろうな」

博史は苦笑した。お笑い芸人を目指す陽気な彼女が見る夢にしては殺伐としている。しかしバラオとバスは意味が分からない。

「パパ、お肉取ってえ」

拓也が箸を伸ばしながら鉄板に顔を近づけている。

「危ないからパパが取ってあげるよ」

辰巳が箸を鉄板の上の肉に付けたそのときだった。

炸裂音がして博史の視界がはじけ飛んだ。オレンジの強烈な閃光《せんこう》とともに顔や腕に熱い痛みが襲いかかってきた。その直後、今度は後頭部に強い衝撃を受けた。

【新巻博史（二）】

事故から数週間、数ヶ月が過ぎても優子の行方は分からなかった。

彼女のことを思い出す。お笑い芸人志望と言うだけあって、陽気でひょうきんな会話をする女性だった。そしてもう一つ。人一倍、歯の健康に気を遣っている印象があった。食後はすぐに歯磨きをするのだが、その時間が異様に長い。そのおかげで虫歯は一本もなく、歯医者に掛かったことがないと言っていた。

しかし、それが彼女の行方をさらに不確かなものにしているのも事実だ。山中から身元不明の遺体が上がっても優子の歯の治療記録が存在しないので照合が困難だ。

その後、母親の美智子と二人で弟夫婦の家の中を整理した。棚にはアルバムが見つかったが、写っているのは辰巳と拓也ばかりで、優子の姿がどこにも見当たらなかった。やはりここでも過去の彼女を示すものが何一つ出てこない。結婚前の彼女の姿を写した写真が一枚も見つからなかった。小学校や中学校の卒業アルバムすらない。優子が持ち去ったのか。それならどうして夫や子供の写真は置いたままにしてあるのだろうか。

そう言えば優子の過去を知っているという女性がいた。岡島園恵と言ったか。十年前に同じ施設で暮らしていた女性だ。彼女は当時の写真を持っていたが、それは今の優子とは似ても似つかない女だったと辰巳は言っていた。その岡島も電車に轢《ひ》かれて命を落とした。これでまた一つ、優子に関する情報を失った。

辰巳はあの焼肉の席で、経歴が曖昧な優子に対する不審感を覗かせていた。博史はそんな弟に対して考えすぎだと言ったが、実は彼自身も弟と同じような思いを胸の内に燻《くすぶ》らせていた。

博史も退院して日常生活を送れるほどには回復していた。ただ、右頬と腕に若干の火傷の痕が残ってしまった。鏡を見ると右眼窩下から頬にかけて皮膚が引きつっている。変色が大きくないので極端に目立つほどではないが、それでも以前の顔を知っている者たちからすれば違和感があるだろう。

カセットコンロが爆発した原因は使い方にあった。

博史は気づかなかったが、あの日辰巳は二台のカセットコンロを並べてその上に大きめの鉄板を載せていた。その置き方だとどうしても片方のコンロのカセット収納部が鉄板に覆われる。鉄板の熱で中のボンベが過熱状態となり、内圧が高まって破裂してしまった。調べてみると過去にも多く報告されている事故のようだ。

このときちょっとした疑問が頭をかすめた。

コンロと鉄板のセッティングをしたのは辰巳と優子、どちらだったのだろう。優子は警察の事情聴取を受ける前に手紙を残して姿を消してしまったそうだ。博史もあの席に優子がいなかったからてっきり辰巳がセッティングをしたと思い込んで、警察の事情聴取にそう答えてしまったが、その姿を見ているわけではない。博史が弟夫婦宅を訪れたときにはすでに用意されていたのだ。

辰巳は食事の席で「今日は兄ちゃん入れて四人で食べるつもりだったからさ。大きめのやつとカセットコンロを買ってきたんだ」と言っていた。ということは鉄板もコンロも新品である。買いに行ったのはどちらだろう？

弟は運転免許を持っているが車を持たない。数年前に衝突事故を起こして、それ以来車の運転を止めてしまっている。優子も車の免許を持っていないと言っていた。それなら彼らの行動範囲は限られる。カセットコンロと鉄板を買うためにわざわざタクシーを使って遠くのホームセンターに行くとも思えない。そして弟夫婦の自宅の近くには金物屋があった。歩いて数分の距離だ。

博史は金物屋の主人に辰巳と優子の写真を見せた。結婚式に撮った写真だ。優子が写っている写真は今のところこれだけである。しかし金物屋の主人は写真を見るなり険しい顔を博史に向けた。

「アンタ、俺を訴えようって言うんか？　俺はちゃんとこの女性《ひと》に注意したんだ！」

主人はすごい剣幕で立ち上がった。

「ちょ、ちょっと！　何のことですか？　訴えるとか意味が分かりませんよ」

博史は勢いに気圧《けお》されて、胸の前で両手を振りながら後ずさった。

「なんだ、違うのか？」

「ええ。ただこのうちのどちらかが、ここで買い物をしなかったか聞きたいだけなんです」

と言っても主人は「この女性に注意した」と優子を指さしている。二人が弟夫婦だと明かすと主人は「そうか」と神妙な顔をした。度の強い鼈甲《べっこう》メガネのおかげで頑固そうな目が小さく見える。背は低いが体つきのがっしりとした初老の男性だった。髪の毛はフサフサとしているが白髪が目立っている。

「怒鳴りつけてすまんかった。てっきり言いがかりをつけにきたとばかり思ったもんで」

「つまり義妹がこちらで購入したのですね？」

博史が尋ねるとばつの悪そうな顔をして頷いた。自分が売ったコンロが爆発したことを知っているらしい。

「奥さんがカセットコンロ二台とそれに合うカセットボンベ二つと、大きめの鉄板をほしいと言ったんだ。コンロを二台並べた上に鉄板を置くのは危険だから絶対にしないように念を押したさ。奥さんも、そんな使い方はしない、カセットコンロの一台は友達に頼まれたものだ、鉄板は友人たちと外でバーベキューをするためだと言うもんだから安心して売ったんだよ。だけどあの事故だろ。奥さんも分かっていたはずなのに、なんであんなるかな。小さな子供が亡くなったんだろ。親として失格……」

優子が博史の義妹であることを思い出したのか、主人は「すまん」と言って話を切った。博史は礼を言って店を出た。

どうやら鉄板とコンロを用意したのは優子ということになる。大きめの鉄板を買ったのは、家族と博史を含めた四人で焼肉をするためだと辰巳は言っていた。外でバーベキューなんて話は出ていない。カセットコンロを二台用意したのもやはりこの鉄板を載せるためだ。一台では小さすぎて載せることができない。

夕食のセッティングは辰巳がしたにしろ、優子はカセットコンロを並べて鉄板を載せることは絶対にさせなかったはずだ。少なくとも彼女は金物屋の主人から注意を受けてそれが危険であることを知っている。辰巳がセッティングをしたなら必ず確認をするはずだ。

博史の頭の中で疑念が渦巻いてくる。そもそもカセットコンロ二台と大きめの鉄板という買い物からして不自然だ。カセットコンロ一台ではあの大きさの鉄板を載せることができない。最初からコンロ二台のセッティングを想定した買い物と言える。そしてあの場に優子だけいなかった。体調を崩してベッドに入っているということだった。

もしこの事故が彼女の仕組んだものだとしたら……。

博史は背中を氷柱《つらら》で撫でられたような感触に思わずのけぞる。そうなれば優子は博史の命をも狙っていたことになる。それ以上に慄然《りつぜん》とするのは愛息であるはずの拓也を殺したことだ。息子は二歳。一番可愛い盛りである。博史自身、何度もあの無垢《むく》な笑顔に和まされたことか。自分の子供でもないのに、あの子を守るためだったら命さえ投げ出せる、そんな気さえしていた。母親であるなら尚更のはずだ。今まで辰巳たちの死を事故だと信じ続けてきた拠り所はそれだった。母親が子供を殺《あや》めるはずがない。そんなことを優子がしようはずがない。

しかし博史は、優子のことをほとんど知らない。お笑い芸人志望であること、自分の歯の健康に神経質なこと。それくらいのことだ。どこでどんな人生を送ってきたのか、まるで分からない。辰巳ですら詳しく把握していないのだ。それどころか弟は優子に対して不審感を抱いていた。きっかけは昔の知り合いが見せた写真がまるで別人だったということ、そしてその女性が列車に轢かれて死んだことだ。それすらも彼女が仕組んだことだと弟は言いたげだった。

もしそうであれば、優子は生きているということになる。夫と息子の後追い自殺をほのめかすような遺書を残しているが遺体が上がっているわけではない。思えば弟の自宅から彼女の写った写真が一枚も出てこない。それも不自然だ。これから死ぬ人間がなんのために自分の写真を処分する必要があるのか？

しかし、すべて彼女が仕組んだことだとしても、どうしても分からないことがある。夫や息子を殺してまで、そして自分の存在すらも殺してまで姿を消す。博史まで殺そうとしたのだ。いったいなんの目的でそんな恐ろしいことをやり遂げたのか――。

博史はいつの間にか荒くなっている呼吸を整えた。

優子を見つけ出してやる！　たとえそれが死体であろうとも！

博史は墓の前で手を合わせていた。そこには死んだ父親と辰巳、拓也の名前が刻まれている。彼らに呼びかけながら三人の顔を思い浮かべた。博史の脳裏に浮かんだのは笑顔ではなく、無念を滲ませた辰巳の哀しい顔だった。博史はわき上がってくる怒りのやり場として優子の顔を思い浮かべようとした。しかし浮かんでこない。目鼻立ちが曖昧としてモザイクがかかったようだ。肌の白さだけが際立っている。

ポケットから辰巳の結婚式の写真を取り出す。これだけが唯一、博史の元に残された優子の顔写真だ。その顔をじっと瞳に焼き付ける。しかし改めて眺めてみると微妙に印象に残りにくい顔立ちをしている。目鼻立ちは整っている方だと思うが、全体的に直線的でどことなく人工的な感じがする。整形しているのかもしれない。だから過去の写真を処分しているのか。

もしそうなら彼女はまた顔を変えるだろう。夫と子供を殺めたのだから、名前だって変える必要がある。

いや、待てよ。

もしかしたら彼女はそういう人生を送ってきたのではないか。目的は分からない。顔や名前を変えて人生を転々とする。自分にとって邪魔な存在は容赦なく排除していく。岡島園恵もその一人。それどころか夫や実の息子ですらそうなのだ。もちろん博史も。

そういえば優子はどこかの劇団に所属していると言っていた。辰巳の葬式のときに劇団の何人かが参列していた。博史は実家にある参列者の記帳簿から彼らの連絡先を確認した。

大須商店街の待ち合わせの喫茶店で会ったのは彫りの深い顔立ちの青年だった。役者志望だけあって人目を惹きつける存在感があった。彼は指で黒縁のメガネをそっと上げると微笑みながら名刺を差し出してきた。「藤原弘道」とある。優子の所属する劇団「貧乏鯨」の主宰者だ。彼も葬式に参列してくれた。

「それでマッキー……、失礼、アラマキさんの行方は？」

優子は劇団で「アラマキとかげ」と名乗っていた。彼らからは「マッキー」と呼ばれていたそうだ。

「それがまだ分からないのです」

博史が答えると藤原は痛ましそうに顔をしかめた。

それから博史は優子の手掛かりになりそうなことがないか、劇団での彼女についていくらか質問をした。

「劇団の中では存在感が薄い彼女ですけど、お笑いのセンスはピカイチだったと思います」

「そうなんですか」

博史は意外に思った。たしかに面白おかしくひょうきんなことを言ってくる義妹だったが、そこまでの実力があるとは知らなかった。

「お笑いって台詞だけじゃないんですよ。面白い台詞だったら誰でも言えます。要はタイミングなんですね。台詞を繰り出す間の取り方といいますか。彼女はそれが絶妙だったんです。特にボケ役をやらせると俄然《がぜん》輝きましたね」

博史は「ほう」と感心の声を漏らした。

しかし藤原の話から優子の所在につながるヒントは得られなかった。劇団の中に親しい友人はいなかったという。

「劇団以外で知り合いとか友人みたいな人っていなかったですか？」

「さあ、劇団以外となるとちょっと……。あっ、そういえば前のライブにお友達が来てたみたいですよ。女性二人だったかな」

「それは誰なんです？」

博史は身を乗り出した。残された電話帳を調べても劇団の関係者ばかりだった。

「一人は三十代くらいのスタイルの良いきれいな女性でした。もう一人はもう少し若い感じで、ちょっと太めだったけど小麦色したチャーミングな女性でしたね」

「その女性の名前とか分かります？」

「うーん、名前までは……。あっ、でもアラマキさん、若い方の子を『サエコちゃん』って呼んでましたね。ちょうど僕の付き合っている彼女の名前と同じだったんで覚えてます」

博史はメモ帳に「サエコ」と記入した。

「その女性二人の所在とかはご存じないですよね。もしかしたら優子の行方を知っているかもしれないから」

「すみません。そこまでは聞いていませんでした。あの髪型や洋服の感じからすると会社員じゃないと思うんですけどね。アパレル関係とか美容師さんとか。そんな感じでしたね」

藤原が虚空を見つめながら首を傾げる。彼女たちと会ったのはそのライブ一回だけだという。これだけで彼女たちを探し当てるのは難しそうだ。

「ああ、それともう一つ」

博史はメモ帳をめくりながら質問するべき事項を探した。

「なんですか？」

「ええっと。『バラオ、バス、ジェノサイド』――この三つの言葉に何か心当たりはありませんか？」

「いやあ、まったくないですね。なんですか？」

「実は優子がよく寝言で言っていたらしいんです。弟が何度も聞いたって言うもんですから手掛かりになるかなと思いまして」

「そうだったんですか。すみません、まったく心当たりがないです」

藤原が申し訳なさそうに頭を下げた。


【沢村健太】


「まいどありがとうございます。宅配ピザの『ポモドーロ』です」

沢村健太《さわむらけんた》は玄関ドア脇に設置されたインターフォンに向かって声をかけた。右腕に抱えた商品の入った箱がほんのりと温かい。鍵が外れる音がしてわずかに開いたドアの隙間から女性の目が覗いた。健太は笑顔で頭を下げる。女性は安堵の表情を見せるとドアチェーンを外して健太を玄関に迎え入れた。

「ご苦労様」

中に入ると若い女性が立っていた。ルーズなトレーナー姿で化粧っ気がまったくない。先日他の客へ宅配する際に、会社帰りの彼女をこのマンションで見かけたがまったくの別人だった。どことなく挑戦的な大きな瞳にキリリと整った眉毛。ラメ入りのプルンとした唇をアヒルのように突き出しながら涼しい顔をしてエレベーターを待っていた。まるでテレビドラマに出てきそうななりだったのに、今ではその面影すらない。大きいと思っていた瞳は細長く、整っていたはずの眉毛が見当たらない。真っ白ですべすべに見えた頬もニキビが目立っていた。隙のないメイクとファッションで武装していたはずの彼女の表情は緩みきっている。

宅配の仕事は面白い。客たちの素の姿を垣間見ることができる。健太は人間観察が好きだった。相手が人の目の届かないところでどんな生活をしているのか、非常に興味がある。それが若い女性なら尚更だ。コンビニに買い物に行くだけでもメイクする彼女たちも、なぜかピザの宅配人の前では無防備だ。もっともピザはテレビの前でくつろぎながら食べるものだからだろうが。

「ポモドーロスペシャルのMサイズですね。千五百七十五円です」

女性が財布を覗き込み小銭を探す。その背後では彼女の部屋が見える。ベランダの窓際には洗濯物が部屋干しされている。フローリングの床は脱ぎ散らかした服や雑誌やビールの空き缶やらで足の踏み場もない。来客はいないようだ。一人でくつろぐ時の部屋は他人に見せないものだ。彼女の秘密を覗き見したような楽しさがあった。

「そう言えば奥の部屋、三〇六号室に誰か引っ越してきたようですね。先日まで空き部屋でしたよね」

健太は小銭を引っかき回している客に声をかけた。

「そうなの？　いつの間に入ってきたのかしら。ていうか空き部屋だったことすら知らなかったわ。どんな人だった？」

「女性でしたよ。髪が長くて黒かったです。たぶん二十代後半。後ろ姿しか見てないけど」

この部屋に入る直前に三〇六号室に向かう女の後ろ姿を見た。女性としては身長が少し高めで痩せ形の体型。深い闇を思わせる漆黒の髪の毛が左右に揺れていた。

「あった。はい、ちょうどね」

女は千円札一枚と小銭を渡してきた。十円玉が何十枚もある。健太は舌打ちをしそうになった。どうやら三〇六号室の新住人には興味がないらしい。それ以上、何も聞いてこない。

「ありがとうございました！」

健太は頭を下げながらドアを閉めた。閉まる寸前に隙間から見えた女はお尻をクシャクシャと掻きながら部屋へと戻っていく。健太は苦笑した。恋人にも見せない姿だろう。これだから宅配はやめられない。

廊下は奥の非常階段の扉まで続き、三〇一号室のここから向こうまで十戸の部屋が並んでいる。健太は足音を殺して奥に進んだ。エレベーターとは逆方向だ。

三〇六号室の前で止まる。

この部屋に入っていった女性の髪が忘れられない。昔から健太は女性の髪に執着していた。日本の女性の美しさは天然の黒髪にあると思う。パーマやカラーリングなんてあり得ない。どうして彼女たちは金を払ってまで自分たちの美しさを否定しようとするのか、健太には理解できなかった。櫛《くし》がすっと入って通るような真っ直ぐで漆のように艶やかな髪。顔を近づけると鼻孔をくすぐる甘酸っぱい匂い。そのことを熱く語ると、友人たちからは「髪フェチだな」と笑われる。

そんな健太を惹きつけた黒髪が三〇六号室の女性である。ちょうど部屋に入るところだったので見えたのは後ろ姿だけだった。どんな女性で、どんな生活を送っているのだろう。

その時、廊下のさらに奥の方でガチャリとドアの音がした。健太はくるりと振り向いてエレベーターへと向かう。こんなところで不審者扱いされてはマズい。ピザ屋をクビにされてしまう。

健太はマンションを出ると路上に止めた宅配バイクから建物を見上げた。三階の右から六つ目の部屋。窓には女性ものの服がいくつか掛かっていてそれがカーテン代わりになっていた。どれもあの女性の体型に合ったスリムサイズだ。その隙間からふっと女性が通りかかるのが見えた。一瞬だったし隙間が狭いので顔立ちまでは分からない。黒い髪とは対照的に浮かび上がってくるような肌の白さだった。並んで掛けられた服と服の隙間から黒髪がさらっと揺れて、白い腕と横顔の一部が見え隠れした。色白の肌は黒い髪をさらに引き立たせる。そのコントラストに健太は強く惹かれた。

あの髪に顔をうずめてみたい……。

健太は名残惜しさを感じつつもエンジンをスタートさせた。

＊＊＊＊＊＊＊

チャンスは一週間後にやってきた。健太が宅配を終えて店に戻ってきたときだった。

「健太、宅配行ってくれるか?」

店長の松本《まつもと》が電話を片手に調理室から顔を出した。時計を見る。あと十五分でシフト交代だ。今からでは時間オーバーしてしまう。今日は見たいドラマがあるので早めに帰りたかった。次のバイトに押しつけようと思ったとき店長が、

「近いんやから頼むわ。キタザワレジデンス」

と言った。

キタザワレジデンス。その名前にピンときた。

「何号室ですか？」

「ええっと。三〇六号室。頼むよ」

「行きますっ！」

健太はさっと手を上げて引き受けた。

「なんだよ？　お前にしちゃ、やけに聞き分けがいいやんか」

「ええ。俺もそろそろ真面目な社会人になろうと思いまして」

「お前がそんなん言うって気味悪いわ」

エプロン姿の店長が健太の肩を叩きながら笑った。松本は三十代半ばでそれまで勤めていた証券会社を辞めてこの世界に入ってきた、いわば脱サラ組である。関西人であることは会話ですぐに分かる。

健太は予備校のランキングで底辺にある大学を卒業したが就職活動が思うようにい

かず、結局どこからも内定が取れなかった。大学を卒業して親からの仕送りも打ち切られたのでブラブラしているわけにもいかず、生活費を稼ぐためにこのピザ屋のバイトを始めたのが二年前だ。店長や他のスタッフともウマが合い、居心地の良さもあってずっと続けている。とはいえ、この時給では六万円の家賃を払うとギリギリの生活ではある。しかし出世や結婚など将来の夢を早々に諦めた健太にとって、今を無難に生きていられれば充分なのである。趣味は人間観察くらいだ。金もかからない。

「とか言って、あのマンションにお気に入りの子でもいるんやろ」

「そ、そんなこと、あるわけないっすよ」

鋭いところを突かれて声が上ずってしまった。三〇六号室。あの黒髪の女の部屋だ。宅配なら彼女の姿を、そして髪を間近にすることができる。そして彼女がどんな生活を送っているのか垣間見ることができる。

「じゃあ、重いけどこれ頼むわ」

店長がキッチン台の上に積まれた箱を指さした。

「こ、こんなにですか？」

箱はラージサイズだ。それが五つも積まれている。

「パーティーでもやるんやろ。とりあえず冷めないうちに頼んだぞ」

「電話は女性でした？」

「ああ。なんか面白い女だったぞ。注文するときもいちいちボケをかましちゃってさ。関西人の俺としてはツッコミ入れんわけにはいかんやろ。漫才みたいやったわ」

どうやら三〇六号室のあの女はユーモラスなキャラクターらしい。後ろ姿からしっとりとクールな女性をイメージしていた。しかしこれだけのピザを注文してパーティーをするというのなら社交的で活動的なのだろう。パーティー参加者の中には恋人がいるのかもしれない。他の男があの髪に顔をうずめる姿を想像すると胸を掻きむしりたくなる。

健太はため息を吐《つ》くと伝票を確認した。電話番号と一緒に神崎花美《かんざきはなみ》と印字されている。

「かんざきはなみ、か」

これがあの女性の名前のようだ。花美。いい名前だなと思った。

健太はピザのケースをバイク後部に設置されたボックスに入れると、シートにまたがってエンジンをかけた。

数分後には神崎花美の部屋の前に立っていた。どんな女性なのだろう。健太は女性に取り立てて美貌を求めていない。あくまでも髪なのだ。人間観察が趣味ということもあり、他人の生活や内面に興味がある。髪が美しい女性は特に。

健太は両手の指の関節を鳴らして深呼吸をするとブザーを押した。しばらく警戒するような間があったがインターフォンがブツリと音を立てた。

「はい……」

「宅配ピザのポモドーロです。商品をお届けに上がりましたぁ」

健太はインターフォンに向かって元気よく答える。店長には近隣住民たちに聞こえるよう大きめの声でやりとりするように言われている。宣伝効果を期待してのことらしい。

「ドアは開いているから入ってきて。商品は玄関に置いて下さい。お金はシューズケースの上に載せてあります」

と女の声が返ってきた。

「え、あ、あの……」

健太が声をかけようとしたとき、スピーカーのプツリと切れる音がした。

「失礼します」

健太はドアを開けて中に入る。女の言う通りお金はシューズケースの上に置いてあった。数えてみると間違いなくその金額だった。健太は上がりかまちの上に商品を置いた。

玄関からは短い廊下になっており左手にバスルームとトイレ、右手に一人暮らし用のキッチンが設置されているようだ。廊下とリビングを仕切る扉がないので、ここからでもリビングになっているようだ。廊下を進むとリビングの一部を覗くことができた。リビングルームは廊下から入ると左手に伸びているようだ。人の気配がするものの、女の姿をここからでは見ることができない。健太の視線は廊下を素通りしてリビングを横切り、ベランダ窓にたどり着く。そこには先日見たときと同じように女物の服がカーテン代わりにかけられていた。いずれも彼女の体型に合った細身のサイズだった。

「ここに置いておきますねー。商品の確認はよろしいでしょうか?」

健太は部屋の奥に向かって声をかけた。しかし女は姿を見せようとしない。軽い咳払いが聞こえた。

「ありがとうございました! またのご利用をお待ちしております」

健太はリビングに向かって、マニュアル通りに帽子を取って頭を下げると、玄関扉を開けて外に出た。そして、

「なんだよぉ。せっかくのチャンスだったのに」

と独り言に失意をにじませながら舌打ちをした。あの長い黒髪を間近で眺めること

ができると期待していたのに、一筋すら目に触れることができなかった。

それにしても、と思う。あの部屋は隣の部屋との間隔から勘案しても八畳あるかどうかだろう。彼女はポモドーロスペシャルのＬサイズを五枚も注文した。ポモドーロは他店よりもサイズが大きいことを売りにしている。Ｌサイズは男性なら三人から四人、女性ならそれ以上である。五枚なら少なくとも十五人ほどの来客ということになろうが、あの部屋にそんな人数が入れるとは思えない。友人を招くにしてもせいぜい三人から四人。女性なら一枚でまかなえるし、男性が混じるなら二枚も注文すれば充分なはずだ。それなのに五枚とは。ピザの大食い大会でもするつもりなのだろうか。

「まさかね……」

健太は苦笑を漏らしながらバイクにまたがった。三〇六号室を見上げると窓にかけられた服と服の隙間にふわっと何かが横切った。女だろうか。服がわずかに揺れていた。

「で、どうだった？　可愛い子だったたか？」

店に戻ると店長がにやけ顔を調理室から突き出してくる。

「なんか感じ悪っ、って女でしたよ。わざわざ呼びつけておいて顔も見せないなんて」

健太は店長に状況を説明した。

「呼びつけるって、相手はお客様やろが。金さえ払ってもらえれば問題ないよ。でも、時々そういう客っているよな。対人恐怖症なのかもしれんぞ」

「そりゃないでしょ。ラージを五枚も注文したんですよ。ゲストも一人や二人じゃないでしょう」

「ああ、そうか。対人恐怖症の女が自宅でパーティーなんかやらへんな」

店長がひとりで納得する。

しかし五枚とは……。いったいあの部屋に何人招待したのだろう？

健太の頭の中に先ほどの疑問が再び渦巻いた。部屋の収容人数に対してあのピザは多すぎる。それにピザは買い置きするものでもない。すぐに冷めてしまうし、チーズやパン生地も固くなってしまう。そうなれば風味も落ちる。普通は食べられるだけ注文するはずだ。

「健太。今日は悪かったな。もう帰っていいぞ」

店長が店の缶ジュースを一本渡してくれた。

「サンキューです。じゃあ、俺帰りますんで」

健太は店を出て駐輪場に止めてある自転車にまたがった。自宅アパートはここから五分ほど離れたところにある。明日は午後からのシフトだ。今日はこれから取り立てて予定がない。付き合っている彼女もいないし、飲みに誘える友人もいない。もっともフリーターの収入ではそんな余裕もない。

健太は五時過ぎだというのにまだ明るい初夏の空を見上げながらため息を吐いた。

さて今日はこれからどうするか？

お金をかけずに楽しめる娯楽といえば……やはり人間観察だ。

健太は自転車を自宅アパートとは逆方向に走らせた。数分で目的の建物が見える。もちろんキタザワレジデンスだ。マンションの前で自転車を止めて部屋を見上げた。先ほどと同じように服がカーテン代わりに吊るされている。数人の客がいるなら何らかの動きがここから見えるはずだ。しかし来客の気配はなかった。そもそもパーティーをするなら窓にあんなに服をかけておかないだろう。いかにもみすぼらしい。

健太はマンションの裏側の公園に回った。ここからだと部屋の玄関を眺めることができる。

これからいったい何人であのピザを平らげるつもりなのか？

よし、今日はこの謎を解明しよう。どうせ死ぬまでの暇つぶしだ。

健太はすぐ近くのコンビニで弁当を買うと再びキタザワレジデンスに戻ってきた。

ベランダから部屋を確認してみたが来客の気配はなかった。そして裏側の公園に自転車を止める。ベンチに腰掛けて神崎花美の玄関を監視する。

ピザを注文するのなら来客時間に合わせるものだ。彼らが訪れてくる数時間も前に注文すればピザは冷めてしまうからだ。しかしそれから二時間たっても三時間たっても来客はなかった。空はすっかり暗くなっている。しかし健太はそれからも玄関から目を離さなかった。時々、ベランダ側に回って部屋の状況を確認したがやはり来客の気配はない。しかし部屋の電気はついており、神崎と思われる女の影だけは服の隙間から見え隠れした。

なおも健太は裏側の公園から観察を続けた。時計を見ると日付を越えている。

「ストーカーだな、俺」

健太は時計を眺めながら苦笑する。昔からこういう観察に苦痛を感じない。刑事になればよかったと思うほどだ。どんな長時間の張り込み捜査にも対応できる自信がある。他人の生活や動きをじっと観察するのが好きなのだ。リアルな人間はテレビゲームのキャラとは違って予期せぬ動きを見せることがある。そこに予定調和やお決まりはない。偶然や必然が支配するリアルを観察するのはやはり楽しい。

気がつけば午前二時を回っていた。ベランダ側に回って部屋を確認したら電気が消えている。神崎花美は間違いなく部屋から出ていないから就寝したのだろう。

結局、パーティーはどうなったのか？　もしかしたら先方の都合が悪くなって中止になったのかもしれない。そうだとしたらあのピザも無駄になった。さすがに女性が一人で一度に食べられる量ではない。これからしばらくは冷蔵庫に保存しながらその都度電子レンジで温めて食べることになるだろう。その姿を考えると神崎のことが少しだけ気の毒に思えた。

とりあえず観察はここまでだ。来客はなかった。ピザは無駄になった。それにしてもいったい何人であれだけの量のピザを食べるつもりだったのか。健太にとっても無駄足になった。もどかしい疑問を振り払いながら自転車にまたがる。健太は人通りの絶えた路地を疾走した。

＊＊＊＊＊＊＊＊＊

「健太、宅配行ってくれ。昨日と同じお姉ちゃんだぞ」

次の日の夕方、店長がいたずらっぽい顔で健太に声をかけた。「キタザワレジデンス三〇六号室」と聞いてドキンと胸が高鳴る。昨夜遅くまで監視した神崎花美の部屋だ。その彼女からまた注文がきたのだ。

「またパーティーかな。ポモドーロスペシャルのラージサイズ五枚。こういう大口の客は助かるな」

店長が嬉しそうにピザの箱を叩いた。

「またラージ五枚ですか？」

「ああ。電話も昨日と同じ声やったわ。あのお客、いちいちボケるんよ。ラージをラー油とかな。おもろいお姉ちゃんやろ」

健太はバイクのボックスに商品を積んでマンションに向かった。ベランダを見上げると相変わらず女物の服がカーテン代わりにされている。しかしそのうちの数枚が昨日とは違う服に替わっていた。

健太はヘルメットを脱いでバイクを降りた。今日こそは彼女の姿を拝めるかもしれない。昨日と同じように部屋に向かうとブザーを押した。

「宅配ピザのポモドーロです！　商品をお届けに上がりました」

近隣住民に聞こえるようボリュームを上げる。すると今回はすぐにインターフォンから女の声が返ってきた。

「鍵は開いてるから。お金はシューズボックスの上にあります」

またかよっ！

健太は思わず毒づいてしまった。慌てて口を押さえたがインターフォンから反応がない。どうやら聞かれてはいないようだ。健太は安堵の吐息を漏らしながら扉を開けて中に入った。昨日と同じようにピッタリの金額がシューズボックスの上に置いてある。しかし女は姿を見せない。やはり昨日と同じように部屋の奥から気配だけを漂わせている。耳を澄ますとテレビの音が聞こえる。甲高い女性の声に合わせて笑いが起こる。どうやら神崎はお笑い番組を見ているらしい。

「あれ？」

健太の視線の先には透明のゴミ袋があった。廊下の右手にキッチンが設置されているがそのすぐ下にゴミ袋が膨らんだ状態で置かれている。玄関からすぐ近くだし、透明なので中身が透けて見える。ポモドーロのロゴが入った箱がペタンコにつぶされた状態で五つ収まっていた。ゴミ袋の中にピザの食べ残しは見あたらない。

まさか、あの女が一人で食べたのか？　それとも今日の午前中から午後にかけて来客があって、冷えて固くなったピザを食べたのか？

どちらもあり得ないと思った。それにしても昨日に比べて空気が濁っている気がする。部屋の換気が行き届いていないようだ。

「商品の確認はよろしいでしょうかぁ？」

部屋の奥に向かって声をかけるも、テレビから聞こえる芸人の甲高い声と観客の爆笑が流れてくるだけだ。

健太はいつも通りにマニュアル通りの挨拶をして部屋を出た。

いったい何なんだ、あの女は……。

大量のピザを五枚も注文してこんな時間からお笑い番組を見ている。仕事は何をしているのだろうか？　そもそも健太は女の顔をまだ知らない。二回も部屋を訪れたのにインターフォンを通した声しか聞いたことがない。バイクから部屋を見上げると、ピザを玄関に取りに行っているのか、女の影が動いているのが見える。

今日こそは客が来るのだろうか？　昨日のピザは誰が平らげたのか？　どうして女は健太に姿を見せようとしないのか？

知りたい。どうしようもなく彼女のことを知りたい。

健太は他人の生活に人一倍興味が強い。ミステリアスな人物なら尚更だ。何より彼女は美しい髪をしている。

健太は店に戻ると体調不良を理由に早退を申し出た。心配した店長はすぐに快諾してくれた。たまたまだろうが、その日はいつもより注文が少なくて暇を持て余していたのだ。

健太は店を出ると自転車を飛ばして神崎のマンションに向かった。部屋を見上げると来客の様子はない。マンション裏の公園に自転車を止めて同じように玄関の観察を始める。夕食は店長が気をつかって持たせてくれた、形を崩して商品にならなかったピザだ。食べる分には支障がない。

しかし待てども待てども来客はない。気がつけばまたも日付を越えていた。その間、女は一歩も外へ出ていない。表に回って部屋を見上げると電気がついている。しかし神崎以外に人の気配がない。ずっと見張っていたから当然だ。そして午前二時に電気が消えた。就寝したらしい。

結局その日も五枚もピザを注文しながら来客がなかった。またもキャンセルされてしまったというのか。健太は釈然としない思いを抱えたまま帰宅した。

そして次の日。

同じ注文が同じ女から入ってきた。

「毎日パーティーかよ。神崎さんはリッチなお嬢様なんかな。三日連続ともなるとお得意様やな」

店長が伝票を健太に手渡しながら言った。他にもバイトが三人ほど待機していたが、神崎花美の専属は健太だと言わんばかりのにやけ顔である。

健太は神崎のマンションへ向かったが、やはりいつもと同じ対応だった。ピザを玄関に置いて、シューズボックスの上に載せてあるお金を数えて回収する。昨日と違うのは一つだったゴミ袋が二つに増えていることだ。そこには五つの空箱がつぶされた状態で突っ込まれていた。ピザの食べ残しは見当たらない。

やはり神崎花美が一人で平らげているのか……。

男性でも十五人前の量だ。しかし女性の大食いタレントを見ていると絶対に不可能なレベルでもない。どちらかといえば痩せ型の女性タレントが数十人分の寿司やカレーライスを完食しているのだ。神崎花美もそのタイプの女性かもしれない。

健太は仮病を使い仕事を早退させてもらって、今夜も張り込むことにした。結果は三日連続同じだった。来客はなし、そして神崎花美は午前二時に就寝する。それまでテレビを見ながら過ごしている。外からテレビ画面の光が瞬くのを確認できる。

そして次の日も同じだ。ラージサイズ五枚の注文が来て、宅配に向かうが姿を見せない。そしてキッチンの下にはまたもゴミが増えている。昨日のピザの空箱がつぶされた状態でゴミ袋に収まっている。

そんな日が一週間続いた。そのたびにゴミが増えていく。彼女は頑《かたく》なに姿を見せない。いや、それどころか外出することもない。仕事がないときはできるだけ張り込みを続けているが、買い物はすべて通販のようだ。二日に一度くらいの割合で宅配便が届く。宅配便の配達人を摑まえて話を聞いてみたがやはり彼女は玄関に姿を見せないらしい。シューズボックスの上に印鑑が置いてあったそうだ。支払いはクレジットカードである。

二週間が過ぎ、一ヶ月が過ぎた。そして三ヶ月が過ぎた。

健太はねばり強く観察を続けていた。三ヶ月の張り込みでいくつか分かったことがあった。まずは彼女の主食はピザであるということ。注文は毎日くる。一日でラージサイズ五枚を平らげている。

そのたびにゴミが増えていく。ピザの空き箱を包んだゴミ袋はリビングを浸食していった。今では奥の部屋に積み上げられている。一時期ワイドショーで話題になったゴミ屋敷を思わせる。部屋に入ると饐《す》えたようなすっぱい臭いが鼻をつく。

そして来客はない。この三ヶ月で彼女の部屋に上がった客は一人もいないはずだ。さらに重要なことが一つ。彼女は健太が監視を初めて以来、一歩も外に出ていない。そして一度も健太を含めて他人にその姿を晒《さら》してない。

全国に指名手配されている犯罪者ではないか？

そんな疑念が一ヶ月も前から頭の中によぎっている。健太は警察のホームページから指名手配者たちを調べてみた。現在、二十代後半の女性で絞ると数人しかない。しかし顔写真や全身の特徴からどれも神崎花美と一致しない。指名手配されてないまでも何らかの理由で逃亡生活を送っているのかもしれない。たとえばヤクザの取り立てから逃げているとか。

そんなことを考えるとますます女の謎に惹かれてしまう。ここまで来たら彼女の正体を暴き出したい。きっかけは漆黒の髪だったが、今はそれ以上に神崎花美の正体そのものだ。顔も知らない彼女のことを考えると恋愛対象でもないのに夜も眠れない。

「いつもありがとうございまぁす！　宅配ピザのポモドーロです！」

今日も玄関から反応のないリビングに向かって声をかける。今ではつぶされたピザの空箱で足の踏み場もないほどだ。一日で五箱、十日で五十、一ヶ月なら百五十になる。二十四時間中観察しているわけではないにしても、彼女が一歩も外に出ていないのはこのゴミを見れば疑いのないところだ。生ゴミの臭いも気になるようになってきた。

そしてもうひとつ変化があった。気がついたのは最近だが、カーテン代わりにしているベランダの窓に吊るされた服。サイズが徐々に大きくなっているのだ。初めてここを訪れた四ヶ月前、かかっている服はすべてスリムサイズだった。一度だけ背後から彼女を見かけたときの体型と一致していた。しかし今は違う。服に使われている布地の量が明らかに違う。スリムだったデザインは見る影もなく、三倍も四倍も横に広がっている。サイズも3L、4Lと言ったところか。外から眺めてみるとワンピースというよりコートやマントといった風情である。

それも当然だ。彼女は一日に五枚ものラージサイズのピザを食べ続けているのだ。ポモドーロスペシャルのラージサイズは一枚で二千五百キロカロリーを超える。五枚ともなると平均的な女性の十倍近い摂取カロリーになる。そして彼女は部屋から一歩も出ていない。運動らしい運動もせず、毎日のようにお笑い番組を見ながら過ごしているのだ。

彼女は体のサイズに合わせて服を通販で購入していた。よく見るとゴミ袋の中に服が混ざっている。サイズの小さくなった服だろう。

ベランダから見え隠れする彼女の影のサイズも明らかに大きくなっている。当初の神崎花美から大変貌を遂げたに違いない。おそらく知人も見分けがつかないほどに。

そして観察を始めてから半年がたった。

外から見えるベランダの服はさらに巨大化していた。ただの肥満では片づけられない、相撲取りが女装するための服ではないかと思うほどのサイズだ。部屋の中はゴミだらけで玄関からリビングが見渡せないような有様だ。外の通路にいるときはそうでもないが、玄関に入ると生ゴミの強烈な臭いが鼻孔を刺激する。鼻と口を塞がないといられないほどだ。

奥の方からテレビの音が聞こえる。相変わらずお笑い番組だ。調べてみたがこの時間にお笑い番組は放映されていない。ということは録画したものということになる。それを考えると彼女は一日中、お笑い番組だけを見ているのかもしれない。そういえば電話で注文が来るとき、彼女はお笑い芸人のようなボケをくり出してくる。最近は健太もツッコミを返すようにしている。それで親近感を向けてくれるかと思ったが、いまだに姿を見せようとしない。

シューズボックスの上にはいつもと同じ金額が置かれていた。

健太の好奇心は最高潮に達していた。今の神崎花美がどんな姿になっているのか。そしてこの堕落しきった生活の果てに何を求めているのか。

今までにもいろんな人間を観察してきたが、ここまで強く引き込まれたことはなかった。

なんとか彼女を玄関までおびき寄せることができないだろうか。

「いつもありがとうございます。宅配ピザのポモドーロです！」

玄関に入りいつものように挨拶をする。今回もやはりシューズボックスの上にお金が置いてある。

「神崎さん。いつもご利用いただいているので今日はキャッシュバックキャンペーンのお知らせです。千円お持ちしたのでお受け取りください」

健太は部屋の奥に向かって声をかけた。

「シューズボックスの上に置いといてちょうだい」

リビングから彼女の声が返ってきた。以前より野太く聞こえる。

「あのぉ、神崎さんのサインがいるんですよ。お願いしまあす！」

キャッシュバックキャンペーンというのは健太の作り話だ。実際は健太が自腹を切って彼女に千円を渡す。しかし彼女は、

「だったらいらないわ。ご苦労様」

と言って玄関に出てこようとしない。

「千円では足りないですか？　だったら五千円差し上げます」

と思わず口走ってしまう。しかし彼女からの返事はなかった。彼女は明らかに自分の姿を晒すことを忌避している。健太は舌打ちをした。今ので不審感を抱かせてしま

ったのではないか。彼女が店長に報告したら大事だ。明らかに違法行為だからクビにされても文句は言えない。

そのあと健太は退散したが、神崎は次の日の電話で店長に報告しなかったようだ。いつものように店長から「神崎花美に頼むわ」とラージサイズ五枚を託された。

健太はいつも通りの挨拶をしながら玄関扉をくぐった。シューズボックスの上のお金を数えてケースに入れる。そしてピザ五枚が入った箱を玄関先に置く。

ゴミの山は日に日にエスカレートする。臭いもかなりきつくて呼吸もままならないほどだ。

「神崎さぁん。このゴミの山はどうするんですかぁ？」

健太はリビングに向かって声をかける。しかし返事はない。テレビから笑い声だけが聞こえてくる。またもお笑い番組だ。

「神崎さぁん、ご近所からも生ゴミが臭うって苦情が来てるんですよねぇ。ゴミの大半がうちのピザだから、こちらとしても何とか処理のお手伝いをしたいと思っているんですよぉ」

これも出任せだ。ポモドーロは客の出したゴミを処理するサービスを行ってない。もはや健太もやぶれかぶれだった。あちらから姿を見せないのであればこちらから向かうしかない。神崎花美の姿を拝めるのなら、店をクビになっても本望だ。好奇心の風船はもはや破裂寸前だった。これ以上は抑えきれない。その思いが満たされないと一生後悔する気がした。

「行政の方からも何とかするように言われてるんですよ。神崎さんがこのままだと我々も困るんです。ちょっとだけでもいいのでご相談させていただけませんかねぇ」

出任せにも程がある。健太は内心で苦笑をしながらも止められなかった。ここまで来たら引き下がれない。

「神崎さぁん！　いらっしゃるんでしょう！」

音量を上げて呼びかけるも返事がない。明らかに無視を決め込んでいる。健太は歯ぎしりをした。半年も毎日かかさずピザを届けているのにこの態度はないではないか。一度くらい顔を見せて挨拶するべきだろう。ましてやこちらは出任せにしても親切を持ちかけているのだ。彼女の態度はあまりにも非礼すぎる。

「神崎さん、出てこないんだったら上がらせてもらいますよぉ！　今日中にゴミの状況を報告するよう上から言われているんです」

ありもしない話が自然と口から出てくる。自分はいつからこんな嘘《うそ》が平然とつけるようになったのだろう。しかし神崎は無言だ。

「じゃ、上がらせてもらいますからぁ！　いいですね？」

健太は最後の確認を取った。沈黙が続く。つまり拒否はされてない。

「失礼しまぁす」

健太は靴を脱ぐとフローリングの廊下に足を載せた。足下に転がるゴミをよけながら廊下を進む。

いよいよだ。ついに神崎花美の姿を間近で拝めることができる。あの髪に惹かれて半年。毎日このマンションへ通ってはピザを届けていた。その思いがついにかなうのだ。

「こんにちは」

健太がリビングに向かって顔を出したその時だった。頭に破裂するような衝撃が走った。目の前が真っ暗になり顔面に砕けるような痛みが弾けた。

体が動かない。全身の感覚も鈍くなっている気がする。瞼も半分ほどしか開かない。首もほんの少しだけしか傾けることができなかった。

健太は朦朧《もうろう》としかけた頭の中で状況を把握した。どうやら顔を床面につけたままうつぶせで倒れている。ぼんやりとした視界に妙に白くて太い足首が映った。足の甲も指も脂肪で肥大している。足が動くと床はミシミシと音を立てた。

「知ってる？　このフライパン。値段は高いけど重くて頑丈なの。きいたでしょ？」

頭上から女の声が降ってくる。体に力を入れようにもまるで動かない。頭から生温かいものが流れてくる。ポタポタと床が赤く染められていく。声を出そうにもうめきにしかならない。

「お礼を言うわ。半年間もピザを届けてくれてありがとう。ポモドーロのスペシャルピザはやっぱり美味《おい》しいわ。宅配ピザの中では一番ね。でもちょっと食べ過ぎちゃったみたい」

女がケラケラと笑う。ポンポンという鈍い音は女が腹を叩いているのだろう。そのふくよかさは音から伝わってくる。

「ねえ、宅配さん。ピザって十回言ってみて」

女が腰を下ろして健太の耳元に顔を近づけながら言った。しかしうつぶせで倒れている健太からは女の顔が見えない。できる限り顔を上げてみるものの視界に収まるのは女の膝小僧までだ。

「聞こえないの？　ピザって十回言ってみなさい」

女が健太の脇腹をつま先でこづく。

「ピザ、ピザ、ピザ……ピザ」

健太は言われた通り、「ピザ」を十回繰り返した。そのうち数回は声がかすれてしまった。

「じゃあ、ここは何？」

女が姿勢をさらに低くしながら、腕を突き出すとその一部を指さした。

「答えなさいよ」

「ひ、膝？」

女が「ブー」と唇を鳴らした。

「残念、ヒジでした」

首を精一杯傾けると白い壁に女の影が見えた。ファンタジー映画に出てくるトロルが長い髪を振り乱しているように見えた。大女の影は腕を振りあげていた。フライパン形をした影を握っている。

——ああ、そのクイズ、小学生のときにも引っかかったっけ……。

「罰ゲームよ」

次の瞬間、破滅的な衝撃とともに何も見えなくなり聞こえなくなり、そして感じなくなった。

【新巻博史（三）】

カセットコンロ爆発の事故から二年が経っていた。しかし新巻博史にとってあれから時間の流れは止まっていた。仲の良かった弟と最愛の甥っ子を失ったのだ。母親の美智子も失意から抜けられず、寿命がくるまで老後を消化しているだけのような覇気《はき》のない生活を送っていた。ここ二年は自宅に引きこもるばかりですっかり老け込んでしまった。

優子の行方は杳として知れなかった。

警察もカセットコンロの破裂は事故だと見ている。カセットコンロの事故は決して珍しいものではない。年に数件は起きるものらしい。

たとえば夫である辰巳に多額の生命保険がかけられていたら警察も疑ったかもしれない。しかしその額はさほど大きくないし、どちらにしても行方知れずの優子が受け取ることはできない。また夫から暴力を受けていたとか浮気をされていたという事実もない。それは博史自身が保証できる。弟は心優しい人間だ。家族を傷つけることは絶対にあり得ない。つまり優子が夫である辰巳のことを殺したいほど憎むこともないはずだ。だいいち辰巳が亡くなって得をする人間はいない。だから事故だというわけだ。

警察は優子の捜索を積極的に行っているわけではないらしい。身元不明の遺体が上がればその報告と確認が来るくらいだ。歯の治療記録もないので照合は主に所持品ということになるが、彼女がどんなものを身に着けていたのか、博史も母親の美智子も把握していなかった。当時、優子が所属していた劇団の藤原弘道から得た情報で、優子の友人「サエコ」なる女性を探しているが名前だけではどうにもならない。名古屋市在住なのかそれすらも分からないのだ。

博史は事故説を受け入れられないでいる。優子に対する疑念が拭いきれないのだ。しかしそれを否定する自分もいる。信じたくない。最愛の妻に子供もろとも殺された。もしそれが真実なら弟があまりにも不憫《ふびん》だ。母親もやり切れない思いに押しつぶされるだろう。ただの事故であってほしいという願いもあった。そんなこともあってここ最近は事故のことを考えないようにしていた。不確かな疑念にこだわるのはやめて、普通の生活を取り戻そうとしていた。その間に小さな会社ではあるがホームページ管理の仕事に就くことができた。高給にはほど遠いが、それでも一人暮らしなら賄える。時々、爆発の瞬間が夢の中に出てくるが、以前よりその頻度は少なくなっている。

そんなとき博史に一本の電話が入った。

「新巻優子さんのことでお話ししたいことがあるんですが」

博史が優子の名前を聞いて絶句しているところで、相手は間宮晴敏と名乗った。他人から優子の名前を聞いたのはもういつだったか思い出せないほどだった。博史の絶句に何かしらの手応えを感じ取ったのかもしれない。電話の主は探偵業を営んでいると素性を明かした。

「優子について何か知っているんですか？　義妹は二年も前から行方不明です」

「カセットコンロの事故ですね」

探偵だけあって詳細は調査済みらしい。事故の内容で新聞記事になった範囲のことはほとんど把握していた。

「お話ってなんですか？」

「事情がありまして、ある女性の過去を調べていたんですよ。そしたら新巻優子さんに行き着いたというわけです」

「あの……。さっぱり話が分かりませんが」

博史は受話器を握りしめて聞き返した。

「あなたは優子さんが本当に夫と子供の後を追ったと考えていらっしゃいますか？」

間宮の問いかけに声が出なかった。自分の中で封印していた優子への疑念が再びうごめき始めた。蓋の上に載せた重しがガタガタと音を立てて揺れている。この沈黙に間宮も何かを感じ取ったようだ。

「あなたは新巻優子という女の存在に何らかの疑惑を持ち続けていた。そうですね？」

「か、彼女は生きているのですか？」

喉がひりついて声が掠《かす》れた。

「それについては会ってお話ししましょう。僕の方からもそれなりの情報を提供できると思います。その代わり新巻さんからも彼女について知っていることを教えていただきたいのです」

「分かりました。今日はどうしても外せない仕事があるので明日でいいですか？」

博史はもどかしく思った。本当は仕事を放り出してでも間宮に会って話を聞きたかったのだが今回の仕事に限ってはそうはいかない。納期が数時間後に迫っているのだ。

結局、次の日の昼に大須商店街にある喫茶店でということになった。

「ところで間宮さんはサエコという女性をご存じですか？」

博史は藤原から聞いた女性を尋ねてみた。

「ええ。新巻優子の友人という女性ですね。知ってますよ。大須商店街にある古着屋の店員です」

と間宮が答える。そして、

「もっとも彼女も行方不明です。生きているとは思えませんが」

と付け足した。博史は唾を飲み込む。その音が受話器を通じて伝わったのか間宮が「ビックリしましたか」と言った。

サエコも行方不明でおそらく生きてない。岡島園恵も同じだ。そして辰巳に拓也。優子に関わる人間が何人も亡くなっている、または失踪している。

「あ、あと、『バラオ、バス、ジェノサイド』。この三つの言葉に心当たりはないですか?」

明日がどうしても待ちきれなくて博史はずっと引っかかっていた優子の寝言を尋ねた。間宮は特に「バス」に反応したようだ。しかし詳細は語らず、明日ゆっくり話を聞きたいと言って電話を切った。

その日の夜、会社から帰宅した博史は何気なくニュース番組を見ながら遅い夕食をとった。明日の昼に間宮と会うことになっている。こちらも優子の情報を詳しく伝える必要がある。優子の顔が写っている結婚式の写真を引き出しから引っ張り出した。

「こちら左京薔薇夫《さきようばらお》の自宅だったマンションです」

博史は「薔薇夫」という名前に反応してテレビ画面に目を向けた。八階建てのマンションの前には多くの報道陣が集まっていた。なんでも先月、東京と神奈川の県境付近にある山中の土の中から白骨死体が上がり、一緒に凶器と思われるナイフ、被害者の持ち物であるバッグなど数点が出てきた。

「死体の身元は東京都杉並区の当時二十三歳の佐倉志穂《さくらしほ》さん……」

女性は十二年ほど前に忽然《こつぜん》と姿を消して、家族は捜索願を出していた。どんな形でもいいから生きていてほしいという家族の願いも虚《むな》しく死体として見つかった。それも他殺だ。身元は歯の治療痕で確定された。

現場に残された遺留品の一つから警察は一人の男性を割り出した。それが左京薔薇夫というわけだ。

「しかしながら容疑者は十年ほど前から行方をくらましており、家族から捜索願が出ていました」

左京薔薇夫は父親が経営する建設会社に勤務しており、父親の所有するこのマンションから会社に通勤していたという。捜索願を出した両親はインタビューの中で息子の容疑を否定しつつ無事を祈っていた。

「現在、容疑者の自宅マンションの中を捜索中だということです」

レポーターは締めくくった。

「左京薔薇夫……」

博史はつぶやいた。

優子の寝言の一つも「バラオ」だった。インターネットで調べてみたことがあったがアニメのキャラクターだったり、外国の格闘家の名前がヒットしたりした。まさかそんな名前を持つ日本人がいるとは思わなかった。博史は別の何かだと考えていたのだ。しかし優子の寝言とこの容疑者が一致すると決まったわけではない。そもそもこの二人がどこでどうつながるというのか。しかし彼女の過去を知らない。つながっていたからこそ過去を語りたがらなかったとも考えられる。

博史は棚からメモ帳を取り出した。このメモ帳を開くのは久々だ。辰巳の事故や優子の失踪に関することを書き留めたものだ。新しいページを開くと「バラオ→左京薔薇夫?」と記した。そして明日、このメモ帳を間宮に見せるつもりだった。

次の日。

博史は時間通りに、待ち合わせ場所に指定された大須商店街の中にある喫茶店に到着した。席に座ってウエイトレスにコーヒーを注文する。しかし時間を過ぎても間宮らしい男性は現れなかった。念のために控えておいたケータイ電話の番号に連絡しても、電源を切っているのかつながらない。それからも博史は待ち続けたが、結局間宮は現れなかった。

冷やかされただけなのか？

その日の夜は重い失意に呑《の》み込まれて食事も喉を通らなかった。辰巳の事故の真相と優子失踪の謎に迫ることができると期待していただけに失望も大きい。真実と向かい合うのは怖い気もするが、目を背ければ弟の無念は浮かばれない。すべてを明らかにすることによって自分自身の気持ちにも整理がつけられるのではないかと思っていた。ふさぎ込んでいる母親もきっとそうだ。

博史はため息を吐きながらその日の夕刊を開いた。

「名古屋市の路上で男性の刺殺体」

という見出しが目に飛び込んできた。その記事を読んで博史は頭をハンマーで殴られたような衝撃を受けた。現場は大須商店街からそれほど離れてない。背後から襲われたらしい。背中にサバイバルナイフがめり込んでいたとある。

被害者の名前は間宮晴敏だった。

【奈良橋桔平（三）】

左京薔薇夫のマンション周囲は警察関係者やマスコミで騒然としていた。

東京都の外れにある山中から女性の白骨が上がった。一緒に埋まっていた被害者のものと思われる財布の中に社員証やクレジットカードが入っておりすぐに身元が割れた。十二年ほど前に家族から捜索願が出されている女性だった。幸い、かかりつけの歯科医院には当時のレントゲンやカルテが残っており、照合の結果本人であることが確定された。

一緒に埋まっていた遺留品の中から犯人のものと思われるボールペンが見つかった。おそらく死体を埋めている最中に落としてしまったのだろう。ボールペンのキャップには「ワープロ太郎十周年記念」と印字されている。ワープロ太郎は有名な国産ワープロソフトであり、十二年前当時、発売元が販売十周年を記念してソフトのユーザーナンバー入りのボールペンを購入者全員に郵送で配布していたとのことだ。ワープロ太郎は今も現役のソフトであり、毎年バージョンアップを重ねて現在に至っている。警察は販売元に問い合わせてユーザーナンバーからユーザーを特定した。それが左京薔薇夫というわけである。

しかし報道されているように、本人は十年ほど前から姿を消していて両親が捜索願を出していた。その行方はいまだに分からない。両親は息子の無事を心から信じており、いつでも迎え入れられるようマンションの部屋は手をつけず当時のままにしてあるという。母親は息子の容疑は何かの間違いだと涙ながらに訴えた。

しかし母親の願いも虚しく、薔薇夫の部屋からは被害者の行動を詳細にメモしたノートや、犯行後に撮影したと思われる写真が多数出てきた。それだけではない。薔薇夫が手がけた女は一人ではないようだ。それから遡ること数年にわたって行方不明となっている女性たちの写真まで出てきた。また彼女たちの所持品と思われるアクセサリーや化粧品なども押収されている。

「とんだシリアルキラーでしたね」

香山潤平が凛々《りり》しい顔をしかめながら首を振った。

「メモを見る限り、相当に慎重で几帳面《きちょうめん》な性格だ。ターゲットのことをじっくりと調べ上げて、確実な好機を粘り強く窺う。それまで絶対に手を出さない。優等生タイプの異常者だよ」

「プロファイリングでいう秩序型ですね。知能が高めで社会生活に適応している。ターゲットのことを時間をかけて丁寧に調べ尽くす。犠牲者の所持品などを記念品として持ち帰ることが多い」

「幹部でも狙ってんのか？　勉強熱心だな」

奈良橋桔平は香山の肩を叩きながら笑う。

「それにしても左京は十年もどこで何をしているんでしょうね。そもそもどうして姿を消したんでしょうか？」

「それは分からん。事件の発覚を恐れて逃亡したか、それとも……」

「自殺をしたか、ですね」

香山が先読みをする。左京はすでに全国指名手配済みだ。しかし香山の言うように、すでに生きていない可能性だってある。

「おお、奈良橋、ここにいたか」

背後から肩を叩かれたのでふり返ると、上司の佐山が立っていた。

「係長、どうしたんです」

「これを見ろ。左京薔薇夫の部屋から見つかったやつだ」

そう言いながら佐山は一枚の写真を差し出した。そこには子供用の帽子が写っている。当時人気だったウサギ姿のアニメキャラクターがデザインされている。

「これが何か?」

「分からんか。これを見てみろ」

佐山がもう一枚の写真を出した。それは帽子の裏側を接写したものだった。ネーム欄があってマジックペンで持ち主の名前が書かれていた。

「相川美優《あいかわみゆ》……」

桔平の脳髄で電気がはじけた。十年ぶりに聞く名前だが忘れようもない。

「相川敏夫《としお》の娘ですね!」

佐山が大きく頷いた。

「誰ですか? その相川敏夫とか娘とか」

香山が目を白黒させながら尋ねてくる。

「十年前のバスごと失踪事件を覚えているか?」

佐山が桔平の代わりに言った。佐山は桔平の姪が事件の被害者であることを当時から知っている。当時の香山はまだ大学生だったはずだ。

「ええ。先日、バスが掘り起こされたじゃないですか」

バスは岩大良高原に向かう途上の山中にある産廃処理場予定地の土中から上がった。発見は偶然だった。

「相川敏夫はそのバスの運転手だ。美優は彼の娘だよ」

佐山は香山に当時の状況を説明し始めた。桔平の脳裏にあの事件のことがよみがえってくる。

十年前のバスごと失踪事件で捜査は行き詰まりを見せていた。そんな中、警察が注目していたのが相川敏夫だった。単純に考えてバスを隠そうとするなら運転手の協力が必要だ。しかし今となってはそれもどうかは分からない。掘り起こされた白骨死体の中に敏夫が確認されたのだ。

相川敏夫は妻を亡くして娘と二人暮らしだった。敏夫が仕事で家を空けるとき、美優はたった一人で留守番をすることもあったようだ。敏夫は両親を亡くしているし、親戚も遠くに住んでいるので娘を預けられる当てがなかった。敏夫が勤務するバス会社も状況を配慮して比較的近距離の仕事を彼に割り当てていた。だからその日のうちに帰宅できるようになっていた。

十年前当時、桔平が敏夫の自宅に向かったとき、美優は一人で健気《けなげ》に父親の帰りを待っていた。テーブルの上には飲みかけのジュースや食べかけのお菓子やパンが散乱していた。父親が家を出てから約二日間も三歳の少女がたった一人で留守を守っていたのだ。そんな姿を見て桔平は胸を締めつけられた。その父親もいつ戻れるか分からない。もう二度と戻ってこないかもしれないのだ。

「白いお姉ちゃんの、ところ……お帽子、おいちゃってきちゃった」

美優を抱き上げたとき彼女が言った。三歳児とあって言葉遣いもたどたどしい。ただなんとなく「お姉ちゃんのところにお帽子置いてきちゃった」と言いたいのは分かる。

「白いお姉ちゃん？　お姉ちゃんって誰なのかな？」

桔平は美優を椅子に座らせると優しく尋ねた。

「分かんない……」

それから聞き方を変えて質問してみたがいずれも同じ答えだ。

「お帽子……。うさうさぴょんのお帽子……」

美優がじわりと目を潤ませる。「うさうさぴょん」というのは当時子供たちの間で人気のあったアニメキャラクターだ。その帽子をお姉ちゃんのところに忘れてきたというのである。しかしそのお姉ちゃんというのが誰のことなのか分からない。「白いお姉ちゃん」という白が服なのか肌なのか、美優は「白いお姉ちゃん」とくり返すばかりでそれすらも曖昧だった。それにどうも夢の中の出来事と混同しているような印象も受けた。そのお姉ちゃんがフワフワとお空を飛んだなどファンタジーなことを言う。三歳児のボキャブラリーにも限界がある。また夢と現実の区別が付かない年齢でもある。そうなると白いお姉ちゃんが実在の人物かどうかすら怪しい。そんなこともあって捜査本部は美優の証言を重要視しなかった。

「これって当時、美優ちゃんが言っていた、うさうさぴょんの帽子じゃないですか？」

桔平は写真を凝視しながら言った。よく見るとウサギのすぐ下に「USAUSAPYON」と小さなロゴが打たれている。間違いない。

「なんでそんなものが薔薇夫の部屋にあったんだ？」

佐山が横から覗き込みながら疑問を投げる。

「つまり十年前、美優ちゃんが薔薇夫の部屋に入ったことがあるってことですかね」

香山が解釈を傾けた。

「鑑識が部屋の指紋を採取している。もし彼女が入っているのなら指紋が出てくるはずだ」

「俺、美優ちゃんに会ってきていいですか？」

桔平は佐山に申し出た。

＊＊＊＊＊＊＊＊＊

十年ぶりに会う美優は中学生になっていた。三歳児の面影といえばぱっちりとした目くらいで、子供らしくふっくらとしていた頬はすっきりと引き締まり美しい少女に変貌していた。父親を失った彼女は静岡市の伯父に引き取られ、二年ほど前にその家族と一緒に東京都中野区に伯父の仕事の関係で引っ越してきていた。桔平は中野の彼女の家を訪ねた。

「美優ちゃんは僕のことは覚えてないよね？」

「え、ええ」

相手が刑事ということで緊張しているのだろうか。向き合って座っている美優は伏し目がちに答えた。

「あの頃はまだ三歳でしたから」

「そうだよねえ」

父親が不可解な事件に巻き込まれて行方不明になったという認識も薄かったのだろう。当時の彼女は失踪した父親よりも、うさうさぴょんの帽子の方を気にしていた。

その帽子の話をしても彼女はよく覚えていないという。

「この写真なんだけど、見てくれるかな」

桔平は左京薔薇夫の部屋から押収された帽子の写真を差し出した。写真を見つめる美優が突然、こめかみを指で押さえながら頭痛に耐えるように顔をしかめた。

「どうしたの？　大丈夫？」

「え、ええ。大丈夫です。この写真を見ていたら昔の記憶がよみがえってきたみたいで……」

「何を思い出したの？」

桔平は思わず身を乗り出した。

「お姉ちゃんです。顔が真っ白なお姉ちゃんが遊んでくれた……」

「君は当時、『白いお姉ちゃん』と呼んでいたんだよ」

「そうなんですか……。ぼんやりだけど、この写真を見たら思い出してきました」

美優はこめかみを押さえたまま目を閉じて思い出そうとしている。桔平はしばらく声をかけないでおいた。

「ああ、そうだ。もう一人、男の人がいた気がする。わたし、その人のことをお兄ちゃんって呼んでた」

「二人とも若かった?」

「はい。お姉ちゃんはたぶん今の私よりもう少し年上、お兄ちゃんは二十代くらいだと思います。なんだか楽しかった思い出があります。お兄ちゃんもお姉ちゃんも優しかったな」

美優は目を閉じたままほんのりと微笑んだ。

「顔とか名前を思い出せないかな?」

「ごめんなさい。お姉ちゃんの顔が妙に真っ白だったことくらいしか。目鼻立ちがぼんやりしてて思い出せません。たぶん高校生じゃないかな。どこの高校か分からないけど制服姿でした。真っ赤なリボンが印象に残ってます」

美優のいうお兄ちゃんとは左京薔薇夫のことだろう。やはり彼女は事件当日前後に薔薇夫の部屋に入ったのだ。そしてもう一人の女、お姉ちゃん。彼女は一体何者なのか? 真っ赤なリボンといえば美咲の高校もそうだった。

「他に思い出したことがないかな? どんな些細なことでもいいんだ」

桔平が尋ねると彼女はさらに強く目を閉じた。

「そう言えば……。お兄ちゃんがお姉ちゃんに言ってました。『いつか俺を殺すのか』みたいなこと。その時のお兄ちゃんはとても怖い顔をしていたのに、お姉ちゃんは笑ってました」

「俺を殺すのか……、か」

左京薔薇夫は十年前から姿を消している。全国に指名手配されているが、果たして彼は生きているのだろうか。それとも彼の予感通りに白いお姉ちゃんに殺されたのでは……。

突然、背中を氷柱で撫でられたような悪寒が走った。十年前、姪の行方を求めて山をさまよったときに感じた戦慄と似ていた。


【奈良橋桔平（四）】


作家宅放火殺人事件から始まった連続殺人の捜査の進捗も芳《かんば》しくなかった。ミステリー作家である小田原重三の自宅が放火され、その後、彼を担当していた風見社の編集者遠山研二とその恋人である平嶺さゆみが殺された。小田原の新作『スペクター』の原稿もまだ見つかっていない。

「いやあ、遠山が小田原先生の原稿を手がけていたなんて僕も全然聞いてなかったんですよぉ」

風見社文芸編集部の編集長である塚原《つかはら》が困り果てたような顔をして頭を掻いた。放火事件の直後、警察は直ちに小田原を担当している各出版社の編集部を当たった。しかしその中に遠山の名前は出てこなかった。事件後に無断欠勤をしている担当者なら警察も真っ先に目をつけたはずだが、風見社編集部自体も彼が小田原に接触していることを把握していなかったので、警察のマークから外れてしまった。桔平たちが遠山に注目したのは、彼の恋人である平嶺さゆみからのタレコミ情報だった。彼女によれば遠山は小田原の作品の横取りを考えていたようだという。ストーリーをそのままに自分の筆致で書き換えて自作にしてしまおうというわけである。だから遠山は小田原と接触していることを編集部の誰にも告げなかったのだろう。

「遠山さんについて何か気になったことはありませんかね？　どんなことでもいいんです」

香山潤平が塚原編集長に尋ねる。

「気になったことですか？　ああ、そういえば腕のいい探偵社を知らないかって聞かれましたね。あいつも何を調べていたんだか……」

「探偵社ねえ。それで紹介されたんですか？」

「ええ。僕が以前に雑誌をやっていたころ、スクープの裏を取るために使ったことがある探偵社を教えました。いい仕事をしてくれたんでね」

香山が名前を聞いてメモに記した。桔平が隣から覗き込むと「間宮探偵事務所」と書かれている。

「だけど、あそこはもうやってないですよ」

塚原が首を横に振りながら言った。

「えっ？　閉めちゃったということですか」

「いえ。間宮さん、殺されちゃったんですよ。名古屋で」

「マジですか？」

香山が顔を硬直させている。

「つい一週間前のことなんですけどね。警察の方なのにご存じないんですか」

塚原が意外そうな目で桔平を見た。

「名古屋で起こった事件ですし、いち刑事が日本全国すべての事件を把握してるわけじゃないんですよ。すみません」

桔平と香山は頭を下げると出版社を後にした。

「何にしても人が死にすぎですよね」

香山がうんざりとした顔をしてため息を吐いた。

＊＊＊＊＊＊＊＊＊

間宮の事務所は西新宿の雑居ビルにあった。

電話をかけてみると秘書だという女性が出た。若い声だ。事業主の間宮晴敏が亡くなってしまったので近日中に事務所を閉めるらしい。彼女は残務整理をしていると言った。桔平は警察であることを明かし、間宮について話を聞きたいと申し出たら快諾してくれた。

書類棚に挟まれた小さなスペースに応接セットが設《しつら》えてあった。桔平と香山は勧められるままにソファに腰を下ろし、浅川真夏という女性と向き合った。電話の声のイメージ通りに若く可愛らしい女性だった。

「間宮さんのことはお悔やみ申し上げます」

桔平たちが頭を下げると浅川は恐縮した様子で頷いた。

「これから閉める事務所の整理を解雇同然のあなたがされているわけですか。責任感がお強いんですね」

香山に対して浅川は「いいえ」と手を振った。

「間宮先生にはお世話になったし、ここの事務所には愛着がありますから。先日も愛知県警の方が来られていろいろと聞かれていきました。今度は警視庁の刑事さんなんですね」

「ええ。実は私たち、別件で動いてまして」

「ということは間宮が殺された事件ではないということですか？」

浅川が黒目がちな瞳をパチクリとさせた。

「間宮さんの受けた依頼がある事件に関わりがあるかもしれないのです。今日はその件で……」

「間宮晴敏さんの事務所はここですか？」

桔平が質問をしていると、突然男性が事務所に入ってきた。

「ええ。そうですけど。どちら様でしょうか？」

浅川は立ち上がって男性の方を向く。四十歳前後といったところか。短髪でがっしりとした体型をしている。火傷のあとだろうか、右頬の皮膚が引きつって不自然な皺を集めていた。銀縁のメガネから覗く瞳は鋭利で研ぎ澄まされた光を湛えている。その眼光は獲物を探し求めているハンターを思わせた。その視線の先は桔平のスーツの襟に向いていた。

「その赤いバッジ……」

男は桔平の襟元に輝くバッジを指さしながら近づいてきた。

「おたくら、警視庁捜査一課の刑事さんですよね。このバッジ、最近の刑事ドラマでよく刑事さんたちがしてるから」

桔平と香山がスーツの襟につけている赤いバッジには金文字で「S1S」と刻まれている。Search 1 Selectの略で「選ばれし捜査第一課員」という意味だ。

「あの、どちら様でしょうか？」

浅川が咳払いをしながら誰何《すいか》する。

「ああ、すみません。私は新巻博史と申します。実は間宮晴敏さんのことで名古屋からやって来ました」

そう言いながら新巻は浅川と桔平たち三人に名刺を差し出した。聞いたことがない会社名だがホームページを作成しているという。

「間宮さんのことで何かご存じなんですか？」

桔平はソファに座ったまま新巻博史を見上げて言った。

「いえ。実際にお会いしたわけではありません。大須の喫茶店で会う約束をしていたのですが、その直前に間宮さんは殺されてしまいました」

「会う約束というのはどんな用事で？」

「実は私の義妹が二年ほど前から行方不明でして……」

それから博史は義妹である新巻優子のことを話した。カセットコンロの爆発事故で夫と息子を失った彼女は遺書を残して行方をくらましたという。

「先日、間宮さんから突然電話が入りまして、優子のことで話をしたいというのです。優子が生きているかもしれないような口ぶりでした。それで、こちらで何か情報がないかと思いましてね。あ、これ、つまらないものですが」

博史が菓子折を浅川に差し出す。名古屋名物の外郎だという。浅川が恐縮して受け取ると、

「だけど、ごめんなさい。私の方は間宮から何も聞かされていません。だから新巻優子さんという方のことは何も知らないのです。クライアントには定期的に調査報告をしていたようですが」

と頭を下げた。博史が落胆の表情を浮かべながら、

「東京の刑事さんに名古屋で起こった事件の話をしても意味がないですよね……」

と言った。香山が「そうですねえ……」と言葉を濁す。名古屋の事件なら愛知県警の管轄だ。

か？」

「新巻さんは、カセットコンロは義妹の優子さんが仕組んだことだとお考えですか？」

枯平は博史に質問する。事故の話をするときの博史は義妹に対して疑念を臭わせる口吻だった。

「信じたくはありませんが……」

そう言いながら博史が首肯した。そして、

「ただ、疑問も残るんです。カセットコンロの手口は成功率が高いとは思えない。爆発で鉄板がどこに飛んでいくかも分からないし、トイレなどでたまたま席を外すことだってあり得る。仮に彼女が僕と辰巳と拓也の三人の命を狙っていたとして、手が込んでいるわりにそんな不確かな方法をとりますかねえ？　現に僕はその場にいたにもかかわらず、火傷を負いましたがこうして生きてます。二人が亡くなったのも運が悪かったとしか言いようがありません。三人とも無事でもなんら不思議ではないんです。本気で殺すつもりがあるのなら、交通事故に見せかけるとか火事を起こすなど確実な方法があるでしょう。カセットコンロはあまりにも運頼みすぎますよ」

と続けた。

「運頼みか……」

彼の話を聞いて桔平は遠山の死体の前に置かれていたオセロゲームを思い出した。被害者である遠山は死ぬ直前まで犯人とオセロ対戦をしていたと思われる。駒には遠山の血液が付着しており、彼は爪を剝がされた状態で対戦に臨んだようだ。それにどういう意図があったのか今のところ不明だが、犯人は被害者に助かるチャンスを与えたのかもしれない。助かりたければオセロで勝つこと。しかし遠山は勝つことができなかった。だから殺された。

カセットコンロ事故もそうだ。これもちょっとしたロシアンルーレットであり、運試しに近いものがある。強運は博史に微笑み、他の二人にそっぽを向いた。突飛な考えであるが、この犯人には今までに出逢《であ》ったことのない異様さを感じる。こんな確実性の低い手口なのに妙に手が込んでいる。気まぐれとも遊び心ともつかない幼稚なこだわり。なのにやっていることは拷問に子供殺しなどと酸鼻を極める。このちぐはぐさはどことなく黒い笑いを取ろうとしているようにさえ思える。

「ああ、そういえば左京薔薇夫の事件はどうなりましたか？」

気を取り直したように博史が話題を変えてくる。

「もちろん捜査中です」

「左京薔薇夫って十年も前から行方不明なんですってね。今ごろ生きてんのかなあ？」

　義妹と重ねているのだろうか。博史が遠い目をする。桔平は「白いお姉ちゃん」を思い浮かべた。薔薇夫よりも、むしろ彼女の方が気になる。

「それにしても薔薇夫なんて変わった名前ですよね。その名前がなぜか優子の寝言に出てくるんですよ」

「寝言？」

　桔平と香山の声がぴったりと重なった。博史が二人の反応に目を白黒させている。

「ええ。生前の弟から聞いたんです。何を言っているのかよく分からなかったけど『バラオ、バス、ジェノサイド』という言葉だけが聞き取れたと言ってました。バラオってあの容疑者の名前と同じじゃないですか。偶然ですかねえ」

　桔平は思わず立ち上がった。博史と浅川が目を丸くする。

　突然、桔平の頭の中でバラバラだったパズルピースのいくつかがはまった。

　バラオ、バス。

　事件当時、薔薇夫はバス運転手の愛娘だった美優を自宅に上げている。そしてその運転手のバスは乗客を乗せたまま忽然と姿を消した。

　そしてジェノサイド。

土の中から大量の白骨が上がった。その光景はまさにジェノサイド《大量殺戮》だ。

つまり新巻優子は薔薇夫がバスごと失踪事件に関わっていたことを知っていた？

「あの、新巻優子さんはもしかして色白の女性ではありませんでしたか？」

「え、ええ。肌の白さが特徴のような女性でしたから」

博史が少し驚いたような顔をして答えた。写真も見せていないのにどうして桔平が義妹の特徴を知っていたのか意外に思っているのだろう。

桔平は香山と目を合わせた。ここへ来て愛すべき姪を殺し、姉を死なせた事件とのつながりが見えたような気がした。


【奈良橋桔平（五）】


どうやらバスごと失踪事件と左京薔薇夫はつながりがある。そして数百キロ離れた名古屋で起こった事件も関わっているようだ。パズルピースのいくつかははまったが、それでもまだ全体の絵は見えない。しかし一つだけ推理できるとすれば、美優の記憶にある「白いお姉ちゃん」が十年前の新巻優子ではないかということだ。

桔平たちは間宮探偵事務所の秘書である浅川真夏から詳しく話を聞くことにした。

間宮晴敏が何を調べていて、その依頼をしたのは誰かということだ。浅川はクライアントに対する守秘義務があるからということで口を閉ざした。

「風見社の遠山研二という編集者がそちらに何らかの調査依頼に来たということを彼の上司から聞いています。ご存じだと思うんですが、彼も先日殺されました」

「え、ええ、ニュースで見たので知ってます。小田原先生も放火で……」

そこで浅川はしまったというように口に手を当てた。

「もしかして小田原重三もこちらに来られたんですか？　遠山は編集長にも内緒で小田原の原稿を手がけていたんです。まだマスコミには流していませんから、それを知っているのはごく少数の限られた人間だけなんですがね」

桔平が詰め寄ると浅川は観念したように俯いた。

「まあまあ、奈良橋さん。そんなキツい言い方をしたら彼女もビックリするでしょう」

香山が絶妙なタイミングで入ってくる。アドリブだが計算のうちだ。こうやって相手に安心感を与えて話を聞き出しやすくする。香山はイケメンだ。浅川とも同じ年代である。彼に優しくされたら悪い気はしないはずだ。

「僕たちは遠山と小田原を殺した犯人を追ってます。浅川さん、よく考えてください。

守秘義務もたしかに大切ですが、それで犯人の逮捕はさらに遠のいてしまう。その間、野放しになるのです。そいつがまた犯罪を重ねないとは限らないんですよ」

香山が腰を落として彼女の目をじっと見つめながら優しく話す。浅川は小動物のように小刻みに震えながら頷いた。

「さらに間宮さんも同じ犯人に殺されたかもしれないんです」

桔平が付け加えると浅川は「えっ！」と弾かれたように顔を上げた。

「守秘義務も何も依頼人はもう亡くなっているのです。だから教えてください、クライアントはどんな調査を依頼したのか？　間宮さんの無念を晴らすためにも重要な情報です」

香山が続けると浅川は「分かりました」と答えて、奥の方からファイルを持ち出してきた。

「正式な依頼人は遠山さんではなくて、作家の小田原先生の方です。私も詳しい話までは聞いていませんが、依頼内容はこの女性の素性調査でした」

浅川はファイルに綴《と》じられた一枚の写真を指さした。写真の下には大山茜と記されている。望遠レンズを使って撮影されたものらしい。女は撮影されたことに気づいていないようだ。直線的に整った顔立ち。不細工ではないがどこか覚えにくい。しかし肌の白さは際立っていた。美優の記憶にある白いお姉ちゃん、そして新巻優子の特徴でもある。

「新巻さんをここへ呼んでくれ」

浅川に対する聞き込みのため新巻博史には別室で待機してもらっていた。香山は博史を連れてきた。

「新巻さん。この写真の女性に見覚えがありませんか？」

博史は桔平の差し出したファイルの写真をじっと見つめると眉をひそめた。

「優子に似ています。当時はもうちょっとふっくらとしていたし、顎はこんなに尖っていませんでした。目と鼻の感じもちょっと違います。髪もこんなに伸びていませんでした。だけど似てます。肌の白さなんて同じですね」

桔平は胸を押さえた。鼓動が早くなっている。

「私、間宮先生が背後から刺されたなんて信じられないんです」

突然、浅川が口を挟んだ。

「どういうことですか？」

香山が聞き返す。

「間宮先生は他人の気配にとても敏感な人で、後ろに目が付いているんじゃないかと何度も思ったことがあります。一度、いたずら心でそっと後をつけたことがあるんですが、すぐに見破られてしまいました。先生もそのことについては自信を持っていたくらいですから」

浅川の瞼の下が光っていた。いたずら心とはいえ、そっと後をつけるあたり、間宮に対して恋心を抱いていたのかもしれない。しかしそこまで敏感な男が簡単に敵の接近を許してしまう。犯人は自分の気配を消してしまうスキルに長《た》けていたということか。

自分の気配を消してしまう……。新巻優子や白いお姉ちゃんは気配どころか存在すら消しているではないか。

スペクター。

小田原が書いたという小説のタイトルが頭をよぎった。作品を読んだという平嶺さゆみがストーリーについて触れていた。

――一人の女性がいろいろな人たちの人生にかかわっては、その人たちを破滅させていくようなストーリーでした。

作者の小田原重三はもちろん、遠山研二、平嶺さゆみと『スペクター』を読んだ人間が次々と殺された。そしていまだに原稿が見つかってない。つまり誰も『スペクター』を読むことができない。どうしてそこまでして犯人はあの作品にこだわったのか。

――犯人がスペクター本人だから。彼女は自分のことを詳細に書かれた原稿を、読んだ人間の記憶を含めて抹消しようとした。

当初、そんな考えが頭をかすめたがすぐに却下した。あまりに荒唐無稽と思ったからだ。しかしさまざまな証言から、それらしい女が複数の人間の人生に見え隠れしている。

白いお姉ちゃん、新巻優子、大山茜――この三人が同一人物だとしたら。顔の作りは整形手術で変えることができる。身元だって他人から奪ってしまえばいい。博史によれば新巻優子は天涯孤独の人生を送ってきたというし、間宮の調べた大山茜のファイルも似たようなプロフィールである。なりすましや、すり替わりがしやすい経歴だ。

その中でも特に白いお姉ちゃんが気になるところだ。

失踪したバスの運転手で相川敏夫の娘・美優の記憶から白いお姉ちゃんは、連続殺人犯で指名手配されている左京薔薇夫と一時期行動を共にしていたと考えられる。美優の帽子が薔薇夫の部屋から出てきたことから、彼女がバス失踪事件当時、薔薇夫の部屋にいたのは間違いない。そこから考えられることは、薔薇夫と白いお姉ちゃんは結託して美優を誘拐したということだ。

「つまり左京薔薇夫と白いお姉ちゃんがバスごと失踪事件に関わっているということですね」

香山が桔平の考えを先読みして言った。

観光バスと一緒に土中から掘り起こされた白骨死体が一体分足りないと先月のニュースで報道されていた。しかし白骨死体の身元をすべて照合するにはまだまだ時間がかかるようだ。十年前ということもあって、彼女たちの歯科治療の記録やＤＮＡのサンプルが揃わない。

その足りない一体が白いお姉ちゃんと考えたらどうだろう。バス運転手を脅迫したのなら運転中の彼を監視する必要がある。まさかそれを薔薇夫がするわけにはいかないから、彼女の役目だったのだろう。美優の証言から白いお姉ちゃんは事件当時、高校の制服姿だったという。胸に真っ赤なリボンはこの界隈では清遠女子高校しかない。つまり白いお姉ちゃんがスペクターだとすれば、彼女は美咲のクラスメートだったとも考えられる。

「だけどなんのためにそんな大がかりなことを？」

「分からん。おそらく俺たち常人には理解できない動機だよ。なんたってスペクターだからな」

突然、美優の話を思い出した。

——そう言えば……。お兄ちゃんがお姉ちゃんに言ってました。『いつか俺を殺すのか』みたいなこと。その時のお兄ちゃんはとても怖い顔をしていたのに、お姉ちゃんは笑ってました。

薔薇夫は予感していたのだ。自分がいつか白いお姉ちゃんに殺されるのではないかと。彼は秩序型シリアルキラーだ。知能が高く、人一倍警戒心が強い。そんな彼が姿を消した。いや、彼自身が予感したように女によって殺されたと考えるべきだ。

彼女はその後も名前や素性を変えながら、さまざまな人間の前に現れる。そして彼らの人生をまるで子供が玩具を壊すかのように破滅させていく。その過程において自分の秘密に関わるものも徹底的に抹殺していく。たとえば原稿やその実作者や読者、そして彼女のことを探っていた私立探偵も。

もし新巻優子がスペクターなら彼女は結婚をして子供までもうけているのだ。しかしその子供にまで手をかけた。生活を共にした夫や、お腹を痛めて産んだ子供すらも玩具に過ぎなかったというのか。いや、ともすれば殺すための結婚であり、殺すための出産だったのかもしれない。

玩具といえば遠山の死体の傍らに置いてあったオセロゲーム。遠山は死ぬ直前まで犯人と対戦していたと思われる。あれもいったい何だというのだろう。遠山が勝てば解放するつもりだったのか。そして観光バスや白骨死体と一緒に掘り出された大量の鉄パイプもそうだ。白骨のいくつかは頭部が陥没していたという。どうやらそれらは鉄パイプで殴られたあとらしい。犯人によるものであればあんなにたくさんの鉄パイプは必要ない。むしろクラスメートたちに配られたような印象さえある。あれは一体何を意味するのか。

理解不能だ。あまりに不可解で不条理なことが多すぎる。

「絶対悪って存在するのかもな」

桔平はズキズキと疼き始めたこめかみを押さえながら言った。

「奈良橋さん、生まれつきの悪なんて存在しないって言ってたじゃないですか。悪は環境が作るものだって」

「そう思ってたんだけどな。何事にも例外ってあるもんだ」

「どうしちゃったんです？」

香山が目を白黒させた。

＊＊＊＊＊＊＊＊＊

桔平と香山は清遠女子高校の図書室で十年前の卒業アルバムを調べていた。当時の学校側の配慮もあり失踪した美咲たちのクラス全員の顔写真も掲載されている。美咲は心細そうな目でこちらを見つめている。

「奈良橋さんの姪っ子さんって可愛かったんですね」

しんみりとする香山に対して桔平は「まあな」と頷いた。美咲は今も桔平の中で十七歳で止まったままだ。もし生きていたら今ごろは、と思うと胸が張り裂けそうになる。しかし彼女の隣に並んでいる写真を見てセンチメンタルな気持ちも吹き飛んだ。

「おい、この子見てみろ！」

顔写真は出席番号順で並んでいる。その少女は美咲の隣にいた。名前の欄には「辛島ミサ」と印字されている。

「なんて言うか……。こけしみたいな顔ですね」

香山が苦笑する。美咲と比べているのだろう。目は細く唇は薄い。これといって特徴のない、垢抜けない目鼻立ちをしている。お世辞にも美咲のように可愛いとは言えない。

「だけど肌の白さは際立ってる。他の子たちと比べても圧倒的だ」

「たしかにそうですね」

香山も同意する。小さな顔写真だがそれでも彼女の色白ぶりが充分に伝わってくる。三歳児から見ればまさに白いお姉ちゃんだ。

今度は卒業文集を開いた。こちらも図書室に保管してあるものだ。やはり失踪した美咲たちクラス全員の作文も掲載されていた。もちろん生前に書かれた作文を集めたものである。一番最初に開いたページがたまたま美咲だった。趣味や座右の銘など自分のプロフィールを書き込むスペースがあって、その後から作文が始まっていた。タイトルは「刑事になりたい」とある。そんな将来を思い描いていたなんて本人からは一度も聞いたことがない。照れくさくて言えなかったのだろう。正義感の強い子だ。きっといい刑事になっていたと思う。桔平の目元に熱いものがこみ上げてくる。全文を読まずにページをめくった。香山も気持ちを察してくれたようで何も言わなかった。

次のページに辛島ミサの名前が記されていた。作文のタイトルは「将来の夢」だった。桔平と香山は通読する。作文の中でミサは自分の夢を熱っぽく語っていた。読み終わると二人は顔を見合わせた。

「奈良橋さん、辛島ミサの夢はお笑い芸人ですよ！」

「ああ。新巻優子と同じだ」

昨日、間宮探偵事務所で会った新巻博史によれば失踪した新巻優子はお笑いの劇団に属していて、本格的にお笑い芸人を目指していたという。彼女は高校時代からその夢を追ってきたのだ。

「それにここを見ろ」

桔平はミサのプロフィール欄を指さした。特技の項目に「オセロ」と書かれている。つながった。

「つまり辛島ミサが美優の言う白いお姉ちゃんってことですね」

「そして数年後は新巻優子になり、現在は大山茜ということだ」

桔平はアルバムの写真をじっと見つめた。

見つけた。ついに見つけたぞ。

辛島ミサ。

美咲と姉ちゃんの仇《かたき》を。俺から大切なものを奪った女を。

【板東絵理（一）】

中野サンモール商店街にある喫茶店で板東絵理《ばんどうえり》は加藤清美《かとうきよみ》と向き合っていた。清美は人一倍大きな体を縮こまらせて、俯きながら申し訳なさそうに絵理の顔をチラチラと窺っている。

「どうしてそんなことを言うの？　夢って諦めた時点で終わりだよ。ゲームオーバーなんだよ」

絵理は身を乗り出して清美の顔を覗き込みながら言った。清美は大きな図体に似合わない囁《ささや》くような声で「ごめん」と答えた。

「ごめんなんてひどいよ。高校を出てから十年、二人で頑張ってきたじゃない。ずっと貧乏でさ、一杯のおそばを二人で分けながら……。それが何よ。あたしたちはまだ終わってない！」

絵理は思わずテーブルに手のひらを叩きつけた。周りの客たちが何ごとかとこちらを見る。しかし絵理は気にならなかった。今、自分はとても大切なものを失おうとしている。それは絵理にとっての夢であり希望であり生きる拠り所であった。それを失ったら死んだも同然だ。

「絵理。十年だよ。十八だったあたしたちはもう二十八だよ。だけどどう？　あのころからあたしたちは変わった？　どんなに頑張っても誰も認めてくれないし報われないじゃない。後から入った子たちにどんどん追い抜かれていく。コンテストでも入賞できないしライブでは相手にもされない。貧乏は相変わらずだよね。これじゃあ、恋愛も結婚もできないよ」

清美が泣きそうな声で言う。

「そりゃあ、厳しい世界だもん。簡単には結果なんて出ないよ。『ミチル&ミハル』なんてブレイクしたのは四十過ぎてからだよ。それまでずっと下積みを送ってきたの。彼らは諦めなかったから夢がかなった。諦めたら終わりなんだよ」

絵理は必死だった。清美を失えば十年間の努力と苦労がリセットされてしまう。

十年前。二人は愛知県蒲郡《かまごおり》市にある高校のクラスメートだった。二人ともお笑いが大好きでそれがきっかけで付き合いが始まったのだ。細身の絵理に対して、おデブな清美。どちらかといえば美形の絵理に不細工な清美。見た目のギャップも絶妙だった。清美がボケると絵理がすかさずツッコミを入れる。クラスでも評判で二人は人気者だった。そんなコンビが学園祭で漫才をすることになった。絵理がネタを書いて放課後の誰もいなくなった教室で綿密なリハーサルを重ねた。その甲斐《かい》あってステージは大成功に終わった。会場では爆笑の渦が巻き起こった。生徒も教師も手を叩きながら笑っている。爆笑が人々の関心を呼び込み、当初まばらだった客席は徐々に埋まっていき、アンコールは満席どころか立ち見が外まであふれ出るほどだった。

ライブがこんなに気持ちのいいものだということを二人は初めて知った。何より自分たちが客の笑いを支配していることが嬉しかった。清美のボケに一言ツッコむだけで、彼女の頭を一発はたくだけで会場が爆笑でどよめく。

清美はこちらの思うようなボケをくり出してくれる。台詞の長さ、間の取り方、リアクション、表情、何もかもすべてが絵理のタイミングに適合していた。絵理は安心して自分の芸を表現することができる。

以心伝心、あうんの呼吸。清美とは二人だけに通じる芸のテレパシーがある。

「清美。あたしたち絶対に才能があるよ」

クラスメートたちは卒業後の進路を決めている頃だった。大学進学組は大学受験に向けて取り組んでいたし、就職組は就活を始めていた。絵理は清美の家でお笑い番組のＤＶＤを見ながら言った。

「やっぱりそうかな」

清美も学園祭の快感が忘れられないらしい。大きな図体を揺らして笑った。

「今から勉強したって大した大学入れないでしょ、あたしたち」

絵理も清美も学校の勉強は得意な方でない。まったく勉強しないわけではないにしても平均点に乗せるのがやっとだ。特に理数系はちんぷんかんぷんだった。

「うん。あんたはキレイだからいいけど、あたしはデブだしブスだしどうにもならない。あたしからお笑いを取りあげたら何も残らないよ」

清美が笑顔に自嘲を含ませる。

「よし、決まった。二人で東京に出よう。そしていつかきっとトップを取るんだ」

高校を卒業して二人は一緒に上京した。実家も裕福ではないので仕送りは当てにできない。親から借りたお金と貯めたお小遣いを出し合ってルームシェアをした。西武新宿線の新井薬師前《しんあらいやくしまえ》駅から歩いて十五分。築三十五年、家賃七万八千円の木造２ＤＫ。コンビニ、居酒屋、ファミレスでバイトをして二人が工面できるギリギリの金額だった。

芸人を目指す人の多くはいわゆる芸人養成所に入るのだが、絵理たちは引っ越し費用に精一杯で、入学金や授業料まで工面できない。そこで同じ志を持つ芸人の卵たちが集まったお笑い団体に所属した。さすがは東京だけあってインディーズやサークルなどが多数存在する。

二人はコンビ名を『ビューティー&野獣』とした。美形で細身の絵理に対してデブでブスな清美の取り合わせにぴったりのネーミングだ。二人は団体の主催するライブや舞台などの活動に精力的に参加した。しかしそんな素人集団の中でも競争は激しい。人気が出なければステージに立たせてもらえない。二人はライブでの客の反応に一喜一憂しながらも、芸能プロダクションのオーディションにも挑戦していった。

しかし結果がついてこない。学園祭であれだけ大受けしたコンビなのに、東京のステージではお寒い反応しか返ってこない。オーディションも然りだ。二人の芸を見て選考委員たちはニコリともしない。通行人を見るような目で素通りされてしまう。

それでも二人でお笑いのライブを研究したり、本を読んだりしながら研鑽《けんさん》を積んだ。一円の収入にもならないサークルのライブのために何週間も部屋にこもってリハーサルをくり返した。

生活は厳しかった。団体の活動やそれに伴う打ち合わせや練習の時間が必要なので、バイトに充てられる時間はどうしても限られる。家賃とギリギリ生きていけるだけの生活費を賄うのがやっとだった。同年代の若者たちが楽しむようなオシャレや遊びをする余裕がない。それでも夢をかなえるんだという強い思いが二人を支えていたはずだった。

「やっぱり才能ないんだよ、あたしたち」

清美がぽつりと言った。それは絵理が一番聞きたくない言葉だった。どんなにくじけそうになってもその言葉だけは暗黙のタブーだったはずだ。

「そ、そんなことないよ。思い出してよ、高校の学園祭。満場のお客さんをあそこまでわかせたじゃない。あたしたち、学校の人気者だったじゃない」

絵理が声を震わせながら訴えると、清美はため息をついて首を横に振った。

「あたしたち、浮かれすぎて勘違いをしていたんだよ。学校の人気者とお笑い芸人はまったく違うわ。この世界で成功する人って学校の人気者タイプじゃないよね。意外と暗くて冷たくて人付き合いが苦手な人たちよ。ノリがいいとか調子がいいだけじゃダメなのよ」

「じゃあ、どうするのよ？」

「もう潮時だと思う。今は昔と違うんだよ。一度、どん底に落ちたら這い上がれない世の中になってる。落伍者《らくご》に敗者復活なんてない。あんたはいいよ、美人だから。男たちが放っておかないもん。その気になれば玉の輿《こし》にだって乗れるわ。でも、あたしは違う。今は年金も保険も払ってないのよ。借金だらけで貯金もできない。もし夢がダメだったとしても、これから何十年も生きていかなくちゃならないの」

絵理は言葉が出なかった。将来の不安は感じたことがある。しかし、楽観的に考えていた。たしかに清美の言う通り、自分の美貌を武器にすれば誰かが何とかしてくれると考えないこともなかった。

「そりゃあ、分かってるよ。でも、あたしも清美がいないとダメなのよ。『ビューティー&野獣』はあんたがいないと成り立たない。あんたあってのあたしの芸なのっ！」

「新しい相方を探せばいいわ。あたしなんかより息の合う相手が絶対に見つかるよ」

「無理っ！　絶対に無理だってばっ！」

絵理は思いきりテーブルを叩いて立ち上がった。周囲の客たちがざわめき立つ。しかし清美は哀しそうな目を向けるだけだった。

「ごめん、絵理。ここで見切りをつけないとあたしはどん底に落ちてしまう。ここんとこ、父さんの容態が思わしくないの。母さんも体が弱いからあたしが家族を支えていくしかないんだよ。なのに支えていくどころか、自分のこともままならないじゃない。あたしだって結婚もしたいし子供も欲しいわ。人並みの生活がしたいのよ。このまま夢を追い続けたとしてそれがかなう可能性ってどんだけあんのよ？　かなわなかったらどんな人生を送らなきゃなんないの？」

清美がそっと立ち上がる。彼女の顔が滲んで見えた。

「来週、蒲郡に帰る。もう決めたことだから」

「清美……」

絵理が手をさしのべたが、彼女は「ごめん」と一言残すと店を出て行った。

絵理は崩れるようにして椅子に腰を落とした。もうダメかもしれない。清美がいなければ絵理は絵理の芸にならない。絵理は全財産を失ったような気分だった。

＊＊＊＊＊＊＊＊

それから一週間後。清美と別れた。彼女は荷物をまとめて蒲郡に帰って行った。狭いと思っていた部屋も無駄に広く感じた。これからは家賃も一人で支払っていかなければならない。もっと安い物件に移りたかったが引っ越し代が工面できない。ただでさえ借金を重ねているのだ。しばらくはバイトを増やして凌《しの》ぐしかないだろう。

「今日の夕方、午後五時頃、世田谷区北沢のマンション三階の一室で火の手が上がり、一時間後には消し止められましたが、焼け跡から男性の遺体が発見されました。見つかったのはアルバイト従業員の沢村健太さん二十三歳で、勤務先である宅配ピザ『ポモドーロ北沢店』の店長によると、沢村さんは出火する三十分ほど前に現場である部屋にピザを届けていたということです。部屋の住人である女性は行方不明であり、警察はこの女性が何らかの事情に関わっているとみて捜査を進めています」

絵理は何もする気が起きず、つけていたテレビをぼんやりと見ていた。清美がいればここで何かボケを入れる。そこですかさずツッコむのが絵理たちの日常だった。そうやって呼吸やタイミングを合わせてきたのだ。

それにしても不可解な事件だと思った。現場からは大量の焼け出されたゴミが出てきたというのだ。出火する直前に「部屋にあがらせてもらう」「ゴミを処理しなくてはならない」と男性の声が聞こえたと隣の住人がインタビューに答えている。そして出火した部屋に住んでいた女性の顔は隣なのに一度も見たことがないと付け加えた。住人の女性と亡くなった男性がゴミのことでトラブルになったようだ。しかしピザの宅配アルバイトとどうしてそんな諍《いさか》いが起こるのだろう。

「ああ、もうっ！」

絵理は頭をクシャクシャ掻きむしった。そんなことはどうでもいい。今考えなければいけないのはこれからどうするかということだ。ピン芸人はできそうもない。やはり漫才だ。それにはどうしたって相方がいる。それもできるだけ清美に近いセンスを持った女性だ。『ビューティー&野獣』は二人のギャップが売りのひとつだった。容姿、体型。デブが二人揃っても面白くないし、美形も然りだ。ギャップそのものがコンビのネタであり芸だった。

絵理は時計を見る。今日は所属している『笑劇部隊《しょうげき》』の例会だ。笑劇部隊はお笑い芸人を目指す卵たちが集まっているお笑い団体だ。会費も安いので芸人養成所の授業料を工面できない若者たちがメインで構成されている。

月に数回、全員で集まって次のライブやイベントの打ち合わせをする。団員の中には芸能プロダクションのオーディションに合格してプロになって離れていく者もいる。つまり所属期間が長いということはそれだけアマチュアで燻っていることになる。絵理も十年選手だ。その十年の間に様々な事情から挫折していった者も少なくない。しかしお笑い芸人を目指す人たちも多いようで、誰かが辞めてもすぐに補充される。中には夢を捨てきれずに一流企業や公務員を辞めてきたという中年男性もいる。団員のほとんどはバイトなどで生活費を工面しているため余裕がない。消費者金融から借金している者も多い。

「みんな、こっち見て！　新入りを紹介するから」

主宰者である山本《やまもと》は集まった三十人近い団員の前で注目を促した。しかしスリムで長身でイケメンの山本よりも先に、隣に立つ女に目がいってしまった。清美をさらに一回り大きくさせたような大女だった。分厚い頬の肉が瞼を押し上げているためか目が細く見える。大して暑くもないのに額は汗で濡れていた。立っているだけなのに肩で息をしている。

「三越光代《みつこしみつよ》です。頑張って売れっ子になりたいです。よろしくお願いします」

女が額の汗を拭いながら相撲取りのような野太い声で自己紹介をする。

「デパートみたいな名前だな」

「相方は伊勢丹か」

団員たちが茶化して笑いが起こる。これもお笑いを目指す彼らなりの歓迎だ。

「デブにもほどがあるな。いや、でもいいよ。インパクトがある。お笑いは見た目のインパクトが重要だから。三越さんは立っているだけで暑苦しいし存在感があるよ」

山本が三越の体を眺めながら言った。普通ならセクハラ以外の何ものでもないが、芸人にとってこれは褒め言葉だ。光代もまんざらでもないような笑顔を見せて「ありがとうございます」と返した。

「それにデブなくせに妙に色白なところと、無駄に艶のあるきれいな黒髪もいい。顔とのバランスがまるで取れていないところが面白いよ」

さらに山本が芸人視点で彼女の容姿を褒める。絵理も一目見て思ったが、光代の肌の白さは際立っている。そして腰までかかった漆黒の髪が対照的だ。目鼻立ちも顔の脂肪でコミカルな印象を与えるが痩せたら整っている方ではないかと思う。それにしても何を食べたらこんなに太ることができるのだろう。

例会での次回ライブの打ち合わせが終わり、絵理は山本に呼ばれた。

「絵理。清美が辞めちゃってどうすんだよ?」

山本が同情を含ませた目を向けてくる。

「まだ考えてません。途方にくれてる現在進行形です」

「まあ、ショックだよな。十年も連れ添った相方に出て行かれちゃあな」

絵理はハーッとため息を吐いた。コンビ解消は大打撃だが、シェアしていた家賃を一人で負担しなければならないのも痛い。いろんな意味で目先のピンチを痛感する。

「お前さ、三越さんと組んでみたらどうよ。彼女、キャラ的に清美とかぶってるだろ。むしろ清美よりずっとインパクトがあるぞ」

山本が部屋の片隅で心細そうに座っている光代を指さした。

＊＊＊＊＊＊＊＊＊

テーブルを挟んで腰掛けている三越光代が妙に窮屈そうに見えるのは椅子とテーブルの問題ではない。

「それじゃ、とりあえず乾杯ということで」

絵理はビールの入ったジョッキを彼女のジョッキにぶつけた。

「あの、絵理さん……」

光代はビールを少しだけ口に含むと遠慮がちに言った。

「なに?」

「あたしなんかで本当にいいんでしょうか? 相方なんてさせてもらっちゃって」

「しょうがないわ。だって今の笑劇部隊で適任といえばあなたしかいないんだし……」

清美のショックが抜けきらず、最近は他人に対しても投げやりな返答が増えている。

光代がわずかに眉をひそめたのを見て、

「あ、ああ、ごめんなさい。そういうつもりで言ったわけじゃないの。悪く取らないで」

と謝った。光代がぎごちなく笑う。頬肉が盛り上がって目尻が下がり、目がさらに細くなった。それにしても陶器を思わせるなめらかな肌質と白さが際立っている。ただでさえ大きな顔がさらに浮かび上がって見えるほどだ。対照的に腰まで伸びた髪は深い闇を思わせる。額は相変わらず汗で濡れそぼっていた。

「あなたは肌がホントにきれいね。どちら出身なの？」

「秋田です」

「ああ、どうりでね。納得」

光代の肌はエステやメンテナンスでは手に入らない生粋の白さときめ細かさがある。秋田の環境や気候、そして地域特性の遺伝とも無縁ではないだろう。

「絵理さんもきれいですよ。女優でもいけそう」

光代がはにかんだ様子で額をハンカチで拭いながら言った。

「相方をさん付けするなんておかしいよ。あたしのことは呼び捨てでいいわ。学校でもここでもずっとそう呼ばれてきたし。あなたはお友達からなんて呼ばれてるの？」

「ミツミツです。三越光代だから」

「ミツミツか。面白いね。あたしもそう呼んでいい。ねえ、ミツミツ」

緊張が解けたのか光代の表情がふんわりと緩んだ。ぎごちなさの取れた笑顔はなかなか愛嬌がある。同じデブキャラでも清美と違って、痩せたら整っているだろう目鼻立ちもあってどことなく品があるような気がした。

「こちらこそよろしくね、絵理」

二人は再びビールのジョッキをぶつけ合った。


「で、ミツミツは芸歴はどのくらいあるの？」

「秋田でちょっとだけ。三年くらいかな。だけどお遊びサークル同然の素人劇団で芸歴にはならないよ」

「そんなこと言ったらあたしだって同じだよ。笑劇部隊はアマチュアの集まりだもん。そこからプロデビューできるのは数年に一人いるかいないかね。ほとんどの人は挫折して去って行くわ。あたしなんてもう十年。いつまでたっても芽が出なくて相方にも逃げられちゃった」

芸歴の話をするとどうしても自嘲気味になってしまう。絵理はビールをあおった。

「でも十年も続けるってすごいことよ。ふつうは心が折れちゃうもん。それだけ本気なんだよ」

「本気でもどんなに捨て身で努力しても、運と才能がなければどうにもならない世界よ。この十年でそのことを嫌というほど思い知らされたわ。無難な人と結婚して子供を育てて平穏な毎日を送るのもいいかなあって思ったこともあるよ。でも最終的に後悔するのは分かってる。人生は一度しかない。夢に代替はきかないの」

「ご両親はなんて言ってるの？」

「なんかもう諦めている感じ。ミツミツは？」

絵理が聞き返すと光代は小さく首を横に振った。

「両親はあたしがずっと小さい頃に死んじゃったから。兄弟も親戚もいなかったから引き取り手がなくて、ずっと施設で過ごしてきたの」

「そ、そうだったんだ。へんなこと聞いてごめんなさい」

「謝ることなんてないよ。相方なんだから。あたしだって絵理のことをもっと深く知りたいし」

それから二人は自分の身の上話に入った。光代の両親は彼女の幼少の頃に交通事故で亡くなったらしい。それから秋田の児童養護施設で十八歳まで過ごした。施設を出た後は一度、自動車部品関連の工場に就職したが人間関係のトラブルですぐに辞めてしまう。それから秋田市内でバイトやフリーターをしながら過ごしたが、本格的に芸人を目指してみようと考え、先週上京してきたばかりだという。

「東京には肉親も友達もいないから天涯孤独の身だよ」

光代が孤独は慣れっこだと言わんばかりに鼻で笑い飛ばした。

「で、どこに住んでるの？」

「思いつきでいきなり来ちゃったでしょ。まだ決まってないの」

「じゃあ、どこで寝泊まりしてんのよ？」

「ネットカフェとか漫喫とか。東京は便利な街ね。住処がなくても生きていけるんだもん」

彼女があっけらかんと言う。

「だったらうちに来なよ。実は相方とルームシェアしてたんだけど、実家に帰っちゃったでしょう。だからパートナー探してたんだぁ。どう？　考えてよ」

絵理は手を合わせて頼んだ。家賃は絵理にとって早急に解決しなければならない目先の問題だった。今の収入では生活が厳しくなる。その分、バイトを増やせば今度はライブやオーディションに支障が出てしまう。そのためのネタ合わせの時間も必要だ。もちろんネタを考えて書く時間もある。バイトのために肝心な時間が削られるのでは本末転倒だ。芸のための時間を確保するためにはどうしても出費を抑える必要がある。家賃の折半で抑えられる金額は大きい。

「本当にいいの？　家賃折半ならあたしも助かるよ」

「よし決まり！　今日からミツミツとあたしはルームメイト兼相方よ」

絵理は立ち上がって光代を抱きすくめた。太い図体に手が回りきらなかった。

＊＊＊＊＊＊＊＊＊

コンビ名は二人の呼び名を合わせて「ミツミツエリー」に決めた。笑劇部隊の主宰者である山本も、前よりこちらの方が音感がいいと承認してくれた。そして絵理と光代は新井薬師前駅から徒歩十五分のアパートで同居することとなった。絵理はファミレス、光代はコンビニでバイトをしていたが、互いになるべく同じ時間帯にシフトを組むようにする。そうすることで顔を合わせる時間を確保できる。喫茶店でネタ合わせをして、近所の公園でリハーサルをする。最初のうちはテンポが噛み合わなかったが、数ヶ月もすると徐々になじむようになってきた。

光代は芸歴三年と言っていたが、思った以上にスジがよかった。特にボケ役は絵理のツッコミに応えうるものがある。あとはテンポや間の取り方だが、それもトレーニングを積めば克服できそうだ。

そして何より光代の書く漫才の台本は光るものがある。明らかに絵理の書くそれより面白いのだ。読んでいると笑いながらも嫉妬してしまう。こればかりは才能なのだろう。清美と組んでいた頃、台本は絵理が書いていた。ネタのことは随分と研究したという自負もある。

しかし、光代のネタには単純な面白さがあった。観客を引き込む展開、ユーモアにあふれる台詞、ストンと落ちるラストのオチ。それらが絶妙なさじ加減で構成されている。漫才の面白さの多くは台本で決まるといってよい。それは映画やドラマと同じだ。あとは芸人の演技次第。一流芸人が手がければ面白さは二倍にも三倍にもなる。逆を言えば台本がつまらないとどうにもならない。清美と組んでいた「ビューティー&野獣」が今ひとつ伸び悩んだ原因に絵理の書く台本があったのかもしれない。

「ねえ、光代。この事件覚えてる?」

絵理はテレビのニュースを指さした。バスごと失踪事件に関する報道だ。

「うん。ちょうどあたしたちと同じ年の子たちだったよね」

光代は興味がないようで素っ気ない返事だった。テレビには目を向けず、台本に赤ペンを入れている。

「そうだよ。だから人ごとと思えなくてさ。ずっと気になってたんだ」

絵理は気を遣ってテレビの音量を下げた。光代は来月に予定されているライブの台本を練り上げているのだ。

「清遠女子高校二年一組のバスが西冠山の土中から発見されて今日で丸二年になります。土の中から夥しい数の白骨が上がりましたが、十年の時間が経過していることもあったため材料が乏しく、すべての身元特定にはまだまだ時間がかかりそうです」

女性のニュースキャスターは神妙な顔で原稿を読んでいる。社会を騒がせたバスごと失踪事件から今日で十二年だ。彼女たちが生きていれば絵理や光代と同じ年齢である。結婚して子供がいてもおかしくない年齢だ。ましてや十七歳といえば将来への夢や希望に胸を膨らませている年頃だ。彼女たちはどんな思いで土を被ったのだろう。その無念を考えると胸が痛む。どんなに苦戦する人生でも生きていられるだけ幸せだと思う。

「そういえば一人分だけ白骨が足りないって言ってたよね？」

「さあ……」

興味なさそうに首を傾げる光代の瞳が一瞬だけギラリと光った。その時の彼女は今までに見せたことがないほど怖い顔をしていた。しかしすぐに台本へと集中していく。

——何なのよ、今のは……感じ悪っ！

絵理は口を尖らせて視線をテレビに戻す。ニュースでも足りない一体分の白骨については触れなかった。二年も経っていまだ特定できないのだから相当に難航しているのだろう。

「テレビ消していいかな」

光代が不機嫌そうな顔を向ける。絵理は舌打ちをしてスイッチを切った。同居しているとこういうちょっとした行き違いでイラッとすることがある。絵理は少し意地悪をしてやりたい気分だった。

「ところでミツミツさぁ、『バラオ』って何なの?」

「何よ、それ」

顔を上げた光代がまたも瞳をギラリとさせた。しかしすぐにそれを隠すように笑顔に変える。痛いところを突いたか。取り繕っているようにも見えた。

「あんたの寝言だよ。何度か聞いたよ」

「知るわけないじゃん、自分の寝言なんか」

光代が鼻を鳴らす。

「聞いたことがあるなあと思ってネットで調べてみたんだけど、二年くらい前だったかな、左京薔薇夫って人のことが一時期、ニュースで話題になったよね」

「左京……。覚えてない、ていうか知らないよ」

「連続殺人鬼の疑いがあるとかで騒がれたじゃない。知らないの？　十年以上も行方不明で警察が指名手配してるらしいよ。あんたその人と夢の中で会ってんじゃないの？」

「ばっかみたい。でもイケメンだったら全然ＯＫよ」

「相手は連続殺人鬼だよ。シリアルキラーだよ」

「大丈夫だよ。あたし、肉厚だからさ。切られても刺されても死なないって」

「そりゃそうだ」

それから二人は手を叩きながら笑った。ケンカをしてもこんな感じで仲直りしていく。

「ねえ、絵理。あたしってその寝言をよく言ってんの？」

光代が台本を閉じて尋ねてくる。先ほどのように不機嫌そうではないが、どことなく色白の顔が強ばっているように思える。

「うん。あんた、結構寝言が多いよ。ほとんど何を言ってんのか分かんないけどね」

「そうなんだ」

光代の表情に安堵が浮かんだ。

二人の寝室は襖《ふすま》で隔てられている。立て付けが悪いのかその襖を閉めても隙間が空いてしまう。だから互いの部屋の音が筒抜けなのだ。光代の寝言も毎日のように聞こえてくる。呂律《ろれつ》が回っていないような発音をするので内容までは分からないが、それでもいくつかは聞き取れる単語がある。

「他にも何か言ってた?」

光代が心配そうな顔をする。ルームメイトで相方とはいえ寝言を聞かれるのは恥ずかしいのか。

「一番多いのがタクヤ。タツミってのもあったな」

特にタクヤの名前は愛おしそうに呼びかけていた。時々、彼らの名前を呼びながらうなされていることもある。昔に別れた恋人だろうか?

「あとはサエコとかアカネとか。女の人? 一番印象的なのはやっぱりバラオね。やっぱりあの殺人鬼なの?」

「そんなことあるわけないじゃん、アホらし。紅茶でも淹《い》れるよ」

光代は立ち上がって台所に向かった。やかんに水を入れて火をかけている。どことなくこの話題を避けようとしているようにも見える。彼女も複雑な人生を送っている。きっと何かあるのだろう。

「全然心当たりがないわ。何なんだろうね、あたしの寝言って」

光代は絵理に背を向けたまま肩を揺すって笑った。どんな顔をして笑っているのだろうと思ったが、それ以上は聞かないでおいた。誰にだって触れられたくない過去があるのだ。

＊＊＊＊＊＊＊＊

「今度のライブ、ミツミツエリーのデビューだぞ」

例会で団長の山本が絵理と光代に声をかけてきた。

「マジですかっ⁉」

「ああ。お前ら面白いからさ。やってみろよ」

アマチュアのお笑い団体とはいえ内部の競争も激しい。ライブも全員が出演できるわけではない。実力あるレギュラー陣の席は決まっていて残りは奪い合いとなる。団長の山本やレギュラー陣からの評価がなければ指名されない。清美と組んでいた「ビューティー＆野獣」ですらデビューできたのは所属して三年経ってからだった。その後も数回に一度くらいしか指名されなかった。もっともこんなアマチュアの集まりでレギュラーにもなれないようではプロにはほど遠い。

「ミツミツ、やったね!」

「うん!」

二人はハイタッチをしながら喜びを分かち合った。例会では団員たちの前でネタを披露するのだが、それが次のライブの出場権を巡るコンテストになるのだ。二人の息も合ってきたというのもあるが、やはり光代の書く台本がそれだけ優れているのだ。清美との別れが絵理にもたらしたのは絶望ではなくチャンスだった。光代はお笑い芸人として未知数の能力を秘めている。いつかとてつもなく化けるかもしれない。もちろんその時は相方にとっても飛躍するチャンスとなる。

「まず狙うのはレギュラーの座だよね」

光代が肌質のなめらかな白い顔を輝かせながら言う。笑うと口元から肌に負けない真っ白な歯が見える。光代は歯の健康に神経質なまでに気を遣っているようだ。一日に数回、ブラッシングするたびに数十分かける。化粧の時間より長いほどだ。その甲斐あって歯医者に通うことはないという。

「そのためにはライブを成功させなくちゃ。お客の反応がすべてだから。会場をわかせられれば次回もステージに立てるわ。その実績を積んでいけばレギュラーになれるの」

ライブも出場者にとっては真剣勝負だ。いくらレギュラーでも客の反応が思わしくなければ、脱落を余儀なくされる。絵理たち二軍選手がレギュラー入りするためには彼らを喰《く》ってしまうしかないのだ。

「よし。だったらあたしがとっておきのネタを書いてあげるよ。レギュラーの人たちなんかに絶対に負けないネタをさ」

光代が自信満々に宣言する。絵理は「頼んだよ!」と彼女の肩を叩いた。ここは彼女に任せるしかない。絵理の実力ではそこまでのものは書けない。今の自分が日の目を見るためには光代の才能に乗っかるしかないのだ。

「ねえ、絵理。あんた、もしお笑い芸人じゃなかったら何してたと思う?」

次の日の夜、光代とオセロをしていると彼女が問いかけてきた。四隅は彼女の駒に埋められている。光代とルームシェアするようになってから、毎晩のように対戦しているが一度も勝てたためしがない。

「何だろう。考えたことないなあ。やっぱり普通のOLとかフリーターかな。お笑い以外に取り柄なんてないしさ。ミツミツ、あんたはオセロが強いからプロになればいいんじゃない?」

「バカ。オセロなんかで食っていけるわけないじゃん。あたしはラーメン屋だね。超美味しいラーメン作ってさ、すっごい行列ができるお店にするんだ」

割烹《かっぽう》着《ぎ》姿でラーメンを仕込む光代の姿を想像して思わず吹き出してしまった。それにしても光代にそんな夢があったとは。

「あれ？　あんたの好物ってピザじゃなかったっけ？　劇団の自己紹介でそう言ってたじゃない」

「うん。でも一時期すごい食べ過ぎちゃってさ。しばらく見たくないね」

「もしかしてあんた、ピザ太りなの？」

「そうだよ。毎日ピザばかりだったから」

「そりゃ、太るわけだよ」

その日の夜は布団の中で思い切り語り合った。そのうち面白いネタがたくさん浮かんできて話が止まらず、気がつけば外が明るくなっていた。

＊＊＊＊＊＊＊＊

そしてライブの日がやってきた。二人はここ一週間、バイトも休んで綿密なリハーサルをくり返してきた。ただでさえ貯金がないし、生活費が入ってこなくなったので食費もままならない。二人は一人分の弁当や定食を分け合って凌いだ。

その甲斐あってセリフもリアクションもそれらをくり出すタイミングもすべて頭に入っている。あとは観客の前で打ち合わせ通りに演じられるかどうかだ。ミツミツエリーの出番は三番目。今は二番目のコンビがステージに立っている。さすがは笑劇部隊ナンバーワンといわれるコンビだ。場内からの爆笑も絶えない。

絵理と光代は舞台の袖裏で待機していた。笑劇部隊の結成二十周年ということもあって観客はほぼ満席だ。絵理は目を閉じて深呼吸をした。この緊張は何度ステージに立っても慣れることがない。絵理は決めていた。今日のステージで飛躍する。もしこのチャンスを生かせないのであれば、もう二度とチャンスは巡って来ない気がした。

「大丈夫だよ、絵理。あたしたちは絶対に勝つよ。そしてこのステージは観客にとってもメモリアルなものになるわ。なぜならミツミツエリーがスターダムに上りつめていく第一歩だから」

光代の言葉に絵理の心は高揚した。そうだ。あのビートルズだってデビューのステージがあったのだ。観客は誰一人として思わなかっただろう、目の前で歌う彼らが歴史に名を残す世界的なバンドグループになろうとは。

目を開くといつの間にか前のコンビの芸は終わっていた。誰もいなくなった舞台の床に反射するスポットライトが真っ白に光っている。絵理にはそこが異世界のように思えた。

「よし、次、お前らだ。行ってこい！」

山本が絵理たちに声をかける。

「ミツミツ、行くよ」

「うん」

光代が頼もしい笑顔で応える。盛り上がった頬で細くなった瞳はキラキラと輝いていた。

「よっしゃあ！」

二人は互いに右手を重ねて気合いを入れた。そしてステージに飛び出していく。

「どぉーもぉー、ミツミツエリーですぅ」

＊＊＊＊＊＊＊＊＊

ライブは大成功に終わった。

あのまばゆいばかりのステージでミツミツエリーの二人は観客からの爆笑と喝采を浴びた。今までに味わったことのない観客の熱気。心から楽しんでいる者たちの笑いというのは響きが違う。芸人の心臓を震わせる力がある。彼らと一体になったような気持ちになれるのだった。清美と組んでいた頃、絵理たちに向けられたのは乾いた笑いだった。どんなに情熱を込めても観客たちとの乖離《かいり》を埋めることができなかった。

「絵理、お前にしちゃ珍しくばか受けだったな」

笑劇部隊のエースコンビである「ゴリラパンツ」の二人が声をかけてきた。団員たちの中で一番プロに近いと言われているコンビだ。

「あ、お疲れです」

絵理は恐縮して頭を下げた。

「あのネタはお前が書いたんか?」

片割れの望月《もちづき》が口にくわえたタバコに火をつけながら尋ねてきた。

「いえ。ミツミツです」

「どうりで。前のコンビとは全然違うもんな。お前、すげえ相方を拾ったたな」

「だよな。今のお前たちに勝てる気がしねえよ」

もう一人の片割れである真鍋《まなべ》がふてくされ気味にその場を後にした。自分たちよりも会場をわかせたことが気にくわないようだ。絵理は謙遜《けんそん》したまま、心の中でクスリと笑った。エース級の彼らも光代の才能を認めている。

絵理と光代はアパートに帰ってビールで祝杯を挙げた。

「気持ちよかったぁ。こんなにライブが気持ちいいなんて高校の学祭以来だよ」

珍しく三缶もビールを空けた絵理はほろ酔い気分で今日の喜びを噛みしめた。

「うん。ホントに気持ちいいよね。お客さんを笑わせるってやっぱり幸せだよ。やみつきになっちゃうよね」

光代も白い頬をピンク色に染めている。丸顔も手伝って桃のようだ。彼女にいたっては四缶目だ。

「このまま行けばレギュラー入りも目じゃないね」

絵理も彼女に後れを取らないよう四缶目を空ける。

「レギュラー入り？　絵理、あんたそんなことを目標にしてんの？」

光代が眉をひそめながら言う。

「どういう意味よ？」

「志が低いって言ってんの。あたしたちの目標はスターダムよ。お笑いの頂点まで一気に上りつめてやんの！」

光代が珍しく酔っているようだ。顔を赤らめて目つきがとろんとしている。

「絵理、聞いて」

その光代が色白の顔を近づけてきた。目つきは怪しいが顔は真剣だ。

「あたしがスターダムに上がるにはあんたが必要なの。あたしの書いたネタを完璧にこなせるのはあんたしかいないわ。これだけは約束して」

そう言いながら小指を立ててきた。指切りをさせるつもりらしい。

「な、なによ、約束って？」

彼女の瞳がギラリと光った。絵理の背中にぞくりとしたものが走る。ステンレスに反射したような無機質で鋭利な光。光代は時々、怖い目を見せることがある。

「あたしを絶対に裏切らないこと」

今までに聞いたことがない低くうなるような声。そのときだけは光代の顔から酔いが消えていた。

「裏切るって……裏切るわけないじゃん。あんた、ちょっと飲みすぎだよ」

「ちゃんと約束して」

光代がこちらの瞳を切り裂きそうな鋭い目つきをそのままに、立てた小指を突き出してくる。

「わ、分かったよ」

気圧された絵理は自分の小指をからめた。光代の手はこちらもステンレスのように冷たい。彼女の指にじわりと力がこもった。

「指切りげんまん嘘ついいたら……」

小指でつながった手を上下させる。

「嘘ついたら？」

絵理は手を止めて光代に尋ねた。

「コロス」

そう言った彼女の顔がふわっと緩んだ。突然、いつもの光代が戻ってきた。

「冗談よ、冗談。バカね、何本気にしてんのよ」

彼女がまだつながっている指を振りながらケラケラと笑った。

「もぉ、脅かさないでよ。すっごく怖い顔してるからさ。何かと思うじゃない」

「アハハハ。ごめん。ちょっとふざけただけよ」

彼女は絵理の三倍はありそうな体を揺らしてさらに笑いを強くする。

「でもさ、ミツミツがそんなこと言ってくれるなんて心強いよ。あんたとならいける気がするよ」

「当たり前じゃない。あたしたちは最強のコンビよ。そうだ、今度、オーディションに挑戦してみようよ。受かればプロデビューできるんでしょ」

光代がビールのプルトップを開けながら言った。もう何本目だろう。こんなに飲む彼女を見るのは初めてだ。ライブの成功に気が大きくなっているようだ。

「オーディションか。はっきり言って厳しいよぉ。ただ面白いとかテンポがいいだけでは評価してくれない。何か突き抜けたものがないとね」

絵理も清美と組んでいた頃に何度も挑戦したことがある。しかし合格どころか一次選考すら通過したことがない。特に大手プロダクションのオーディションとなると競争が苛烈なだけに求められるレベルも高い。

「今、取っておきのネタを構想中だからさ。近日中には書き上げるよ」

光代がこめかみを指先で叩きながら言った。

「取っておきなの？」

「うん。自分で言うのもなんだけど自信作なんだ」

彼女の自信作なら相当のものだろう。今度こそ本当にいけるかもしれない。今日のライブの高揚感がよみがえってくる。デビューであそこまでわかせることができたのだ。ネタを練り込んでトレーニングを積めばさらに進化できるだろう。光代の頭の中にはそれを実現させるだけの力を持った構想がある。なんて頼もしい相方と出会うことができたのだろう。彼女は絵理の夢をかなえてくれる天使だ。ビールをあおりながら神様に感謝したい気分だった。

「飲みすぎたかな。眠くなってきちゃった……」

光代が欠伸《あくび》をしながら充血しかけてきた目をしばたたかせている。

「疲れたでしょ。横になったら」

彼女はビールをテーブルに置くと巨体を横たえた。そして数分もしないうちに寝息を立て始めた。絵理はそんな彼女にタオルケットを掛けてやる。やはり光代は寝顔よりも肌の白さが印象的だ。さすがは秋田出身だけあって肌質が絹のようにきめ細かい。

突然、彼女が寝言を言い始めた。苦しそうに顔をしかめながらうなされている。

「タクヤぁ、タツミぃ、ごめんねぇ……」

タクヤとタツミ。

光代が寝言で一番口にする名前だ。彼女と同居するようになってから何度も聞いたことがある。そしてこの二つはセットで出てくることが多い。二人の名前を呼ぶ彼女はいつも辛そうだ。悲痛な声を震わせながら彼らに謝っている。

タクヤとタツミという男性を二股かけていたのだろうか。光代曰く男性とは縁のない人生を送ってきたらしい。たしかにこの相撲取りを思わせる図体と容姿ではそれも頷ける。しかし太い女を好む男性も少なからずいる。そんな彼らにとって透けるような白い肌を持つ光代は魅力的かもしれない。光代は彼らを手玉に取った。だから夢の中で謝っているのだ。そんな状況を想像して絵理はプッと吹き出した。

絵理はテレビをつけてテーブルの上を片づけ始めた。空になったビールの缶が十本以上も並んでいる。こんなに飲んだのは久しぶりだ。

「連続殺人容疑で全国指名手配中の左京薔薇夫の両親が自殺しました。異臭がするとの近隣住民の通報から消防が駆けつけたところ浴槽から左京清志《きよし》さんと妻の八重子《やえこ》さんの遺体が発見されました。二人は衣料用洗剤を使い硫化水素を発生させて自殺を図ったようです。自宅からは二人の遺書も見つかってます。近隣住民七十人が避難する騒ぎとなりました」

バラオという言葉に絵理の耳が反応した。片付けを中断してテレビに向いた。十年以上も前から行方をくらましている息子に連続殺人の容疑がかかったことを苦にしての自殺だそうだ。薔薇夫に容疑がかかったのは二年ほど前のことだ。山中で見つかった女性の白骨死体がきっかけだった。一緒に埋まっていた遺留品から警察は薔薇夫のマンションを捜索した。すると行方不明で捜索願の出されている女性たちに関わったとする証拠品が多数出てきた。その数二十人以上という。犯罪史上まれに見る連続殺人鬼だ。だからこそ両親は自らの命を以て遺族たちに詫《わ》びたのだ。

絵理は静かに寝息をたてている光代の顔を眺めた。彼女の寝言の中にも幾度か「バラオ」が出てきた。彼女がその言葉を口にするときはいかにも楽しそうだ。含み笑いを漏らしたりする。

その昔、左京薔薇夫と光代が付き合っていたとか……。

「アホらし」

絵理はテレビを消すと後片付けを再開した。


【奈良橋桔平（六八）】


スペクターの手がかりが途絶えて二年以上が過ぎていた。

私立探偵の間宮晴敏は名古屋で殺される直前まで大山茜という女性の身元を調査していたという。新巻博史に彼女の顔写真を見せたら彼の義妹である新巻優子に感じが似ているという。たしかに肌の白さは特徴的だ。そしてバス運転手の娘である相川美優の記憶に出てくる白いお姉ちゃん。辛島ミサがそのお姉ちゃんであり、その後彼女は名前や顔を変えて他人になりすましながら社会に溶け込んで行く。その目的は分からない。間宮の秘書である浅川真夏によれば、作家の小田原重三が大山の身元調査の依頼主だという。

さっそく桔平たちは新巻博史と一緒に大山のマンションを訪ねた。しかし彼女の部屋は空になっていた。建物を管理する不動産屋に問い合わせたところ、数日前に引き払ったという。

辛島ミサのことを上司には一切報告していない。もっともそれをしたところで相手にされないだろう。ミサが複数の事件に関与していたこともすべては憶測に過ぎない。桔平が結びつけたのも美優の記憶や新巻優子の寝言などである。あまりにも根拠が弱すぎる。色白で顔が似ているというだけで新巻優子と大山茜が同一人物、ましてやその正体が辛島ミサで彼女がバスごと失踪事件の首謀者だというのだ。突飛すぎるにもほどがある。第三者が聞けばそう思うだろう。しかしその考えが捨てられない。愛すべき姪っ子や実姉の命を奪った犯人かもしれないと思うと看過できないのだ。

だから桔平は独自に大山茜の足取りを追った。しかしすぐに行き詰まることとなった。手がかりがないのだ。まるで今まで存在しなかったかのように気配の残滓《ざんし》すら窺えない。大山は完全に姿を消した。

桔平は一向に減らない凶悪事件の捜査に忙殺されていった。気がつけば大山を見失ってから二年以上が経ってしまった。一時はニアミスまで迫ったスペクターも追っ手の気配を察知したのか、数日違いで姿をくらませた。しかし一日とてスペクターのことが頭から離れたことはない。

「奈良橋さん。またあの女のことを考えてるんじゃないでしょうね」

香山の呼びかけに我に返った。

「うるせえな。考えてなんかねえよ」

「バレバレですよ。こっちの話なんか上の空って顔してますから」

桔平は苦笑を隠すためコーヒーを口に含んだ。今日も先日起こったホームレス殺人で近隣住民に聞き込みを続けている。

「まだ、追ってんでしょ？　スペクターを」

香山は彼女のことを辛島ミサとも大山茜とも呼ばない。かといって桔平の推理にも半信半疑の立場を取っている。それは捜査に先入観を持つなという桔平の助言に健気に従っているとも言える。

「ところで奈良橋さん。神崎花美って知ってます？」

昼飯のサンドウィッチをパクつきながら香山が尋ねてきた。

「聞いたことない名前だな」

「一年半ほど前になりますかね。世田谷で起こった放火事件ですよ。宅配ピザ屋のバイトが亡くなったんです」

四係が担当していた事件なので桔平もよく知らない。そういえば香山と四係の岸本《きしもと》巡査とは高校時代の同級生といっていた。

「先日、岸本と飲んで詳細を聞いたんですが、変な事件なんですよ。死んだのがその部屋にピザを宅配したバイトの男で、現場からはピザの空箱の燃えかすが大量に出てきたそうです」

「住人はどうしたんだ？」

「今も行方不明らしいです。その住人が神崎花美なんですよ」

ということは神崎という女がバイトを殺して火を放ったということか。

「ガイシャ《被害者》がピザ屋の宅配ってのがよく分からんな」

「マンションの住人たちからの聞き込みでゴミのトラブルという話が出てるそうです。で、神崎のことを調べたら、彼女も大山茜と同じで肉親も親戚もない天涯孤独な人生を送っていたそうです」

「まさか色白って言うんじゃないだろうな？」

香山がどうしてこの事件を話題にしたのか読めた。

「そのまさかなんですけどね。ただ、彼女に対する目撃証言がまちまちなんですよ。モデル体型だったとか、相撲取りのような図体だったとか。捜査本部はあの部屋には神崎以外にもう一人女が住んでいた可能性があると見ているそうですが……」

大山茜は写真で見る限り、痩せ形の体型をしている。顔が小さく輪郭もシャープだ。モデル体型とも言える。相撲取りのような図体の女というのはよく分からないが色白というのは気になるところだ。

〈昔、新宿に同伴喫茶ってのがあったでしょう。あたし、結構はまってたんですよ〉

〈同伴って、あんた、誰と行ったの？〉

〈両親〉

〈父兄同伴かよっ！〉

テレビから爆笑が聞こえる。それを見ていた店の客たちも声を立てて笑っていた。

小柄な美形の女とプロレスラーのするような派手な覆面をかぶった大女《おおおんな》の漫才コンビだ。

「マンションの住人って、あの二人じゃないのか？」

桔平はテレビを指さした。コンビのうちの一人はモデル体型だし、覆面をかぶっている方の図体は相撲取りを思わせる。

「あははは。まさかですよ」

香山がテレビを見ながら肩を揺すった。

「ところで、あのコンビ知ってます？」

「いや。でも最近テレビでよく見かける気がするな」

「奈良橋さんもすっかりオッサンですね。ミツミツエリーと言って若い子たちの間では大人気ですよ。なぜか片方は覆面ってのも笑えません？」

今年の頭にデビューしたばかりのコンビが、並みいる強豪を打ち負かして、新人お笑い芸人の登竜門といわれる「お笑い激突バトルグランプリ」でいきなり優勝した。それをきっかけに一気にブレイクして今やテレビやライブに引っ張りだことという。忙しくてあまりテレビを見る暇がない枯平でも印象には残っていた。それだけ露出が多いのだろう。

「ポッと出の新人がいきなり売れっ子か。いいよな、芸能界は。こういうシンデレラストーリーは夢がある。俺たち公務員じゃあり得ないよ」

「それでもコンビを組むまでの下積み生活が長かったみたいですよ。だいたい実力や才能がないとそうはいきませんよ。僕もお笑いに詳しいわけじゃないけど、このコンビは好きですね。ちゃんとネタの面白さで笑わせてくれますから」

「なるほど。最近の芸人はしょうもない一発芸ネタばかりだからな。だから長続きしない。一年後には忘れられている」

テレビを見ている店の客たちの笑いは絶えない。その声につられて他の客も目を向けていく。そうやって笑いが伝播《でんぱ》していくのだ。桔平も彼女らの漫才をしばし楽しんだ。二人の息もぴったりで、ひとつひとつの遣り取りに笑いがこみ上げてくる。いつまでも聞いていたくなるおかしさがあった。

「おっと、いけねえ」

ついテレビに見入ってしまった。桔平はぬるくなったコーヒーを飲み干すと立ち上がった。

「ちょっと付き合ってくれるか」

「はいはい。そう言ってくると思いましたよ。どうせスペクターがらみでしょ」

香山が肩をすくめながら桔平を見上げる。

「固いこと言うな。お前の言う神崎花美のことを確かめに行くだけだ」

店を出てから三十分後。桔平と香山はキタザワレジデンスという賃貸マンションの前に立っていた。五階建て鉄筋コンクリートの物件だ。事件から一年半が経つ。すでに修繕済みのようで、三階のその部屋もその火災の痕跡は見当たらない。

「ここはスペクターと関係ない気がしますけどね」

「姿を消した神崎花美は天涯孤独の身だった。そして色白だ」

「そんな女、ごまんといますよ」

「スペクターはそのごまんといる女の中にいるんだ」

とりあえず桔平は被害者となった沢村健太のバイト先である宅配ピザ「ポモドーロ」に向かった。マンションから歩いて十数分の距離だ。宅配バイクなら数分だろう。店に入るとピザ生地の香ばしい匂いがする。出てきた店長に手帳を示しながら警察であることを告げる。

「健太の事件ですか？　もう一年半も前の話ですやん」

松本という店長が関西弁に痛ましさを滲ませた。当初は刑事たちから何度も聞き込みがあったそうだが、ここ一年はそれもないという。

「神崎花美がどんな女性だったか聞かせてもらおうと思いまして」

「それは他の刑事さんたちに何度もお話ししましたよ。僕は彼女の声しか聞いていないから顔までは分からんですわ」

松本が口をへの字に曲げた。

「どんなことでもいいんですよ。たとえば沢村健太さんから女性の特徴とか聞いてませんか？」

「あいつも神崎さんの後ろ姿しか見てないらしいんですよ。お金はいつも玄関先に置いてあったみたいやからね。犯罪者かもしれないなんて言うてました」

そんなミステリアスな素性に好奇心を刺激されたのか、神崎への宅配は積極的に沢村が申し出たそうだ。毎日のように通っていても結局一度も彼女の顔を拝めなかったという。終盤の沢村は半ば意地になっていたそうだ。

「一度も顔を見せないなんて妙ですね」

香山が口を挟む。

「いやあ、たまにいますよ、そういう客。外出恐怖症とか対人恐怖症なんですかね。部屋から一歩も外に出ず、他人と顔も合わせないで生活しているんですよ。都内なら出前や宅配が充実しているし、生活用品は通販がありますからね。何とかなるんやろうね」

「それで、神崎は一人暮らしだったんですかね？」

と、桔平が尋ねる。

「どうですかねぇ。いつもラージサイズのスペシャルを五枚も注文するんですよ。だからてっきり家族や友達なんかとで食べるかと思ってたんですよね。でも健太のヤツは神崎さんが一人で平らげてるって言うてました。といってもあの量ですからね、ちょっと信じられませんよ」

　香山が四係の知り合いから聞いたところによると、当時、神崎の部屋を健太らしき男が毎日のように見上げているところを近隣住民によって目撃されている。おそらく謎めいた神崎の素性を暴こうと彼女の部屋の出入りをマークしたのだろう。

「電話はどんな感じでした？　他に人が住んでいる気配というか音が聞こえませんでしたか？」

「それはなかったですね。ああ、そうそう、彼女って注文するときにいちいちボケるんですよ」

「ボケる？」

「ええ。しょうもないボケですよ。ラージをラー油とか、マルガリータを丸刈りとかね。僕も関西人やから、律儀にツッコミ入れちゃいますけど」

　松本が苦笑いしてみせる。

「毎回、ボケるんですか？」

「ええ。それはもう注文のたんびに。よくもまぁ、毎日毎日ネタが思いつくもんだと感心してましたけど。まあ、面白い女性ですわね」

そして松本は「その女が健太を殺したかもしれんのですね」とぽつりと言った。

宅配ピザ屋を辞去した桔平たちはキタザワレジデンスを管理する不動産屋に向かった。薄くなった頭髪を大事そうに撫でながら年配の男性が対応した。件《くだん》の物件の当時の担当者だという。名刺には三上史郎《みかみしろう》と印字されていた。

「火事のあった三〇六号室の神崎花美さんについてお尋ねしたいのですが」

桔平はソファに腰掛けるとさっそく話を切り出した。

「神崎さんに部屋を仲介したのは二年以上前ですからねえ。どんな顔をしていたか、はっきりと思い出せないんですわ」

三上が申し訳なさそうな顔をしながら答えた。一日に複数の客に対応しているそうなので無理もない。

「こんな女性ではありませんか？」

桔平は間宮探偵事務所から入手した大山茜の写真を見せた。三上は写真を顔に近づけるとメガネを外してじっと見つめた。

「こんな感じだったかなあ……。顔がちょっと違うような気もするし。女性ってメイクをちょっと変えるだけで別人になりますからね。ああ、でもこの写真を見て思い出しました。こんな風に肌が真っ白な女性でしたよ」

桔平と香山は顔を見合わせた。

「何か他に彼女のことで気になったことはなかったですか？」

「気になったこと……。ああ、防犯カメラですかね」

「防犯カメラ？」

「最近のマンションはエレベーターやホールにカメラが付いているでしょ。そのことを尋ねてこられたんですよ。だからてっきり防犯セキュリティの整った物件を希望されているんだと思ったんですが、結局、決めたのはキタザワレジデンスでしょう。あそこは築年数が古いので防犯カメラも何も設置されていないんですよ」

防犯カメラが設置されていれば事件当時の神崎花美の姿が映されていたはずだ。そういえば大山茜のマンションも古いのでカメラは設置されていなかった。自分の姿を残さないようあえて防犯カメラの設置されていない物件を選んでいた？

〈今日のゲストはミツミツエリーのお二人です〉

壁に掛かっている大型液晶テレビが先ほど喫茶店でも見たお笑いコンビを映し出した。司会の青柳哲美《あおやぎてつみ》が二人の略歴を紹介している。太い方の片割れは先ほどテレビで見たのと同じ派手な覆面をかぶっていた。

「最近よく出てきますよねえ、この二人」

三上がテレビの方を向いて言った。『哲美の部屋』に出演するゲストは知名度や注目度の高い人間ばかりだ。

「私は以前は中野区の営業所を担当してましてね。ここだけの話、あの二人が住んでいる物件は私が仲介したんですよ。もう十年以上も前ですね。『あたしたち、お笑い芸人を目指してるんです』って地方から上京してきた少女があの二人のうちの痩せてる方、エリーです。目をキラキラと輝かせてねえ。初々しくて可愛かったなあ。一人はお父さんの容態が思わしくないとかで、志半ばにして実家に帰っちゃったんですよ。そのとき、彼女から一人では払えきれないから家賃を下げてもらえないかって相談がきまして。相方を失って途方にくれてましたね。長い下積み生活も辛かったんでしょう。もうだめかもしれないって私の前で泣き始めちゃったんです。可哀想だったから、私の方からも大家さんにお願いしてやったんですよ。あそこの大家さんはよく知ってるんです。事情を説明したら応援するからっていうことで一万円下げてくれました。それからすぐでしたね、新しい相方とデビューしてあっという間に売れっ子です。うちにも挨拶に来てくれました。だからエリーは娘みたいに思えちゃうんですよね。ずっと応援してやりたいと思ってます」

三上が昔を懐かしむように、そして誇らしげに語った。不動産屋を長年やっていると、このようなエピソードがいくつかあるらしい。他にも大物女優の無名時代の話も聞かせてくれた。

「じゃあ、我々はこのへんで。ありがとうございました」

桔平と香山は席を立って辞去しようとした。

「刑事さん。もうちょっといいじゃないですか。彼女たちのインタビューを見てやってくださいよ。もしかしたら私の話も出てくるかもしれない」

テレビの音量を上げながら、三上が二人を引き留める。さらに女子社員にお茶を運ばせてきた。その彼女も苦笑いを漏らしている。ミツミツエリーの話を三上から何度も聞かされているようだ。

「じゃあ、ちょっとだけお付き合いさせていただきます」

桔平と香山が再びソファに腰を落とすと三上は嬉しそうに笑った。

【板東絵理（二）】

絵理はいつになく緊張していた。

だだっ広いスタジオの一角にソファとテーブルとファニチャーが並べられただけの簡素なセットが組まれていた。テレビカメラが向けられたセットの周囲を多くのスタッフたちが取り巻いていた。彼らの視線の先に絵理と光代は腰掛けている。照明が強いのか緊張しているためか、顔の地肌からジリジリと汗が滲み出てくる。

「ミツミツさんはどうして覆面をされてるの？　覆面の下にはどんな素顔が隠されているのか、巷《ちまた》では話題になっているようですけど」

テーブルを挟んで向かい合っている司会者の青柳哲美が覆面姿の光代に質問を向けた。『哲美の部屋』は招いたゲストに青柳が様々なインタビューをする、彼女にとっての冠番組である。青柳とゲストとの事前打ち合わせは一切なく、収録はぶっつけ本番で行われる。それもゲストのありのままの姿を引き出すためで、時々垣間見せる青柳の天然ボケなキャラクターも合わせてこの番組の持ち味になっているのだ。

「ぶっちゃけ、ブスだからです」

絵理が答えるとスタッフたちから笑いが起こった。

「そんなことないわよ。充分に可愛いですよ」

「えっ？　青柳さん、ミツミツの顔が見えるんですか？」

「見えるわけないでしょう。覆面が可愛いって言ったのよ」

青柳が真顔で答える。彼女の天然に絵理は思わず吹き出してしまった。デビュー当初は主に漫才やコントばかりだったが、最近はトーク番組の出演も徐々に増え始めている。漫才やコントは光代の書いた台本を演じていればいいのだが、トーク番組は勝手が違う。特に『哲美の部屋』は打ち合わせが一切ないので百パーセントアドリブになる。お笑い芸人である以上、その場の思いつきで相手を楽しませなければならない。絵理が面白い芸人でいられるのも光代の台本があるからこそだ。ライブでは笑いのとれる芸人がトークになるとさっぱりということは珍しくない。またその逆もいる。テレビではむしろトーク番組に強い芸人が重宝される傾向にある。ミツミツエリーはどちらかといえばトークが苦手な方だ。

しかしこの番組のゲストになることは知名度を上げるチャンスにもなる。実際、ここからブレイクしていった芸能人も少なくない。アクの強い青柳を相手にして視聴者にインパクトを与えるのだ。

「だけどそういうミステリアスなところがお二人の魅力の一つかもしれないですね。ミツミツさんはいつかはテレビカメラの前でお顔を見せる予定はあるの？」

番組が始まってから青柳は光代の覆面にこだわっている。彼女の素顔に興味があるようだ。

「人気が低迷したら脱ごうかと。それで注目を集めるんです」

光代が答える。覆面をかぶっていると暑いだろうなあと思った。彼女の覆面は事務所の意向だ。美形の絵理に対して不細工でおデブな相方というのは、先輩の人気芸人とキャラがかぶっているので覆面で独自性を出そうというのだ。この演出が世間の関心を引いたようで雑誌やネットでも光代の素顔が話題に上っている。一部では「ミツミツ美人説」まで流れているという。芸能界というのは話題にされてなんぼの世界である。熱しやすく冷めやすいファンの人気を少しでもつなぎ止めておくために、こういった細やかな演出を疎《おろそ》かにできない。どんな小さなことでも常に注目される話題を提供していく必要がある。

「じゃあ、人気がなくなったら素顔が見られるのね」

青柳が嬉しそうに言った。

「いえいえ、あたしのヌードです」

「脱ぐのは服かよっ！」

すかさず絵理はツッコミを入れる。これには青柳もスタッフたちも大爆笑だ。思わず心の中でガッツポーズをとる。インタビューは一時間近い長丁場だ。それでも二人は身振り手振りのパフォーマンスでスタジオをわかせた。

やがて話題は二人のプライベートに移っていった。

「あたしたちデビューしてすぐに『お笑い激突バトルグランプリ』を獲っちゃったから シンデレラストーリーみたいに言われているんですけど、全然そんなことはなくて、それまでの下積み時代が長かったんですよ。めっちゃ貧乏でパンの耳をかじって生きてました。前の相方とのコンビを解消したとき、不動産屋のオッチャンに泣きついて家賃を値下げしてもらったことがありますもん。オッチャン見てる〜」

絵理はテレビカメラに向かって手を振ってみせた。あのオッチャンなら絶対にこの番組を見てくれてるだろう。

絵理は光代とコンビを組んでからとんとん拍子だった。やはり彼女の書くネタは他の芸人たちと比べても傑出していた。彼女の台本なら誰が演じても笑いが取れる。またコンビの呼吸もぴったりだった。コンビ結成当初は多少の不安を感じたものの、トレーニングを重ねることですぐに払拭することができた。絵理自身も元々キレのあるツッコミには自信があったのだが、絵理の書くネタではそれが活かせなかった。しかし光代の台本で絵理のツッコミが輝きを放ち始める。台詞の長さ、テンポ、間の取り方など微妙な要素が絵理にぴったりとマッチしていたのだ。そして光代のボケるタイミングも絶妙だった。彼女と演技をしていると百二十パーセントの力が発揮できた。

『お笑い激突バトルグランプリ』を獲れたのは必然と言える。二位以下を大きく引き離しての圧勝だった。さらに絵理の美貌と光代の体型とのギャップと覆面が人々の関心を引くことになり、ミツミツエリーは瞬く間に引っぱりだことなった。

「お二人はそろそろ三十でしょう。エリーさんはキレイだし、恋人なんかいるのかしら？」

青柳が好奇の色を浮かべながら尋ねてきた。

「ホントに彼氏募集中です。ずっと芸のことばかりでしたから恋愛する余裕がなかったんです」

思えば恋愛とは無縁の二十代だった。言い寄ってくる男がいるにはいたが、バイトやお笑いの活動で相手にしている時間がなかったのだ。

「ミツミツさんの方はどうなの？　素敵な男性でもいるの？」

「はい。蒲郡で大工をやってます」

光代がアドリブのネタを仕込む。絵理は敏感に光代からの合図を受け取った。

「年上の方なの？」

青柳の瞳がキラリと光る。

「今年六十六です」

いる。

「あたしのお父さんだよっ！」

絵理が光代の頭をはたくとまたも爆笑が上がった。青柳も目に涙を浮かべて笑っている。

「でもミツミツは男がいたらしいんですよぉ」

絵理は内緒話をもちかけるように口に手を添えながら言った。青柳が聞き漏らすまいとするように前のめりになる。これもアドリブだ。光代は絵理の方を向いている。覆面の下はどんな顔になっているだろう。

「それも二股掛けてたらしいんですよぉ」

絵理の告白にスタッフたちからもどよめきが上がった。ミツミツは「異性にモテる自分を妄想している」キャラで売っている。そんな彼女の二股疑惑となれば話題も広がるだろう。今日のトークは調子がいい。ぶっつけなのに笑いも取れている。光代との打ち合わせにはないが、このネタで乗り切ってやろうと思った。

「ちょ、ちょっと……やめてよ」

光代が自分の膝をぶつけながら囁きかけてくる。彼女にとっては触れられたくない過去かもしれない。しかし絵理は笑いをとることを優先した。あたしたちは芸人なのだ。

「あたし、聞いちゃったんです。ミツミツの寝言」

「ええ？　彼女、なんて言ってたの？」

聞き耳を立ててるようにスタジオが静まる。

「タツミぃ〜　タクヤぁ〜、ゴメンねぇぇって言うんですよ。これって絶対に二股ですよね」

青柳が目を丸くする。そして胸の辺りを指でさしながら、

「タツミさんとタクヤさん、番組をご覧になっていたらこちらまでご連絡ください」

と言った。指先のあたりに連絡先のテロップが入るというジェスチャーだ。もちろん青柳のジョークである。これには絵理も吹き出してしまった。

「ちょっ、ちょっとホントに違いますよぉ。あたしの男はヤスオだけですから」

「だから、ヤスオはあたしのお父さんだってば！」

光代の絶妙のボケにツッコミを入れる。スタジオは再び笑いに包まれた。

周囲の笑いに心地よさを覚えつつも、光代から発せられる熱を感じていた。気のせいか彼女の周囲の空気が揺らめいて見えた。覆面で顔は見えないが、なんとなくその気配が伝わってくる。大声で怒鳴り散らしたい気持ちを無理やり抑えこんでいるような、そんな気がした。光代の気持ちを傷つけてしまったのだろうか。絵理はタツミと

タクヤの名前を出したことを後悔した。

＊＊＊＊＊＊＊＊＊

アパートに帰ったのは深夜二時を回っていた。『哲美の部屋』の収録後、レギュラーの決まったバラエティの収録があり、さらに雑誌のインタビューを三つも受けたのだ。お笑い激突バトルグランプリを獲ってから二人の生活は一変した。ライブに顔を出せば客たちが長蛇の列を作っているし、街を歩けばファンたちにもみくちゃにされる。真っ白だったスケジュール帳は書き込みきれないほどの予定で埋まっている。その管理も専属のマネージャーが担当している。

楽屋に入ると全国のファンたちから贈られてくるプレゼントに囲まれた。自由な時間がまったく取れず、引っ越しもままならない。もっともあのボロアパートには愛着があるので今でも住み続けている。成功したのに生活レベルを変えないというスタンスが好感度を上げるという思いがけない効果があった。そんなこともあって今さら移るわけにもいかない。

デビューしたばかりの新人芸人は地方局の小さな番組から入っていくのが本来の手

順だが、デビュー間もなくしてグランプリを獲ったミツミツエリーはいきなりゴールデンタイムの人気バラエティにゲスト出演することができた。そこで披露した芸が大ウケして一躍人気者となったのだ。それからは上昇気流に乗ったも同然だった。各局の人気番組、看板番組から出演依頼が殺到した。雑誌、ラジオ、インターネット。ありとあらゆる媒体から声がかかってくる。スケジュールは分刻みだった。アパートに帰れない日が一週間続いたこともある。つい数ヶ月前は誰からも相手にされなかったのに。

しかしそんな過密な毎日を苦痛に思ったことはない。自分たちは夢を実現したのだ。芸能界というところは弱者にはシビアで残酷この上ないが、成功者にとっては華やかな世界だ。テレビCMに顔を出すだけで信じられないようなギャラが振り込まれてくる。今まではテレビでしか見られなかった有名人たちが気さくに声をかけてくる。そんな彼らと一緒に一流のホテルやレストランで接待を受ける。顔を見せるだけでVIP席に通される。そして何よりステージに立てば喝采で迎えられ、惜しみない賞賛をおくられる。下積み時代のように誰も絵理たちのことを唾棄しないし無視しない。当時夢に描いた以上の出来事が現実として毎日毎日くり返されている。忙しすぎて高揚感や充実感を嚙みしめている暇がないほどだ。

「ミツミツ、怒ってる？」

絵理はテーブルについて光代のコップにビールを注ぎながら言った。彼女はすべての窓に鍵を掛けてカーテンを隙間なく閉めたことを確認して覆面を脱いだ。ゴシップ雑誌のカメラマンたちが光代の素顔を狙っているらしい。

「何が？」

彼女がビールを口に含みながら素っ気なく言った。『哲美の部屋』の収録が終わってから彼女の様子がおかしい。思い詰めたような顔で口数も減っている。

「哲美さんに寝言のことを暴露しちゃったこと」

「怒ってなんかないよ。ただ……」

「ただ、何よ？」

「ううん。何でもない」

光代は首を振ってビールをぐっと飲み干した。しかしその表情はどことなくぎごちない。

「絵理、もしもだよ、あんた、あたしがいなくなったらどうする？」

「な、何を言い出すの。どうしてあんたがいなくなるのよ？」

絵理は口につけたコップを離した。

「だから、もしもだってば。たとえば交通事故とか突発性の心臓発作で死んじゃうことだってあるわけじゃん。あんたもあたしも明日命があるかどうかなんて保証されてないよ」

「そりゃ、そうだけどいきなり唐突すぎるよ。それにそんな不吉なこと言い出さないでよ。やっぱ、今日のこと怒ってるんだ」

光代が少し哀しげな顔をした。

「ううん。怒ってなんかない。ホントにもしもの話をしてるだけ。いわばセキュリティの問題よ。どちらかの身に何かが起こった場合、ちゃんとその時の準備も考えておかなくちゃダメってこと」

「なんでそんな哀しい話をいきなりすんのよ……」

相方がいなくなるなんて考えたこともない。どちらかが欠けてもミツミツエリーは成り立たない。その時はセキュリティも何もないのだ。ただただ途方に暮れるしかないだろう。光代はコップを置いて立ち上がると、自分の部屋から分厚いファイルを持ち出してきた。

「この中にあたしの書きためたネタが入ってるから。もしもあたしに何かが起こったら、これを使っていいよ。新しい相方を見つけてやり直せばいい。ネタには自信があるからさ。あんたなら大丈夫だよ」

「もう、だからそんな話はやめてってば。怒ってるなら謝るよ。寝言の話は二度としない。ホントにごめんなさい。お願いだからもう許してよ」

光代のどこか冷めた表情に胸騒ぎを覚えた。絵理は笑顔を取り繕いながら光代にすがった。

「絵理。あんたにはホントに感謝してるよ。あんたとコンビを組めたおかげで昔からの夢がかなったんだもん。そりゃずっとあんたとこのまま夢を見ていたいよ。でもね、人生なんて何が起こるか分かったもんじゃない。昨日まで当たり前だと思っていたことが、突然当たり前じゃなくなる。そういうもんでしょう」

光代が体温を感じさせない瞳を向ける。ステンレスのような無機質で味気ない輝きを放っていた。そんな彼女の前で絵理はあふれ出てくる涙を抑えることができなかった。


【新巻博史（四）】

新巻博史は名古屋市繁華街の雑居ビルの建ち並ぶ路地裏で男と向き合っていた。色黒で小太りの男は髑髏《どくろ》がデザインされたTシャツの上に赤いアロハシャツを羽織っていた。地黒の肌と真っ黒の瞳に白目が際立っている。血色のいい唇を不敵に歪めながら博史を眺めている。

「安西《あんざい》、すまん。こんなことを頼めるのは君しかいないんだ」

博史は安西から漂う黒い威圧感を振り払うようにして頭を下げた。

「いいってことよ。他ならぬ同級生の頼みだ。それに博史には借りがあるからな」

安西は博史の肩に手を回しながら微笑んだ。

三年ほど前だろうか。高校を卒業して以来、一度も会ったことのなかった安西が連絡を取って来た。彼が何をしたのかは知らない。ただ「アリバイを証言してほしい」ということだった。その時間に安西と博史が一緒に飲んでいたことにしてほしいと。

高校時代、不良少年として名を上げていた安西は卒業してすぐにヤクザに入ったと風の噂《うわさ》に聞いていた。断り切れなかったこともあってなんとなく承諾した。それから数日後に警察が聞き込みにやって来た。博史は安西に言われた通りの証言をした。もちろん偽証だが、その後警察がその件でやって来ることはなかった。それから安西から電話が入った。彼は感謝の言葉をひとしきり並べると「何か困ったことがあったら、どんなことでもいい。俺に相談してくれ」と言った。

ヤクザに相談することはないと、その時は思ったが、結局彼に連絡を入れることになった。安西はクラスメートたちから恐れられていたが、義理堅いことでも知られていた。恩を受けた人間には全力で恩返しをする男だ。だから彼を心底嫌悪する人間はいなかったはずだ。味方につければこれほど頼もしい人間はいない。

安西は周囲を警戒した目つきで見渡す。誰もいないことを確認すると茶色の紙袋を博史の腹に押しつけた。そこにはずしりと重くて硬い感触があった。博史はさっと受け取ると紙袋の中身を覗き込んだ。中には黒光りのする金属の塊が見えた。ドラマや映画では何度も見たことがあるが実物は初めてだ。博史はすぐに蓋を閉じるとバッグの中にしまい込んだ。周囲には二人以外に誰もいない。

「ありがとう、安西。君には迷惑をかけない」

博史は安堵の吐息を漏らしながら言った。

「気にするな。恩を返したまでだ。だけどそれで誰を……」

安西はそこで言葉を切ると、

「まあ、いいや。野暮なことは聞かねえよ。お前がそこまでの決意をするってんだから、相当のことがあったんだろう」

と言った。そして博史の体から手を離すと、バイバイをしながら立ち去って行った。

安西の背中を見送っていると胸ポケットのケータイ電話が鳴った。博史はボタンを押してケータイを耳に押し当てる。

「警視庁の奈良橋です。お久しぶりです」

「ああ、あの時の刑事さんですね」

最後に会ってから二年以上も経つだろうか。間宮探偵事務所で見せられた大山茜なる女性の顔がどことなく優子に似ていた。奈良橋はそれから頑なに口を閉ざしたが、博史自身すら殺そうとした女。弟の辰巳と甥っ子の拓也の命を奪い、博史は優子が大山茜になりすましているのではないかと直感した。間宮は彼女のことを調査している最中に命を落とした。思えば間宮だけではない。優子と施設時代の知り合いだった岡島園恵もそうだ。辰巳や拓也も含めて彼女に関わる人間が何人も亡くなっている。

刑事は博史に情報を流すつもりはないらしい。警察としても一般人が事件に首をつっ込むのは何かと都合が悪いのだろう。ましてや博史は弟と甥を殺されている。奈良橋たちはそんな博史が報復に走る可能性も考えているはずだ。だからこちらから情報を聞き出すが与えるつもりはない。そんなところだろう。警察を当てにはできない。彼らにとって辰巳と拓也の死は所詮他人事なのだ。

それでも奈良橋という刑事には犯人に対する異様な執着性を感じた。コンビを組んでいた香山という若手刑事に比べ瞳の輝きが違う。親の仇でも探し求めているような狂気じみた気配を漂わせていた。彼と優子かもしれない女の間に何かあったのだろうか？　もっともそれを尋ねたところで答えてはくれないだろう。

刑事たちと別れて、博史はその足で大山茜のアパートを訪ねた。しかしその大山も姿を消したあとだったのだ。奈良橋たちもすぐに大山の足取りを追ったであろう。しかしあれから二年以上が経つが、大山の行方は杳として知れない。優子と同じように忽然と姿を消した。博史の方も独自に大山の足取りを追ってみたが手がかり一つつかめずにいた。

しかし三日前、ひょんなことから優子と思われる女を見出した。

「本当にお久しぶりですね。あれからどうでした？　元気にされてましたか？」

奈良橋が尋ねてくる。彼の声を聞くのも実に二年ぶりだ。これまで一度も連絡を寄こさなかったのに突然の電話だ。

「相変わらずですよ。そちらは間宮探偵の事件で何か進展がありましたか？」

博史は平静を装って応じた。

「申し訳ありません。今のところ報告できるようなことは何も……」

奈良橋が受話器の向こうで言葉を濁す。

「今日は何か？」

「いえ。お元気かなと思いまして。あれから忙しくて連絡をしてませんでしたしね。そう言えば義妹さん……優子さんでしたっけね。彼女の行方はどうなりました？」

なんて白々しい。博史はつい出そうになる言葉を呑み込んだ。

「いまだ行方知らずです。今ごろどこでどうしていることやら……。生きていてくれればいいのですが」

博史は受話器に向かってため息を吐いてみせると、「そうですねえ」と神妙そうな声が返ってきた。

「もし優子さんの行方が分かったらご連絡いただけませんか。僕の方としても心配しているんです」

「ありがとうございます。優子のことが分かったら刑事さんには真っ先に連絡しますよ。捜査で大変でしょうけど、お体には気をつけてくださいね」

博史は努めて明るい声で答えた。

「ええ。とりあえずお元気そうで安心しました。間宮さんのことで何か分かったら連絡します。それでは」

博史は通話を切るとケータイをポケットにしまった。今のは明らかに探りの電話だ。

彼らも三日前の番組を見たのだ。博史がその番組を見たのは昼休みに何気なく立ち寄った定食屋だった。普段はテレビが設置されてない違う店を行きつけとしていたのだが、あいにくその日は満席で、仕方なく他の店に入ったのだ。その店でなければ件の番組を見逃していたことになる。弟の無念がその店に呼び寄せたのかもしれないと思った。

テレビに映っていたのは『哲美の部屋』というトーク番組だった。青柳哲美がパーソナリティーを務める二十年以上も続いているという長寿番組である。芸能ネタに興味のない博史でも知っている。

ゲストはミツミツエリーという二人組のお笑い芸人だった。顔立ちの整ったスタイルの良いエリーと対照的に相方のミツミツは覆面をかぶったデブキャラである。二人の見た目のギャップが面白味にもなっている。大きなお笑いの賞を獲ったらしく、最近テレビや雑誌などでもよく目にするコンビだ。番組でも彼女たちのコントが披露されたが、定食屋の客たちも声を上げて笑っていた。息の合った掛け合いもさることながら、コントそのものが面白い。人気が出るのも頷ける。

しかしエリーと青柳哲美の会話にハンマーで後頭部を思い切り殴られたような衝撃を受けた。

「あたし、聞いちゃったんです。ミツミツの寝言」

「ええ？　彼女なんて言ってたの？」

スタジオが聞き耳を立てるように静まるとエリーの底意地悪そうな顔が大写しになった。

「タツミぃ〜　タクヤぁ〜、ゴメンねえぇって言うんですよ。これって絶対に二股ですよね」

博史は思わず立ち上がった。テーブルにぶつかった勢いで味噌汁がひっくり返ったが気にならなかった。彼はしばらくテレビ画面に釘付けになった。その視線の先はエリーでも青柳でもなく、ミツミツに向いていた。彼女は長袖のトレーナーに長ズボンのジャージ姿だった。露出している肌は手と首の一部だけだ。博史は目を凝らしてみた。彼女の肌は異様なほどに白かった。

タツミ。タクヤ。お笑い。色白の肌。

そして夢の中でタツミとタクヤに謝っている――。

博史はいても立ってもいられず店を飛び出した。その足で会社に戻りしばらくの休暇を願い出た。有給が溜まっていたので問題なく受理された。そして新幹線に飛び乗って東京に向かった。まずはミツミツが何者か確かめておかねばならない。

番組の中でエリーが下積み時代に世話になったという不動産屋の話をしていた。インターネットで調べると芸人の情報を扱う大型掲示板でその不動産屋の所在地が書き込まれていた。しかし、彼女たちを担当していた男性は他の営業所に移っているとある。掲示板にはその営業所の所在地も書かれていた。改めてインターネットの情報力の高さを思い知らされた。

博史はアパートを探している客を装って件の営業所に訪れた。幸いにして目的の男性が担当してくれた。名刺には三上史郎とある。先日の番組の話を切り出すと、

「そうです。エリーのやつが言っていた不動産屋のオッチャンというのは私のことです。そのおかげで彼女たちのファンがうちへ冷やかしにやって来るんですよ」

と薄くなった頭を掻きながら嬉しそうに笑った。彼は下積み時代から見てきたエリーのことを娘のように思っているという。

「実は、ミツミツが私の昔の知り合いなんですよ」

「ええ！　マジですか⁉」

博史の言葉に三上が目を丸くした。

「ということは、新巻さんは覆面の下の素顔を知っている数少ない人間の一人というわけですね」

「ええ。そういうことになりますね。時に三上さんは彼女の素顔をご存じなんですか？」

「エリーとミツミツの前にコンビを組んでいた清美とは何度も顔を合わせたことがありますが、ミツミツは一度だけですね。エリーとあのアパートに同居する際にサインが必要でしたからその時に」

彼はどこか誇らしげだ。青柳哲美曰く「お笑い界の謎」であるミツミツの素顔を知っているという優越感だろう。

「といっても、僕が彼女に最後に会ったのは何年も前なんです。今はあんなに太っちゃったけど、当時は痩せてたんですよ」

と言うと、

「へえ！　それは知らなかった。あの子は生まれつきのデブじゃなかったんですか！」

三上は丸くしていた目をさらに見開いた。心底驚いているようだ。

「これが当時の写真です」

博史は新巻優子の写真を差し出した。三上は興味深そうに写真を見つめた。

「うーん、太ると随分変わっちゃうもんだなあ。ああ、でもきれいな黒髪と色白なところは同じだ。目鼻立ちが少し違う気がするけど……だけどこうやってよく見てみると、どことなく面影はあるなあ」

「整形したって聞きましたよ」

博史は自分の解釈を付け加えた。おそらく優子は姿をくらませるに当たって体型だけでなく顔もいじっているはずだ。しかしどんなに顔や体型を変えようとすべてが変わるわけではない。血液型や指紋やDNAはもちろん、面影や癖や体臭などその人が無意識に放つ気配までは変えられない。エリーの聞いたという寝言もその一つだ。

「なるほど。この女性がブクブクに太ってちょっと目と鼻と顎をいじれば、たしかにミツミツになりますね。彼女、元々はまああの美人だったんですな。これはファンにとって貴重な情報です。本当にありがとうございました」

三上は感心したように何度もため息を吐くと眺めていた写真を博史に返した。

そして博史は確信した。ミツミツは間違いなく優子だ。


【奈良橋桔平（七）】

「警察の方ですか？」

事務服姿の若い女性が桔平の差し出した警察手帳に向かって眉をひそめた。

「ええ。こちらに袴田登代子《はかまだとよこ》さんという女性が入院されていると聞いたのですが」

隣に立つ香山が声をかけると女性の顔が心なし緩んだ。ここでもイケメン効果てきめんだ。桔平は心の中で苦笑した。

「捜査のことで、少しお話が聞きたいんですよ」

「少しお待ちください」

女性が電話を入れると数分後に白衣姿のドクターが現れた。胸に安全ピンで留めてあるネームプレートには早川《はやかわ》とある。体力を必要とする外科医だけあってその体格はラグビー選手を思わせた。彼は袴田登代子の担当医だと言った。

「患者の袴田さんに、ある事件のことでお話を伺いたいのですが」

「袴田さんは癌で先日、片方の肺を摘出しました。あまり長い時間でなければ大丈夫だと思います」

「助かります。要点だけをお聞きしますのでそれほどお時間はかかりません」

早川は頷くと桔平と香山を病室まで案内してくれた。病室は大部屋で六人の患者が入っている。袴田登代子は一番奥の窓際のベッドだった。早川が白いカーテンを開けるとベッドには頬のこけた老女が横たわっていた。枯れ木の表皮を思わせるかさついた皮膚が骨に貼り付いているだけの姿はまるでミイラだ。歯のない開いた口から小刻みな呼吸の音が漏れてくる。くぼんだ眼窩では水気の乏しい黒目がドロリと揺れていた。

「ご家族の方は？」

香山が早川に尋ねる。

「息子さんが遠方にいらっしゃるようですが、ほとんど顔を出しませんね。ただ、袴田さんには昔世話になったという人たちが何人か見舞いに来てますよ」

「そうですか」

袴田登代子は都内にある「さつき乳児院」の元院長である。昔世話になったという人たちは施設で育てられた子供たちだろう。

「袴田さん。今日は警察の方が見えられてますよ。袴田さんに聞きたいことがあるんですって」

早川が耳元で声をかけると、袴田は口を開いたまま顔を桔平の方へ向けた。枯れた表情から感情は窺えないが、こちらの言っていることは分かるようだ。

「頭の方はしっかりされていますので会話は問題ないと思いますが、年齢も八十ですし、とりあえず患者の体力のこともありますので手短にお願いしますよ」

桔平と香山が軽く頭を下げて了解すると、早川は病室を出て行った。二人がそれぞれ警察手帳を見せて自分たちの身分を明かすと袴田は軽く頷いた。

「今日は三十年前に袴田さんが院長を務めていらっしゃった『さつき乳児院』が引き取った一人の赤ん坊についてお聞きにまいりました」

桔平が話を切り出すと、袴田は「さつき乳児院」とつぶやきながら何かを思い出したように微笑んだ。

「ミサっていう女の子を覚えてますか？」

女の子の名前を出すと一瞬、袴田の呼吸の音が止まった。

「辛島孝二《こうじ》・敦子《あつこ》夫妻がまだ赤ちゃんだったミサを引き取りました。覚えていらっしゃらないでしょうか？」

桔平がさらに尋ねるとミイラみたいだった袴田の表情が険しくなった。

「あ、あのゴが何をジた？」

喉の奥から必死になって絞り出したような声だった。痰《たん》が絡まっているのかうまく発音できないようだ。

「ある重大な事件に関わってる可能性が高いんです。その事件は多くの人たちの命を奪いました。教えてください。ミサはいったい何者なんですか？　彼女の本当の両親は誰なんですか？」

あれから桔平は辛島ミサの素性を調べた。辛島孝二と敦子は血のつながった両親ではなく育ての親だったことが分かった。子供に恵まれなかった夫妻は「さつき乳児院」を訪ねてまだ赤子だったミサの里親となったのだ。その夫妻もバスごと失踪事件の一年後に自宅での火災で亡くなっている。放火の可能性が高いと見られていたが結局原因の特定には至らなかった。

突然、袴田がベッド脇に置いてあったマスクを取り出して口に押し当てた。マスクから伸びているチューブはベッドサイドに設置されている酸素ボンベにつながっている。彼女はしばらく呼吸をくり返すとマスクを外して桔平たちに向き直った。

「あんたらは『ババ抜き殺人事件』を覚えているかね？」

呼吸が整ったせいか言葉がはっきりと聞き取れるようになった。

「お前、知ってるか？」

桔平が尋ねると香山は「いいえ」と首を振った。無理もない。三十年以上も前の事件だ。彼がまだ生まれる前である。

「僕がまだ小学生だった頃の事件です。テレビで大騒ぎでしたからよく覚えてますよ。たしか『ニルヴァーナ』でしたか。気味の悪い事件でしたね」

と、袴田に話しかけた。そして事件の内容を香山にも説明する。

ニルヴァーナはいわゆるカルト教団だ。教祖と、彼に洗脳された若い女性ばかり十数名がアパートの一棟を借りあげて集団生活をしていた。家族が娘を連れ戻そうとアパートに押しかけてきては教祖や信者たちと揉《も》み合いになっている場面がワイドショーで何度も放映された。しかしある日、そのアパートの一室で信者たちの死体が見つかって大騒ぎとなった。死体はそれぞれ刃物で刺された痕が見つかり、それが死因となっていた。その中には教祖も含まれていた。彼も他の死体と同じように滅多刺しにされていた。

そして一人だけ生存者がいた。当時十七歳の少女だった。彼女は全身に返り血を浴びながら茫然自失状態で保護された。やがて警察の取り調べで事件のあらましが見えてきた。それは実に怪奇なものだった。

教祖はその日、アパートの一室に信者全員を集めて一式のトランプを広げた。そして、

「神に選ばれし者だけが生き残る。その一人に我が地位を引き継がせようと思う」

と言った。その一人を決める方法がババ抜きだったのだ。洗脳されていた信者たちはこんな理不尽でナンセンスな提案を拒むことなく受け入れた。それからは地獄絵図

だった。ゲームの敗者は勝者たちによって容赦なく殺された。敗者も命乞いをすることなく従ったという。それは教祖を除いて最後の一人になるまで続けられた。最後まで勝ち残ったのはその少女だった。それまで不戦勝とされていた教祖と最終戦に臨んだ。そして彼女は勝利し、その手で教祖を殺めたのである。現場には多数の死体と一緒に血のついたトランプが散乱していたという。

「怖いというか気味の悪い事件ですね。そんな馬鹿げたことをリアルに実行する人間がいるなんて信じられない」

香山が腕をさすりながら言った。たしかに酸鼻を極めたであろう現場を想像すると鳥肌が立ってくる。

「ああ。ババ抜きで殺す人間を選ぶという発想が気持ち悪いな。俺には理解できんよ」

桔平は、遠山の殺害現場に残されたオセロや、バスと一緒に土中から掘り起こされた大量の鉄パイプを思い出した。理解不能な異様さという点で共通している。

「その話には続きがあるんじゃて」

袴田がマスクを外したまま二人に言った。香山が桔平を見る。桔平は首を横に振った。続きは知らない。

「少女は殺す直前に教祖と交わっておるんよ」

老女の言葉に香山が顔をしかめた。少女はババ抜きに勝って教祖を殺す前に彼と性交渉をしたというのだ。

「それがミサとどういう関係があるというんです?」

桔平は袴田に顔を近づけて問い質した。

「ミサはな……」

会話に苦しくなったのか、袴田は再びマスクを口に押し当てた。何度もむせながら呼吸を整えている。その間も彼女は何かを訴えるような瞳を桔平たちに向けていた。

二人の刑事は息を潜めて彼女の言葉を待った。

やがて袴田はマスクを外して大きく深呼吸をしながら手招きをする。桔平は彼女の口元に耳を近づけた。

「ミサはあの二人の間にできた子供よ」


【左京薔薇夫】


なあ、ミサ。

俺はお前にとって将棋の駒だったんだろ? 俺はお前という盤の上でうまく立ち回

ったよな。自分で言うのもなんだけど期待以上の働きをしたと思ってるよ。そんな俺はどんな駒だったんだ？　飛車か。角か。それとも盤上を駆け回る桂馬か。いや、もしかしたら歩でしかなかったのかもしれないな。

本当は俺みたいな駒がたくさん用意されていて、そいつらはミサの目的のために消耗されていく。お前はそんな駒があったことすら忘れているのかもな。

なあ、ミサ。お前の目的っていったい何なんだ？

もしかするとその目的すらないのか？　子供がオモチャを壊すように、気まぐれに他人の人生を引っかき回しているだけなのか。教えてくれ、ミサ。お前はいったい何者なんだ？

二〇〇〇年春。

千年紀を意味する「ミレニアム」という言葉をよく耳にするようになった。海外から冷めたピザと揶揄《やゆ》された小渕首相が脳梗塞で命を落とし、プーチンという薄気味悪い男がロシアの大統領になった。西鉄バスが少年にジャックされて死者が出たのもこの頃だ。そして夏にはシドニーオリンピックが開幕する。

左京薔薇夫はコンビニでファッション雑誌を立ち読みしている少女を道路一本隔てた歩道から眺めていた。腰までかかる漆のように黒い髪が印象的な少女だ。華奢《きやしや》な体に対して手足が長く顔が小さい。二重《ふたえ》瞼の瞳はアーモンドのようにクリッとしており目鼻立ちも整っている。あのブレザーは純聖《じゆんせい》女子高のものだ。

薔薇夫は夜空を見上げた。今日は満月だ。

一週間前、ここで初めて彼女を見て久々に頭の中に潜む「悪い虫」がうごめいた。この感覚は一年に何回も発動することもあれば、何年にもわたってなりを潜めることもある。前回は薔薇夫が二十四歳の時だったから一年と半年前ということになる。今までの周期からいけば長くも短くもなくといったところか。

あの時は、赤いコート姿の若いOLだった。彼女の死体はまだ見つかっていない。真夜中の山中で、地中深くに埋めたのだから無理もないだろう。世間では行方不明者扱いだ。

なぁに、若い女性が失踪することはよくあることさ。

薔薇夫は実社会において他人から見ればごく普通の青年だ。中肉中背、ルックスも人並み、父親が経営する建設会社で働く会社員。二十六歳独身。人並みの年収に平均的な恋愛歴。他人より秀でることもないが、取り立てて劣るところもない。

しかしそんな彼の本性は社会の枠から大きく逸脱していた。

シリアルキラー。

世間ではそう呼ばれている人種に属している。薔薇夫は他人を傷つけることにためらいを感じない。感じたことがない。そもそもそういう感覚を理解できない。相手を殺せば動かないし、何も話さない。つまり責められることも罵られることもないし、意趣返しを受けることもない。生かしておけば嫌われるし、恨まれるし、疎ましがられる。それなのに何に躊躇し何に戸惑うのだろう。殺人が法律で禁じられているから？　いや、違う。人は殺すことそのものを恐れている。殺されるのを恐れるのは分かる。しかし殺すことで自分が苦しみを感じるわけでもあるまい。

砂浜でスイカを割る。握った棒を力任せに叩きつければ簡単に割れる。そのスイカが頭に置き換わるだけのことだ。叩き割るという一連の動作に変わりはない。感触だって大きな差があるまい。それも割れてしまえば同じ。活動をとめた細胞の塊に過ぎない。生ゴミだ。

人は傷つけた相手に対して気の毒だとか可哀想だと思うものらしい。薔薇夫にはそれが分からない。言葉として認識はしているが、感覚として分からない。他人を慈しむという感情は薔薇夫にとってブラックホールと同じだ。存在は知っているが、それがどういうものなのか想像できない。

相手に対して憐憫《れんびん》がない代わりに、殺すという行為には何にも代えがたい愉悦がある。相手が苦悶《くもん》する姿を眺めて楽しむ趣味はない。脈動を止める行為そのものに充足感がある。十数年、または何十年にもわたる人生という歴史を自分の手によって終わらせるのだ。この人が生きていたら世界はどう変わっていくだろうと想像するとたまらなく愉快になる。人を殺すということは、歴史を変えるということだ。神にも等しいその力を持つ者は、人を殺すことのできる人間である。

だが法律はやっかいだ。捕まれば極刑は免れられない。欲求に任せていてはすぐに足がついてしまう。だから慎重に行動する必要がある。まずは欲求や衝動をコントロールすることだ。浅はかな人間はそれができないからすぐに捕まってしまう。薔薇夫はその点については徹底していた。「狩り」はできるだけ間隔を置く。場所を限定しない。死体の処理は確実に施す。

左京薔薇夫はコンビニを出た少女のあとをそっとつけていった。時刻は夜の八時。冬に比べて日が延びてきたとはいえ、この時間になれば光の当たらない場所には闇がずっしりと沈殿している。

実は彼女をつけてから今日で一週間になる。ターゲットのあとをつけて行動を完全に把握するまで手を出さない。もちろん気づかれては元も子もない。わずかにでも気配を察知されてしまったら諦める。そして二度と近づかない。

少女は公園に入った。大きな池が広がっており周囲は近隣住民たちのマラソンコースになっているほどの大きさだ。昼間は子連れのママや暇を持てあました老人たちが集まって憩いの一時を過ごしているが、さすがに夜八時を回ると人気がない。所々に外灯が立っているが、深く広がる闇を照らし出すには至らない。木々や植え込みの輪郭の多くも闇に溶け込んでいる。それは歩行者にとっても多くの死角を生み出しているということになる。

少女はさほど警戒することなく公園の奥を進んでいく。自宅がこの公園を抜けたところにある。大きな公園なので迂回すればかなりの遠回りになってしまうというわけだ。

ここ一週間、距離をおいて慎重につけているので少女に気づかれている様子はない。彼女はいつもこのルートを通って帰宅する。それは一度だって外れたことはない。薔薇夫はポケットを探ってみた。冷たく硬い感触が指に触れる。バタフライナイフだ。公園の外に車を停めてある。そこはちょうど木々に囲まれて人目に付きにくくなっている。そして息絶えた女を埋める穴もすでに用意されている。ここから二十キロほど離れた山中にそれはある。三メートルの深さがあるので発見されるまでにはかなりの時間がかかるだろう。

頭の中の悪い虫が大暴れをしている。これ以上は抑えられない。薔薇夫は周囲を注意深く見回す。人気はない。そしてここは外灯の数が極端に少なくなる歩道だ。さらに道の両脇に広がる茂みや林も深い。

薔薇夫は少女に一気に距離を詰めた。足音や気配を殺しているので彼女は背後に接近してくる薔薇夫に気づかなかった。後ろから彼女の口を塞いで一気に茂みの中に引きずり込む。レイプが目的ではない。薔薇夫は慣れた手つきでバタフライナイフを取り出すと彼女の左胸に突き立てた。ちょうど心臓の辺りだ。刃先は根元までめり込んでいる。それから彼女が最期の息を漏らすまでに時間はかからなかった。

「見ぃちゃったぁ～」

背後で声がした。薔薇夫は跳びはねるように立ち上がると、回れ右をして声の主を探った。暗闇の中にぼんやりと人影が浮かんでいる。肩までかかる髪とスカートが風に揺れている。女性のようだ。それも若い。

突然、眩《まぶ》しい光が瞬いた。薔薇夫は思わず目を細めた。フラッシュだ。女はカメラを向けている。そこには薔薇夫と息絶えた少女が一緒に写っているはずだ。

薔薇夫は右手に握っているナイフを腰の後ろにそっと回して隠した。こんなところを撮られては生かしておくわけにはいかない。

「君は誰？」

薔薇夫は気持ちを抑えて女に声をかけた。

「初めまして、左京薔薇夫さん」

目が慣れてきたのか暗がりに溶け込んだ女の輪郭が仄かに浮かんでくるようになっていた。こちらもブレザー姿だ。あの特徴的なリボンはたしか清遠女子高だったはず。つまりこの女は高校生ということか？

「な、なんで俺の名前を知ってる？」

「あなたのことなら何でも知ってるわ。佐倉志穂さんのこともね。憶えてるでしょ、赤いコートのきれいなお姉さん」

その名前を聞いて後頭部を殴られたようなショックを受けた。佐倉志穂。一年と半年前。薔薇夫が殺したＯＬだ。周囲には充分に警戒していたはずなのに。

「毎日、ずっと俺をつけていたのか？」

四六時中つけていなければ薔薇夫の犯行を把握できるはずがない。

「まさか。あたしだってそんなに暇じゃないよ。だけどあなたの行動は分かりやすいんだもん」

　女が笑いを漏らす。

「どういう意味だよ？」

「現場を見たわけじゃないけど紅林仁美《くればやしひとみ》さんも山本香奈《やまもとかな》さんもあなたの犯行でしょ？」

　薔薇夫は目眩《めまい》に襲われてよろめいた。紅林も山本も過去に薔薇夫が手をかけた女である。死体はまだ上がってないはずだ。

「ど、どうして？」

「あれ？　気づいてなかったの。今日も前もその前も、あなたの犯行日には共通点があるのよ」

　女が楽しそうに言う。薔薇夫はその共通点に心当たりがなかった。

「夜空を見なさいよ」

　そう言って女は天空を指さした。油断ができない。薔薇夫は一瞬だけ空を見上げた。視界に浮かび上がったのは雲に隠れた満月だった。そういえば海外のミステリー小説で読んだことがある。満月の夜は殺人事件が増えるらしい。薔薇夫も月の影響を無意識のうちに受けていたようだ。それを察知した彼女は新聞を読んで満月の夜に起こった殺人事件をピックアップしたのだろう。薔薇夫は若い女性しか狙わない。

「つまり満月の日だけ俺をつけていたということか」

「そうだよ。あたしも同じだもん。満月の夜は羽目を外したくなるのよねえ」

無邪気な笑い声が流れてくる。分かる？　同じだと？　この女、いったい何者だ？

ナイフを握りしめた手に思わず力が入る。

「それで私を刺さないでね。もし私が死んだら、あなたのしたことが明るみに出るようにしてあるの」

女が薔薇夫の隠した右手を指さしながら言った。

「どうやってそんなことができるんだよ？」

薔薇夫は乱れる呼吸を整えるのに精一杯だ。思考がうまく回らない。

「あなたが佐倉さんの死体を車のトランクに運ぶところをこっそり写真に撮っちゃったの。他にも証拠となる遺留品があるわ。それらがあなたの知らないどこかに保管されている。そこは期限付きなの。分かる？」

つまり期限まで彼女が生きてないと、ロッカーか金庫か、はたまたインターネット上か分からないがそこの管理人が保管されている証拠品を預かることになる。それで発覚するというわけだ。

とにかく一つだけはっきりしていること——今は彼女を殺せない。

「な、何が目的なんだよ？」

声が上ずる。鼓動が激しく胸を叩いている。ここで何とかしなければ。日本の警察は優秀だ。逮捕されれば今までの殺しも突き止められるだろう。そうなれば死刑だ。狂人のふりを決めたとしても一生出て来られない。そんなの絶対にご免だ。しかし打開策が思いつかない。

「わたし、あなたのような人に興味があるの」

女がそっと近づいてきた。

「俺はしがない連続殺人鬼だよ」

薔薇夫が投げやりに答えると女はカラカラと笑う。同じ女子高生の死体を前にして妙に陽気だ。物怖じした様子はない。薔薇夫はバタフライナイフを開いて刃先を女に突きつけた。

「写真や証拠品はどこだ？」

うなるように脅しながら刃先を彼女の鼻先に近づける。

「刺してみたら？　そしたらあなたもお終いだけどね」

女は眉ひとつ動かさない。涼しげな笑顔を浮かべたまま、月光を反射させて無機質に光る刃先を眺めている。

俺と同じ臭いがする……。

この女は過去において人を殺したことがある。彼女もまた人を殺すことにためらいを持たないタイプの人間だ。それどころか彼女は傷つけられたり、殺されることすら恐れない人間なのかもしれない。薔薇夫の直感がそれを嗅ぎ取っていた。

「手伝うよ」

そう言うなり女は倒れている少女に近づいてきた。そしてしゃがみ込んで少女の頸動脈に手を触れた。

「さすがね。手慣れているわ。シリアルキラー選手権があったら優勝できるよ」

楽しそうにジョークを飛ばしながら彼女は横向きに転がっている少女の頭を持ち上げようとする。

「ちょ、ちょっと！　何をするつもりだ」

「死体を隠さなきゃまずいでしょ。公園の外に停めてある車で運ぶつもりよね。手伝うよ」

「なっ……」

薔薇夫は言葉に詰まった。この女は薔薇夫のことを監視していたのだ。

「いつから俺のことを？」

「私が中学を卒業するころだったから二年くらい前かな」

そんなに前から……。警戒は怠っていないはずがまるで気づかなかった。二年前なら佐倉志穂に手をかける半年前のことだ。佐倉より前の狩りとなると、さらにそこから一年遡ることになる。

「どうして俺に目を付けた？」

薔薇夫は日常においても本性を他人に見せないように慎重に行動している。人より秀でず劣らず細心の注意で平均的な人間を演出してきたはずだ。

「どうしてだろ？　なんとなくね。まっ、いいじゃない、そんなこと」

女が愉快そうに肩をすくめる。

臭いだ。薔薇夫がこの女から嗅ぎ取ったように、彼女もまた薔薇夫から同類の気配を察知したのだ。だからこそ薔薇夫本人ですら意識してなかった満月に気づくことができたのだ。それにしても彼女は嬉しそうだ。この状況を心底楽しんでいる。

「俺のことが怖くないのか？」

「怖がっているのはあなたの方でしょ」

こんな小娘に一本取られた。薔薇夫は思わず苦笑する。

「そのブレザーは清遠女子だな。君は俺の名前を知っているのに、俺が知らないのはフェアじゃない」

「ミサよ。辛島ミサ。友達からカラシって呼ばれてるわ」

拒否するかと思ったがミサはすんなりと答えた。偽名ではないことは直感で分かった。雲に隠れていた月が顔を出したようだ。少女の死体と一緒にミサの顔が青白く浮かび上がる。のっぺりとした顔だった。目は細く鼻翼は小さく唇は薄い。醜くはないが面白味のない顔立ちだった。顔のつくりは全く似ていないが人々の印象に残りにくいという点で薔薇夫と一緒だ。女で生まれれば美しく麗しくありたいと思うはず。この年頃であれば鏡を眺めながらどのように見せれば魅力的に映るか人知れず研究している。しかしミサは違う。彼女の求めたのは美貌ではない。人々の記憶に残らないルックスだ。そして今の彼女の顔立ちはその機能に特化していると言える。薔薇夫にはそれがよく分かる。自分の中の邪気をカモフラージュするためだ。

「なに、ぼうっとしてるのよ。早く隠さなきゃ見つかっちゃうよ」

ミサが地面に横たわった死体を指さしながら言う。

「あ、ああ……」

それから二人で少女の死体を公園外に停めてある自動車まで運んだ。トランクを開けて放り込む。さらにミサは車に乗り込んで、あらかじめ穴を掘ってある山林までついてきた。そこでも二人して死体を埋めた。

すべての作業を終えて薔薇夫はミサを自宅まで送った。彼女の家は取り立てて代わり映えのしない一軒家だった。周囲は住宅街になっており彼女の家は完全に風景に溶け込んでいた。

「ねえ」

助手席のミサが薔薇夫の手に自分の手を重ねてきた。それはステンレスのようにヒヤリと冷たい。

「どうした?」

「私たち、お友達にならない?」

「友達?」

ミサがほんのりと微笑むと頷いた。その顔立ちはまだあどけない。

「本当のあなたのことをきちんと理解してくれる人って今までいなかったでしょう。多分、あなたも本当の私のことを分かってくれると思うの」

「君は人を殺したことがあるんだろ?」

「当たり前でしょ」

彼女はあっけらかんと答えた。

「やっぱり満月はそういう気分にさせるよね。疼くっていうかさ」

夜空を見上げながら助手席のドアを開くとそのまま家の玄関に向かっていった。

殺す……。

ミサの背中を眺めながらわき上がってくる衝動を感じていた。満月のせいではない。もっと理性的な感情だ。むしろ危機感と言うべきか。今は殺せない。しかしいずれは殺さなければならない。そうしなければ彼女に殺される。それもそう遠くない未来に。

＊＊＊＊＊＊＊

ミサは一週間に二度ほど薔薇夫のマンションを訪れるようになった。薔薇夫の実家も職場に近いのだが、このマンションで一人暮らしをしている。マンションは父親が投資目的に購入したものだが、存外に価値が下がってしまい売るに売れず、今は薔薇夫が形ばかりの家賃を支払って入居しているというわけだ。

もちろん両親も息子の本性を知らない。ごく平凡な青年だと思っている。本性を知ったらきっと彼らは薔薇夫を殺して、自殺をするだろう。両親を見ていると自分はどうして他人とは違ってしまったのだろうと不思議に思う。一時期、犯罪心理の本を読みあさったことがある。それによると薔薇夫のように殺人をくり返す人間の多くは幼少期において親の虐待を受けているそうだ。その経験が成長過程において情操に歪みをもたらし、それが理不尽な殺人衝動につながっているという。しかし薔薇夫は物心ついたときから虐待を受けた記憶がない。イタズラが見つかって押し入れに閉じ込められたことはあるがそんなのはどこの家庭でもやっているしつけの範疇だ。人間的に優れているかどうかはともかく、薔薇夫の両親は家族を愛するごく普通の人間だ。やはり自分は突然変異種なのだろう。しかしそれを哀しいとも苦痛とも思わない。ましてや自己嫌悪に陥ることもない。結局、生まれつきなのだ。生まれつき目の見えない者が見えないことを当たり前と思うように、薔薇夫も他人を殺すことにためらいはない。むしろためらうという感覚が理解できない。人々は殺すことに「恐怖」をおぼえるというが、それは殺されるときではないか。かといって薔薇夫も四六時中、殺人衝動が継続しているわけではない。満腹時に食欲がわいてこないのと同じだ。「殺人欲」にも満腹と似た状態がある。心の中に容器があって普段は液体で満たされている。しかし容器には穴が開いており、時間とともに中身が減っていく。それが枯渇したとき、殺人衝動がざわめき立つ。それは飢餓感や口渇感と似ている。無意識のうちに本能が求めてしまうような感覚。そう考えると薔薇夫の殺しは生きていくための摂食に近い。日々の食事にためらう人間はいない。そんな風に自分自身を解釈していた。

「ああ、くそう。また負けた」

薔薇夫は盤上の白と黒の駒をグシャグシャとかき乱しながら悔しさを吐き出した。

「これで四連勝ね。あなたはもうちょっと戦略家だと思ってたわ」

「悪かったな。オセロは苦手なんだよ」

薔薇夫は両手を虚空に放り投げて観念した。ミサが遊びに来るたびに対戦するが勝てた試しがない。オセロは苦手なんて言ったが、実は将棋やチェス、オセロといったゲームには自信があった。コンピューターを相手にしても大抵勝てる。だから、たかが女子高生と舐めていたが、ミサは薔薇夫の読みを外した一手を次々と打ってくる。まさか彼女がここまで強いとは思わなかった。

「オセロに勝てなくて命を落とす人だっているのよ」

「どういうシチュエーションだよ、それ」

「命を賭けるのよ。負けたら死ぬってルールでね。面白そうじゃない？」

「オセロに負けたくらいで殺されたらたまったもんじゃないね」

「シリアルキラーのくせによく言うわね」

薔薇夫はオセロ盤を片づけ始めた。これ以上対戦しても勝てる気がしない。どんなゲームも負け戦は楽しくない。

「ねえ、薔薇夫」

ミサがテレビにリモコンを向けながら呼びかけた。

「なんだよ？」

テレビでは来月から始まるシドニーオリンピックを特集している。しかしミサはお笑い番組に変えた。画面では最近結成したばかりのコンビがコントをくり広げている。彼女はお笑いが好きなようで、番組はかかさずチェックしているという。おかげで薔薇夫も最近のお笑い芸人について少しだけ詳しくなった。

ミサがここに来るようになって三ヶ月。お互いに名前で呼び合うようになった。しかし肉体関係はない。彼女とのつながりは秘めた本性だけだ。恋愛や友情とは違う。共感とも違う。それゆえ共存できないものだと思う。いずれはどちらかがどちらかを食い殺すことになるだろう。しかし今の二人は傍目《はため》からはごく普通の友人または恋人同士に見えるはずだ。ミサの両親も彼女に干渉してこないようで帰宅時間などあまり気にしていないようだ。ミサは薔薇夫と一緒に食事をしたり、たわいのない会話をして帰って行く。他人との付き合いに消極的な薔薇夫だが、彼女といると不可解な安らぎをおぼえるのも事実だ。やはり自分の衝動に対しての顕示欲が少なからずあるのだと思う。それを発露できるのは彼女だけだ。といっても完全に心を許しているわけではない。

「これっくらいの穴って掘れるものかな？」

ミサがやってきてノートを開いて見せた。それは長方形に掘られた穴の全体図で、縦横奥行きの寸法が書き込まれていた。

「でかい穴だな」

そのサイズはちょっとした一軒家がすっぽりと収まってしまいそうなものだった。

「できそう？」

ミサの描いた図によると縦二十メートル、横八メートルとある。

「深さ十メートルか……。うちの会社にある一番でかいショベルカーならギリいけそうだけど」

薔薇夫は父親の経営する建設会社に勤務していて重機の管理を任されている。一台や二台の都合をつけることくらいわけはない。もちろん重機を扱う免許も取得している。

「しかしなんだってこんなでかい穴を掘るんだよ？」

「ジェノサイドよ」

「なんだ、そりゃ？」

高校生の少女の口から出てくる言葉とは思えず薔薇夫は苦笑を漏らした。

ジェノサイド――大量殺戮。薔薇夫にとってはこの上なく甘美な言葉だ。戦時中のナチスたちを羨ましく思う。彼らはユダヤ人たちを合法的に虐殺できた。『戦場のピアニスト』という映画では街中でナチスの将校がまるで暇を紛らわすかのようにユダヤ人を銃殺していた。それでいて誰からも責められない。もちろん死体を隠す必要もない。薔薇夫にとってこの世の天国だ。

ミサは先ほどのノートをめくる。旅行パンフレットの切り抜きだろうか、そこには観光バスの写真が貼り付けてあった。

「来月、うちのクラスで遠足があるの。場所は岩大良高原。その観光バスに乗って行くらしいわ」

薔薇夫は写真を見る。学校の遠足や修学旅行で利用されるタイプの大型の観光バスだ。

「まさか、これを穴に落とす気か？」

そこには車体のサイズが書き込まれていた。穴はこの車体がすっぽりと収まる容積である。

「穴を掘ったらちゃんと埋めなくちゃ、ね。学校でそう習わなかった？」

ミサが両手で土をかぶせる仕草をしながら言った。

「つまり……生き埋めかよ」

薔薇夫は唾を飲み込んだ。

「そうよ。この子たちは死ぬべきなのよ」

「もしかしてイジメにでもあったのか？」

ミサが首を横に振る。

「そんなことくらいでは殺さないわ。先日、学級会があったの。各班で選ばれた代表が何でもいいから自分の得意なことを披露するっていう企画ね。歌を歌った子もいればダンスを踊った子もいる。あたしはＢ班の代表に選ばれた。だからコントを披露したの」

「なるほど。お前はうちに来てもお笑い番組ばかり見てるからな。で、それがどうした？」

薔薇夫はテレビを指さしながら言った。今も映っているのはお笑い番組だ。

「全然受けなかった。誰一人として笑わなかったの。一人もよ。担任の先生も笑ってくれなかったわ」

ミサの瞳がギラリと光る。

「ちょ、ちょっと待て。生き埋めにするってそんな理由か?」

「当たり前じゃない」

ミサが真剣な顔をして、それでいてあっさりと答える。

「お前って、結構ムチャクチャなこと考えるんだな」

コントが受けなかったから担任を含めたクラス全員をバスごと生き埋めにする。それこそコントだ。

「想像してみて。クラスメート全員がバスごと消えちゃうのよ。日本全国大騒ぎになるわ。面白いと思わない?」

「お、面白いって……」

薔薇夫はその様子をイメージしてみた。不安におののく父兄や学校関係者、連日過熱するワイドショー番組、あまりに不可解な事件に途方に暮れる警察……。

「たしかに面白いな。うん、面白い」

「でしょ」

ミサが愉快そうに微笑む。そんな彼女を見て薔薇夫は何度も頷いた。

一度に数十人もの女子高生たちの命を奪う。まさにジェノサイドだ。彼女たちの多くはいずれは結婚をして、子供をもうけて母親となるだろう。その子供たちの誕生すら抹殺することになるのだ。そうなれば歴史は大きく変わる。それだけではない。彼女たちの家族もそうだ。喪失感に耐えられず自ら命を絶つ者が出るかもしれない。そうでなくても無気力や自暴自棄で破滅していく者たちも出てくるだろう。いくつかの家庭はそれがきっかけで崩壊するかもしれない。そのストレスが負の連鎖を呼び起こす。暴力、虐待、人間不信。多くの人たちの心や肉体を蝕み、それらは後々まで引き継がれていくのだ。そんなことを考えるとゾクゾクする。

「だけどクラスメートをバスごと埋めちゃうんだろ。誰にも知られずにそんなことができんのかよ？　今は昔と違ってケータイ電話とかメールとかがあるんだぜ」

「大丈夫よ。岩大良高原一帯は受信圏外だから」

今度はケータイ電話各社のパンフレットを取り出す。受信エリアマップを見てみるとたしかに各社とも大きく外れている。一番近い圏内まで十キロはありそうだ。これなら助けを呼ぶことはできない。しかしまだ疑問点は多い。

「この穴を掘ることはできるとして……。だけどこれほどの穴を掘るには大型のショベルカーが必要だし、一気に穴を埋めるとなるとブルドーザーもいる。そんな重機が風光明媚《めいび》な観光地を行き来していたら目立つだろ」

「その点も問題ない。今、岩大良高原では大規模なホテルを建設中なの。現場では大きな穴を掘ったり山を切り崩したりしてるわ。だから毎日、ダンプやブルドーザーが頻繁に出入りしてる」

なるほど。それならその中にまぎれ込んでしまえばいい。二、三台作業車が通りかかってもそれを見た人たちはホテル建設関係者だと思い込むだろう。しかしまだ根本的な問題がある。

「そもそもどうやってこのバスを穴に落とすんだよ。クラスメート全員が乗ってるんだろ。バスジャックでもするつもりか?」

「そこまでする必要なんてないよ。バス運転手にやらせればいい」

「運転手って……バカか。どこにそんなことを引き受けてくれる親切な運転手さんがいるんだよ?」

「もうちょっと頭を使いなさいよ。脅すに決まってんじゃないの」

ミサが呆《あき》れたような顔をして腰に手を置く。

「どうやって?」

「バス会社の運転手はもう決まっているの。担任の名前を使って電話で問い合わせたらあっさり教えてくれた」

ミサは担任教師の声マネを披露した。担任はまだ若い女性らしい。そして一枚の写真を取り出す。そこには男が写っていた。五十代半ばから後半といったところか。乏しい前髪、こけた頰、血色の悪い気弱そうな顔立ち。全体として貧相な印象を与えている。たしかに脅しやすそうだ。

「相川敏夫。五十五歳。三歳の一人娘がいるわ。美優ちゃんって言うの。可愛い名前でしょ」

「三歳の娘？　五十五歳だろ。孫じゃないのか？」

「高齢出産って危ないって言うでしょ。同じ年齢の奥さんがいたんだけど、娘の出産で亡くなってしまったそうよ」

「それは痛ましい話だな」

同情を口にしてみたところでそんな感情は微塵もわいてこない。そもそも薔薇夫にとって同情や憐れみは経験したことのない未知の感情だ。ミサも同じだろう。

「愛妻家だった相川にとって娘は何ものにも代えがたい宝物よ。娘のためなら命だって惜しまないわ」

ミサが自信ありげに言う。

「まさか、娘を誘拐して身代金代わりにバスを穴へ落とさせるのかよ？」

「ご明察。案外、頭がいいじゃない」

「穴に落としたあと、父親と娘はどうするんだよ？」

「殺しちゃえばいいでしょうが」

ミサがあっけらかんと答える。

「マジかよ……」

それからミサはプランを説明し始めた。三十人以上を乗せた遠足バスが丸ごと消えてしまうというイリュージョンのわりに、そのトリックは何とも単純なものだった。マジックも種明かしをすれば拍子抜けするほどにシンプルだったりする。しかしミサの話すプランは単純ではあるが極めて強引でもあった。それはもはや力業と言っていい。

「今回のプランはあなたの仕事如何《いかん》にかかってるわ」

「ちょ、ちょっと待てよ。俺は協力するなんて言ってないぞ」

「あら。選択の余地はないはずよ。あなたは佐倉志穂殺しの犯人で、私はそれを知っている。もちろん証拠だってある。分かるでしょ？」

ミサが小さな顔をわずかに傾げて薔薇夫を見つめた。

つまり協力しなければ警察にばらすということだ。他人を殺すことにためらいはない。それが薔薇夫の強みでもある。本来ならこの場で彼女の口を封じてしまうところだ。しかし彼女にはそれが通用しない。女子高校生とは思えないほどの用意周到さと警戒心である。常に自分自身に保険をかけながら注意深く行動しているのだろう。今はミサの方が優位であり、薔薇夫は彼女に利用されている立場だ。そうはさせてなるものかと思う。

「分かった。ここはひとつ貸しにしておこう」

「ありがとう。いつか恩返しをする日が来るかもね」

薔薇夫は鼻で笑った。そんなのは当てにならないし、するつもりもない。しかしジエノサイドというイベントには心躍るものがあるのも事実だ。

「俺の仕事は穴を掘って埋めること。そして相川の娘を誘拐して脅迫すること、か」

「そこはきっちりとやってもらわないとね。頼んだよ」

ミサが涼しい顔をして言った。

＊＊＊＊＊＊＊＊＊

完成した穴は巨大な墓場だ。二日前に一日がかりで作業をして掘り出した。他にスタッフがいればそれほど手間取ることはなかったはずだが、一人なので丸一日を費やしてしまった。しかし我ながらよくやったものだと薔薇夫は自画自賛する。

穴の傍らには掘り出した土を積み上げてちょっとした山を作っている。その山の背後では大型のブルドーザーが出番を大人しく待っている。幸い、作業中は誰にも見られなかった。舗装された国道から林に囲まれたあぜ道同然の脇道に入って、しばらく進むとちょっとした広場になっている。しかしここも深い林に囲まれているので周囲からは目に付きにくい。広さも充分だ。地面の多くは真砂土であり街路樹や庭の敷土によく使われる。あぜ道や山林の荒れ具合からして長い間、人の出入りがなかったと思われる。その点はミサも充分に調査済みだったのだろう。さらにここから一キロメートルほど離れたところで大規模なホテルの建設工事が行われていた。おかげで薔薇夫のショベルカーもブルドーザーも目立つことなく運ぶことができた。他にも重機や作業車が頻繁に行き来していたからだ。

穴を完成させた次の日、つまり昨日の方が薔薇夫にとっては大変だった。

マンションで早めの昼食を摂っているとミサがやって来た。小さな女の子を連れてきている。瞳がドングリのようにクリッとした可愛らしい子供だった。

「お嬢ちゃん、お名前は？」

薔薇夫が優しく声をかけると女の子は不安げな顔を向けて「美優」と答えた。ウサギのアニメキャラがデザインされた帽子をかぶっている。これが観光バス運転手、相川敏夫の一人娘だ。年齢を尋ねると三本指を見せた。

父親は自宅の隣にある公園で美優を遊ばせている。ミサはその公園に足繁く通い、親子に接近していた。美優はすっかりミサになつき、父親の敏夫も彼女のことを信頼している。今日はミサの方から美優を公園に誘ったのだ。父親は疑うことなくミサに娘を託したというわけである。あと一時間ほどしたら美優を家に帰すことになっている。

「お部屋に入ったら帽子は脱がなきゃね」

そう言ってミサが美優の頭から帽子を取ってテーブルの上に載せた。彼女にとって大切なものなのだろう。帽子の方を心配そうに見つめている。

「大丈夫よ。お外に出るときはちゃんと返してあげるから。あ、それからこれはお姉ちゃんからのプレゼント」

「うさうさぴょんだっ！」

美優はミサの差し出したぬいぐるみに目を輝かせた。それはミサのかぶっていた帽子にデザインされたウサギと同じぬいぐるみだった。最近テレビなどでよく見かけるキャラクターで「うさうさぴょん」という名前らしい。子供なんて単純なものだ。お気に入りのぬいぐるみにすっかり気分を良くしたらしい。玄関をくぐったときは不安を全開にしていたくせに、五分後にはもう笑顔を振りまいている。愛嬌のある可愛い女の子だと思った。

「美優ちゃんのパパがもうすぐ迎えにくるからさ。それまでジュースでも飲んで待ってようか」

ミサが美優の頭を優しく撫でると、少女は「うん」と元気よく頷いた。

薔薇夫はキッチンに入ってコップにジュースを注ぐ。そしてその中に粉状の睡眠薬を混ぜた。不眠症で悩んでいる母親が服用している少し強めの薬だ。今朝方実家に立ち寄った際に失敬しておいた。

リビングに戻るとミサと美優がテーブルに腰掛けて談笑している。ぬいぐるみのプレゼントが効いたのか子供はすっかりミサになついている。あまり人見知りをしないようだ。薔薇夫は美優の前にジュースを置いた。

「さあ、美優ちゃんの大好きなオレンジジュースだよ」

ミサは目尻を下げながらジュースの入ったコップを差し出した。

「うん、大好き！」

美優は小さな両手でコップを持ち上げるとドングリのような目を見開いて美味しそうに飲み干した。薔薇夫とミサはそんな少女にいろいろと話しかけた。美優は人見知りのしない子供らしく、大好きなアニメ番組のことを楽しそうに語った。もっとも三歳児のボキャブラリーなので半分くらいは理解できなかったが。

「なんか……眠くなってきちゃったな」

薬の効果が出てくるのは早かった。数分後には大きな欠伸をしながら寝ぼけ眼をしばたたかせている。ミサは子守唄のメロディをハミングしながら美優の髪の毛をそっと撫でている。

「子供って可愛いね」

「お前でもそんなことを思うのか。意外だな」

薔薇夫は楽しそうに美優を抱いているミサに言った。

「あたしもいつかは自分の子供がほしいよ」

「どうせ殺しちゃうんだろ」

「そだよ」

冗談のつもりで言ったのにミサはあっさりと答えた。

「自分のお腹を痛めて産んだ子供を殺すってどんな気分なんだろうね。ふわっとした体の柔らかみが固くなって、この温《ぬく》もりが徐々に冷たくなっていくんだよ。楽しいのかな？　哀しいのかな？　それとも怖いのかな。すっごく興味があるの」

「お前が哀しむとかあり得ないだろ」

「あたしだって女だもん。母性くらいはあるわよ。まあ、試してみないと分かんないけど」

「試すのかよ！」

「あたしがもうちょっと大人になったらね。でもその時はダンナも道連れにしてあげないと」

「ダンナまでかよ」

「だって子供だけ天国に独りぼっちじゃ可哀想でしょ」

ミサは瞳をキラキラと輝かせて嬉しそうに語る。彼女の瞳に浮かんでいるのは混じりけのない好奇心だ。それも無邪気でピュアな好奇心。薔薇夫は笑顔を繕って半歩後ずさった。殺すために結婚をして、殺すために産んで育てる。殺すために。

「可哀想と思うなら殺すなよ」

「あっ、そっか」

絶対悪――この女の邪悪は筋金入りだ。今回のジェノサイドだって芸が受けなかったというだけの短絡的な動機だ。そんなことで三十人以上を殺す。薔薇夫には及びもつかない発想だ。

「なあ、ミサ……」

薔薇夫は彼女に声をかけた。その声も震えそうになったがなんとか抑えた。

「なに？」

ミサはふわっと幸せそうな顔を向けて微笑んだ。本当に子供が好きなようだ。

「いつか俺を殺すつもりなんだろ」

薔薇夫はじっと彼女の目を見つめて尋ねた。しかしその瞳に取り立てて変化は浮かばない。ただ薔薇夫の不安そうな顔が映っているだけだ。

「それだったら先に私を殺しちゃえばいいんじゃないの」

ミサが少女の髪を撫でながらケラケラと笑い出す。

（そうさせてもらうさ）と心の中でつぶやく。そうでなければこちらが危ない。

そんな薔薇夫を美優が薄目を開けて見ていた。しかしその表情は朦朧としている。口角からはよだれが垂れていた。それから数秒後にはカクンと頭を下げた。寝息を立てたのはそれから間もなくだった。

「さてと、美優ちゃんを処分しないとね」

ミサは抱き上げた美優をベッドまで運んでそっと寝かせると両手をパンパンとはたいた。

「処分って……やっぱり殺すのか」

「あったり前じゃない。顔を見られてるんだもん、生かしておくわけにはいかないでしょうが」

ミサが微苦笑しながら薔薇夫を見る。なんて女だ。つい今まで優しく抱きながら愛《いと》おしそうに見つめていたくせに。

「何よ？　もしかして迷ってんの？」

殺しに躊躇を感じたことがないにしても、子供に手をかけたことはない。

「相手は小さな子供だぞ」

「バカみたい。あなた連続殺人鬼なんでしょう」

ミサが小馬鹿にしたように言う。

「殺人鬼にも殺人鬼なりの仁義ってもんがあるんだよ！」

「まさか、怖気づいちゃったわけ？」

「そ、そんなわけないだろ。こんなことでいちいち怖がってちゃ、シリアルキラーなんてやってられるかよ」

薔薇夫は意地になっていた。この女にだけは弱みを見せたくなかった。

「だったら楽しみましょうよ」

突然、ミサがノートを開くとボールペンで何本かの縦線を引き始めた。

「何をするつもりだよ？」

「あみだくじよ。これで殺し方を決めるの」

そう言いながら彼女は罫線《けいせん》の先に文字を書き込んでいく。

「目玉をえぐる、舌を切り取る、お腹を切り開く……他に何かない？　ああ、そうそう手足を切断してダルマさんにしちゃおうっと」

嬉々としてくじを書いているミサを見ながら、薔薇夫は顔をしかめた。

「お前ってホントにサイテーの鬼畜女だな」

「薔薇夫なんかに言われたくないよ。今までに二十人くらい殺してんでしょ。ネットで調べてみたら満月の日に行方不明になった女の人たちって結構多いよ。全部、あなたがやったのよね。明るみに出たら日本の犯罪史上に残るシリアルキラーだわ。映画化決定よ」

ミサが意地悪そうな目つきで薔薇夫を見上げた。初めて人を殺したのが中学生の時だが、それから数えればそのくらいになる。

「さあ、できたわよぉ。すごい殺し方ばかりだから楽しいよ」

彼女は紙を折り曲げて殺害方法を記入した項目を隠した。そしてあみだくじの罫線に適当に何本かの横線をつなげていく。

「じゃあ、ひとつ選んで」

ミサは薔薇夫に向かってあみだくじを差し出した。幼児を殺すという修羅場において子供のような遊びを無邪気に楽しんでいる。そのくせ殺し方に容赦がない。

「どうしても殺さなきゃだめか？　あの子は三歳だ。幼児のボキャブラリーじゃ証言なんて無理だ。生かしておいたって問題ないだろ」

薔薇夫はミサを諭すように言った。半分は懇願だった。やはり子供は殺したくない。いくらシリアルキラーでも越えてはならない一線なのだ。

「だってつまんないでしょ、そんなの」

ミサが当たり前だと言わんばかりの顔で答える。

「はあ？」

「いいから選んでよ！」

彼女の勢いに圧されて薔薇夫は罫線の一つを選んだ。するとミサは鼻歌を奏でながら薔薇夫の選んだ罫線の先を赤ペンで辿《たど》っていく。薔薇夫はそのペン先を固唾を飲んで見守った。やがてそれは殺害方法が記されている項目に到達する。

ペンを止めたミサの顔はみるみるうちに真っ赤になった。

「ちょ、ちょっと！　なんでよりによってハズレなんて引いちゃうのよ！　どんだけくじ運がないのよっ！」

ミサがあみだくじの紙を突きつけながら喚《わめ》いた。いつの間にか涙目になっている。

薔薇夫が選んだ先には「ハズレ」と書き込まれている。

「ハズレを入れたのはお前の方じゃないかよっ！　ていうか、なんでハズレなんて入れちゃうんだよ？」

「だってくじだもん！　ハズレがないとフェアじゃないでしょ！」

「それって、どういうこだわりだよ」

ミサは心底がっかりしたようでガックリと肩を落としている。恨めしそうな目でベッドの上で寝息を立てている美優を見つめた。薔薇夫はテーブルの上に放り出されたくじの紙を見た。ホラー映画でしか見られないような残酷な殺し方が十通りも並んでいる。その中にたったひとつだけハズレが紛れていた。赤ペンが薔薇夫の選んだ罫線を辿り、ハズレに赤丸が打たれていた。

「で、どうすんだよ？」

「ハズレを引いちゃった以上、帰してやるしかないでしょ。あーあー、つまんない！薔薇夫のせいだからね」

ミサは投げやりにソファに腰を落とすと不機嫌そうに唇を尖らせた。そんな彼女を見て薔薇夫は内心ホッとした。とりあえずこれで子供を殺さずに済む。それにしても美優は運の強い子だ。殺し方が十通り、ハズレが一つ。生存確率は十一分の一。決して高い確率ではない。

幼児を殺すというただでさえ凄惨な修羅場において、思いつきでこんなくじを作り、律儀にルールを尊重して美優を家に帰そうとしている。それでいて子供を殺せないことに心底がっかりしているようだ。このアンバランスさ。ますますミサのことが分からなくなる。

しかし不思議と愉快だ。ミサは邪悪で危険な女だが憎めないところがある。そもそもコントが受けなかったから皆殺しという発想も相当にムチャクチャだがお茶目といえばお茶目だ。気がつけば笑っていた。自然と笑いがこみ上げてくる。ソファのミサと目が合う。彼女も笑っている。それから二人は手を叩きながら声を上げて笑った。

＊＊＊＊＊＊＊＊

薔薇夫は事前に用意しておいた宅配便の業者風の服に着替えるとその足で相川敏夫の自宅に向かった。帽子を目深にしてブザーを押すと敏夫が顔を出した。寝癖のひどい髪にぼんやりした目。写真で見るよりさらに貧相な男だ。皺のよったTシャツと短パン。寝起きだったらしい。娘が誘拐されたというのに暢気《のんき》なものだ。もっとも彼はミサのことを信頼しきっていたのだろう。彼女は相川親子が利用する公園に足繁く通って美優と一緒に遊んでいた。美優もすっかりミサになついている。彼女は今朝早くにここにやって来て美優を預かった。彼女が公園で遊ばせるという約束だった。敏夫は何の疑いもせず娘を預けて、自分は寝ていたようだ。

「どなたですか？」

薔薇夫は強引にドアを開けて玄関に入り込んだ。

「な、なんなんだ？」

敏夫が目やにのついた瞼を大きく開く。

「娘さんは預かった。今日から俺の言うことに従ってもらう。分かったか?」

薔薇夫はケータイの画面を見せた。先ほど寝息を立てている美優を撮影した画像だ。首筋にはナイフを押し当てるミサの手が写っている。

画面を見た敏夫のただでさえ青白い顔がさらに青ざめた。

「あの女子高生はグルだったのか……。あんたはいったい何者なんだ?」

薔薇夫は片腕で敏夫の胸を突き飛ばした。華奢な敏夫はそのまま尻餅をつきながら怯《おび》えた顔で薔薇夫を見上げた。

「俺が誰かなんてどうでもいい」

「うちは金なんてないぞ。家を見れば分かるだろ」

薔薇夫は玄関周りを眺めた。柱も床も壁も扉も一目で分かる安普請だ。金銭目的の誘拐ならここの家族は狙わないだろう。

「そんなことは分かってる。安心しろ。金が欲しいんじゃない。その代わりこれからお前にやってもらうことを説明する。決行は明日だ。俺は明日までここに寝泊まりしてお前を監視させてもらう。その間、誰かに連絡を取ったり妙なマネをしたら娘の命はない」

敏夫の喉仏が大きく上下する。

「明日って……。明日、俺は仕事がある。俺はバスの運転手だ」

「行き先は岩大良高原だったよな」

「し、知ってるのか」

敏夫の右眉毛がぴくりと動いた。

「ああ。あんたには明日運転する観光バスをある場所に運んでほしいんだ」

「バスを？　それで美優を返してくれるのか？　間違いなく返してくれるんだな！」

敏夫が薔薇夫の足にすがりついてきた。

「約束するよ」

薔薇夫は帽子を目深にしたまま笑顔を見せた。娘は十一分の一の確率で生き残った強運の持ち主だ。

「分かった。娘が戻ってくるならなんでもする。絶対にあんたを裏切らない。だから約束は確実に守ってくれ。頼む！」

敏夫が強い決意を秘めたような目を向けて言った。こんな貧相な男でも父親だ。薔薇夫は満足げに頷く。

「仕事があるとき、子供はどうしてんだ？　保育所に預けるのか？」

「ああ。以前、男の子たちに乱暴されたことがあるから保育所は嫌がるんだ。俺の仕事は日帰りばかりだから、家を空けるといってもその日のうちには帰ってこられるから」

「小さな娘がたった一人とは可哀想じゃないか。他に面倒を見てくれるやつはいないのかよ?」

「俺の実家も亡くなった妻の実家も両親は生きてないし、親戚も遠くに住んでいるから頼れる人がいないいんだ」

頼る人間がいなければ何が起こっても自分一人で解決しなければならない。しかしそれは薔薇夫にとっても好都合だ。美優がしばらくいなくなっても敏夫の他に騒ぐ人間がいない。そのことはミサが調査済みだった。だからこそ脅迫相手に敏夫を選んだのだ。

——ミサのやつ、ガキだと思って舐めてかかるわけにはいかないな。

「そうか。それは気の毒な話だな」

薔薇夫はテーブルの上にコンビニで買ってきた飲み物、お菓子やパンといった食料を置いた。明朝までの二人の食事でもあるが、少し多めに用意してある。明朝、薔薇夫と敏夫がここを出て行った直後にミサが美優を返しにやってくる。美優はしばらくここで独りぼっちで過ごさなければならない。多めに用意したのは彼女の分だ。

そして次の朝。

薔薇夫は敏夫の勤務先までついて行った。他の社員たちとの接触を極力避けるよう出発時間ギリギリに出社させた。薔薇夫も出入り業者のような顔をしてスーツ姿で敏夫と一緒に会社の敷地内に入って行った。広い駐車場に観光バスが何台も止まっている。建物に入って敏夫はタイムカードを押した。上司らしい男が腕時計を叩きながら敏夫に向かって「時間だぞ」と急《せ》かしている。敏夫はロッカールームに入って着替えを始めた。薔薇夫もついてきている。幸い、他には誰も入って来なかったので見咎《とが》められることはなかった。着替えが終わると外に出てバスに向かう。行き先は違うが、他のクラスのバスの運転手が敏夫に手を振る。敏夫は彼らに挨拶を返すとそのままバスに乗り込んだ。今回はバスガイドはつかないのでここから学校まで敏夫一人で向かうことになっている。薔薇夫はさりげなく近づくと敏夫のバスに速やかに乗り込んだ。誰にも見つからなかったようだ。敏夫が通路に身をかがめている薔薇夫に向かって頷くと扉を閉めた。

「もう分かっただろ。俺を信じてくれ。約束は必ず守るから。娘だけは無事に返してくれ」

敏夫の声がマイクを通じて車内に流れる。

「黙って運転しろ。いいか。計画通りにやれよ。ルートもタイミングも頭に入ってるな？」

「もちろんだ。間違いない。絶対にやり遂げる」

敏夫が充血した目を向けた。彼も薔薇夫も昨夜は一睡もしていない。

昨日から今朝まで二人は敏夫の自宅のリビングで過ごした。電話線を外し、ケータイ電話を取り上げ外部への連絡を絶った。その間、プランを何度も説明して敏夫の頭の中に叩き込ませた。道中はミサが監視していることも強調しておいた。

「なあ。教えてくれ。何のためにこんな恐ろしいことをするんだ？　目的は何なんだ？」

運転中の敏夫が尋ねてきた。覚悟を決めて肝が据わってきたのか強ばっていた表情も落ち着いてきている。

「目的なんか知るかよ。うちの怪物に聞いてくれ」

＊＊＊＊＊＊＊＊＊

薔薇夫は穴を見下ろしている。我ながらよく掘ったものだ。山砂は脆《もろ》くて壁がところどころポロポロと崩れている。さらにその壁はほぼ垂直に屹立《きつりつ》しているので這い上がることは困難だ。薔薇夫は電動ウィンチを確認した。回転ドラムにワイヤーが巻き付いている。ワイヤーを伸ばして先端を穴の底部に垂らす。スイッチを入れるとワイヤーが自動的に巻き上げられる。人間一人くらいなら余裕で引き上げられるだけのパワーがある。これで準備ＯＫだ。

今朝は敏夫のバスが学校に入ったところで監視役をミサに引き継いだ。そこから車を飛ばして西冠山にある岩大良高原までやって来たのだ。

敏夫は観念している。下手に他人に助けを求めるより薔薇夫の要求を受け入れた方が安全に娘を取り戻せると判断したのだろう。昨夜、敏夫にプランの説明をした。といっても前後に通行車や通行人がいないことを充分に確認の上、国道を左折してあぜ道を突っ切ってここまでバスを運んで来るというだけのことだ。そしてスピードを緩めず穴の中にバスを落とせ。話が終わると敏夫は神妙な顔で首肯した。その瞳にはどんなことをしてでも娘を取り戻すという強い決意が揺らめいていた。娘のためなら乗客がどうなろうと厭《いと》わない、そんな開き直りに近い覚悟が窺えた。

薔薇夫は腕時計を見た。そろそろだ。

顔を上げて、深い林に囲まれた広場の唯一の出入り口であるあぜ道に目を向けると数百メートルほど向こうに影が見えた。ミサたちを乗せた観光バスだ。敏夫のやぶれかぶれともいえる乱暴な運転で、車体はでこぼこの道の上を何度もバウンドしながらこちらに向かって疾走している。遠くで小さく見えた車体はあっという間に迫ってきた。

薔薇夫の目の前を通り過ぎようとしたその瞬間、バスの巨体が土埃を巻き上げて消えた。まるで大がかりなイリュージョンを見ているようだった。

薔薇夫は土埃を振り払いながら穴の中を覗き込んだ。

バスは穴の中に落ちたのだ。車体の前方の一部は穴の壁にめりこんで傾いていた。側面の窓から車内の様子が窺える。ブレザー姿の生徒たちが見える。ダメージを受けたようで動きが鈍い。中には気絶したのか死んだのか、まったく動かない生徒もいた。しかし数分もすると事態を飲み込めた生徒たちが騒ぎ出した。そのうち数人は窓を開いて、体を押し出しながら外に飛び降りる。そして存外な穴の深さに呆然《ぼうぜん》と見上げる。

他の生徒たちも次々に外に出てきた。担任は若い女性だと聞いているが姿を見せない。動けないほどのダメージを負ったのだろう。

　やがて華奢な男が窓から出てきた。運転手の相川敏夫だ。ケガをしたのか額が赤く染まっている。乗客たちには目もくれず彼女たちを押しのけ、足を引きずりながら薔薇夫の真下までやってくる。土の壁に手を突っ込むと手探りでワイヤーをつかむ。その状態で顔を上げて薔薇夫に向かってＯＫの合図を送った。

　薔薇夫は電動ウィンチのスイッチを入れる。あっという間に敏夫が地上まで引き上げられた。敏夫は身体にまとわりつく土砂を振り払うと穴を見下ろして顔を歪めた。

「ああ……。とんでもないことになっちまった」

「父親というのは偉大だな。娘のためにここまですることができる」

　薔薇夫は膝に手を当てて腰を曲げながら呼吸を整えている敏夫に声をかけた。

「約束は守ったぞ。さあ、娘を返してくれ」

「娘さんの命は保証するさ」

「え……？」

　敏夫が腹を押さえてうずくまった。そこにはナイフが根元までめり込んでいる。薔薇夫は握ったグリップをもう一回強く押しつけると、今度は一気に引き抜いた。

「ごくろうさん」

薔薇夫は靴の底を敏夫の顔に押しつけた。そのまま押し出すと敏夫は視界から消えた。穴を見下ろすと底で敏夫が動かなくなっていた。その様子を見ていた女生徒たちの間で一気にパニックが広がった。

「誰かぁっ！　助けてっ！」

彼女たちは血相を変えながら壁を這い上がろうとする。しかし壁はほぼ垂直で土砂は脆い。手や足をかけようとしても身体の重みで崩れていく。それでも彼女たちは必死でよじ登ろうとしていた。

生きよう、生きたいと必死に願う者たちの生殺与奪を自分は握っている。ここまで上がってこられる者がいたら叩き落とす。薔薇夫は愉快な気分になった。積み上げていくよりも、それを崩す方が楽しい。ユダヤ人たちをガス室に閉じ込めてその様子を眺めていたナチスはこんな気持ちだったのだろう。ボタン一つ押すだけでこれほどの人数の若い女たちがいっぺんにこの世から消えることになる。未来の歴史は大きく変わるだろう。犯罪史上まれに見る大殺戮だ。薔薇夫は高揚を覚えた。今までに味わったことのない充実感だ。

やがてバスの中からミサが姿を現した。ケガはないようだ。彼女は必死に這い上がろうとするクラスメートたちを横目にしながら薔薇夫の立つ真下までやってきた。這い上がることに必死で誰もミサのことに気づいていないようだ。薔薇夫はワイヤーを下ろす。彼女はそれをつかむと薔薇夫を見上げた。スイッチをひねるとワイヤーは一気にミサを引き上げる。

「カラシ！　あんた、何なのよっ！　あたしたちも助けてよ」

クラスメートたちの一人が地上のミサに気づいたようだ。泥で汚れた顔を向けて大声で喚いている。ほかの女子たちもミサを見上げながら助けを求めた。

「ねえ、薔薇夫。鉄パイプは持ってきた？」

「ああ。だけどそんなもの、何に使うんだよ？」

「いいから出して」

薔薇夫はミサに言われた通りにした。鉄パイプは十数本ほど用意してある。それらはバドミントンのラケットほどの長さだ。ミサは鉄パイプを穴の中に放り込んだ。

「みんな、聞いて！」

ミサは穴に向かって声を張り上げる。

「今からゲームをします！　その鉄パイプで戦ってください」

ミサの呼びかけを聞いてクラスメートたちは呆然としている。隣で聞いている薔薇夫も同じだった。

「ルールは簡単よ。最後に生き残った一人だけを助けてあげます。協力し合ってもいいし、逃げ回ってもいいわ。だけど今から十分後にはこの穴は埋めてしまいます。それまでに決着がつかなければ全員生き埋めになるわ。時間がないからのんびりしてる暇はないわよ」

そういうことか。あみだくじの次は『バトル・ロワイアル』かよ。

穴の下は異様な空気に包まれていた。なおも呆然と立ちすくむ者や泣き出す者がいる中で、殺意をむき出した顔で鉄パイプを拾い上げる者たちが数人いた。

「それではスタート！」

ミサがゲームの開始を宣言すると鉄パイプを握った数人は他のクラスメートに襲いかかった。一分後には怒号や泣き声や喚き声が狭い穴の底でわき上がる。二十人近くいた生徒たちは一人また一人と地面に倒れていく。最初は躊躇していた者たちも武器を手にして参戦を余儀なくされていく。バスの中に待避してやり過ごそうとする者もいた。しかし制限時間は十分で、助かるのは生き残った一人だけというシビアなルールである。いずれは自分以外の人間を一人残らず倒さなければならない。穴の中では小さな戦争が起こっていた。

そんな風景をミサは地上から俯瞰《ふかん》していた。

「ミサ。お前って根っからの悪魔だな」

「だからシリアルキラーのあなたに言われたくないってば」

「何のためにこんなことさせるんだよ？」

「うちのクラスで一番強いのは誰かなあってね。前々から知りたかったの」

彼女は興味津々といった表情でクラスメートたちを見下ろしている。

「そんなことを確かめるために鉄パイプを用意させたのか」

「そだよ」とミサはあっさりと認める。

「剣道部の麻美が有利かと思ったけど、彼女は右腕を負傷してるわ。そうなると柔道部の愛恵《まなえ》かバスケ部の真弓かなあ。あ、そうそう美咲も結構強いんだった。将来、刑事になりたいって言ってたわ。あの子よ」

ミサが女子の一人を指さした。美咲は鉄パイプを振り上げた数人の級友に取り囲まれていた。彼女も武器を突き出して敵を牽制《けんせい》している。美咲の背後ではショートカットの女子がうずくまりながら震えていた。彼女は智美といって美咲の親友らしい。美咲は気の弱い親友を敵の攻撃から守ろうとしているのだ。

「美咲は昔から正義感が強くて心の優しい子だからね。でも今回ばかりはその優しさが命取りになるわね」

ミサが評論家然として言う。

そのうち女子の一人が美咲の背後からそっと忍び寄って、うずくまっている智美に近づいた。そして鉄パイプを振り上げて智美を打ち据えようとした。

「智美！」

美咲はとっさに智美に飛びついて自分の体を盾にして彼女をかばった。パイプが彼女の体を直撃する。美咲は地面に転がると動かなくなった。それからすぐに智美も彼女たちの餌食となった。

「ほらね、言った通りになったでしょ」

ミサが誇らしげに笑う。眼下に広がる地獄絵図とこの笑顔。あまりのギャップに脱力しそうになる。

「お前のそういうところは嫌いじゃないぞ」

薔薇夫も苦笑するしかなかった。おそらく一生で一度しか出会えないタイプの女だ。

それから間もなく制限時間となった。

多くの生徒たちが狭い地面に重なり合うようにして横たわっている中で、まだ数名の女子たちが立っていた。それぞれが武器を構えて互いを牽制している。

「残念でした！　制限時間でーす！」

ミサが終了を伝えると、残った彼女たちは武器を放り投げると膝をついてミサを見上げた。精も根も尽き果てて声も出ないようだ。それぞれが絶望的に顔を歪めている。

「もう少し盛り上がると思ったのに。案外、つまんなかったわね。まっ、こんなもんか。薔薇夫、やっちゃって」

ミサは白けたような顔で顎を突き出した。

「了解」

薔薇夫はブルドーザーに飛び乗るとキーをひねった。ショベルカーで掘り起こした土砂は穴のすぐ傍らに山積みになっている。ブルドーザーの前方ブレード《排土板》は大量の土砂を穴の中へ一気に流し込んだ。バスもクラスメートたちもあっという間に見えなくなる。雪崩《なだれ》のように流れ込む土砂は彼女たちの断末魔の叫びすらをもかき消した。

もう少しドラマティックかと思ったがあっけないものだったと、薔薇夫は思う。

穴埋めの後の整地などすべての作業を終えた頃、日は大きく傾き始めていた。

「お疲れ」

ミサが薔薇夫に缶コーヒーを投げてよこした。

「これでお前は幽霊になったわけだ」

薔薇夫は埋めた地面を見渡しながら言った。適当に砂利や木々を撒いて掘削の痕跡をカモフラージュしてある。まさかこの下に大型バスと三十人以上の死体が埋まっているとは誰も思わないだろう。それに今夜から数日間、大雨になると天気予報が伝えていた。空を見上げると厚い雲に覆われている。国道からこの広場に通ずるあぜ道に刻まれたバスや重機の轍《わだち》も洗い流してくれる。天も二人に味方してくれるようだ。

今日の夜には大騒ぎになる。明日の朝にはワイドショーのトップ記事になるかもしれない。警察がここに行き着くまでに何ヶ月、何年かかるか分からないが、その間ミサは幽霊になる。無敵の存在だ。死んだと思われているから誰からも追われることはない。

この女だけは息の根を止めなければならない。

薔薇夫の本能がそう告げていた。欲望を満たすためでも高揚感を得るためでもない。薔薇夫とミサ。二人の怪物は共存できない。どちらか一方が片方を食うのである。しかし、今はまだダメだ。彼女は薔薇夫の秘密を握っている。まずは彼女が隠している証拠品や写真を押さえる必要がある。現状では圧倒的に不利だが負けるわけにはいかない。

「どうしたの、怖い顔しちゃって」

ミサが薔薇夫を見つめたまま問いかける。

「なあ、ミサ。お前はこんなことをしてまで何をしたいんだ？　お前の夢っていったい何なんだ？」

「笑わない？」

ミサが少しだけ心配そうな顔をする。

「笑わないさ」

「ホントに？」

ミサが念を押してくる。こんなところは少女らしい。

「ホントさ」

「約束して」

「ああ、約束する」

薔薇夫は精一杯、微笑みかけた。きっとぎごちないに違いない。

「私ね……」

彼女は頬を赤らめて俯いた。

「お笑い芸人になりたいの」

薔薇夫は約束を守れなかった。

【新巻博史（五）】

渋谷駅から徒歩圏内にあるライブハウスの前には若者たちが列を作っていた。ライブハウスの入り口に掲げられたプレートには「お笑い学級会・in渋谷」と打たれている。そこには出演する芸人たちの名前が並んでいた。その中でもミツミツエリーの文字がひときわ派手に大きく目立っていた。

博史はチケットを確認した。かなり前列の席である。実は博史がこのライブのチケットを入手しようとしたとき、すでにソールドアウトになっていた。そこでネットオークションを利用することにした。しかしこちらも争奪が激しく特に前列席の入札価格は暴騰していた。お笑いブームは一段落したと聞いていたが、それでも人気芸人の出演するライブのチケットはすぐに売り切れてしまうようだ。

博史はそのチケットを何としてでも入手したかった。もう決心は固まっている。しかしここでチケットを入手できないと決行は先延ばしになる。その間に決心が鈍ってしまうかもしれない。

博史はかなり思い切った金額を入力した。博史の一ヶ月分の給料を上回る金額だ。

しかしこのチケットを手に入れるためなら全財産をつぎ込んだっていいと思っていた。さすがに追従者は出なかったようで何とか当日のチケットを落札することができたのだ。

そうこうするうちに開場となった。係員の指示にしたがって客たちが会場に入っていく。場内はちょっとした映画館ほどの広さがあり、ざっと数えてみると客席は二百ほどある。中規模クラスのライブハウスだ。博史は前から二列目だった。ここからならステージまで目と鼻の先だ。博史は帽子を目深にかぶった。

あれからミツミツエリーの動向を調査した。やはり人気芸人だけあって芸能事務所のガードが固い。移動は車で常に誰かが付き添っている。追っかけのファンもいるので接近することすら難しい。

ステージが眩しいほどに明るくなった。白い燕尾《えんび》服に蝶《ちょう》ネクタイ姿の司会者が出てきてライブの開始を宣言する。客席の熱気は一気に高まった。一組目が袖裏からステージに飛び出してきた。若い女性たちの黄色い声援が場内に広がる。会場の爆笑に釣られて博史も笑いそうになる。おそらくこの会場で緊迫した状態にいるのは博史だけだ。なのに笑いがこみ上げてくる。人間ってこんなときでも笑えるのだ。

それから次々と若手芸人たちのパフォーマンスがステージ上で展開されていく。彼らのもたらす笑いが胸の中のよどみを和らげてくれる。しばらく博史は笑いに身を任せていたが、すっと気を引き締めた。

いかん、いかん。

笑っていると幸福な気持ちになる。憎しみや怒りが薄れて優しい気持ちに塗り替えられてしまう。笑うことで心が癒されほぐされていく。彼らは客たちに多幸感を届けるため日夜努力しているのだ。

博史はバッグに手を突っ込んだ。冷たくて硬い金属の感触が指先に触れる。彼は笑いを無理やり封じ込めた。ここからは冷徹にならなければならない。今日は笑いに来たのではないのだ。

「さて次は皆さんのお待ちかね。今やテレビで引っぱりだこの人気芸人ミツミツエリーの登場です！」

ステージにコンビが姿を見せると場内が一気に沸騰したように熱くなった。他の芸人たちと比べてミツミツエリーは別格だ。客の多くは彼女ら目当てでここに集まっている。

ステージのエリーはテレビで見るよりずっと美しく見えた。彼女の表情は自信にあふれて輝いていた。対してミツミツは相変わらずジャージに覆面姿だ。ブレイクして食事がよくなったのだろうか。先日テレビで見たときよりさらに太ったようだ。

「こんにちは！　ミツミツエリーです」

エリーが会場に向かって声をかけるとわっと歓声が広がる。

「最近、夏風邪が流行ってますよね。ミツミツがですね、喉をやられちゃったんですよ」

「ずびばぜん」

ミツミツがこめかみを掻きながら頭を下げる。ネタかと思ったがどうやら本当に風邪で喉を痛めたようだ。それから彼女たちのパフォーマンスが始まったが、ミツミツの声がテレビで見るときとは違ったものだった。客たちの反応も最初は違和感を持てあましているようだったが、慣れてくると徐々に本来の爆笑が戻ってくる。コンビのコントは文句なしに面白かった。引き締めていた気も思わず緩みそうになる。彼女らのもたらす笑いは博史にとって魔性だ。憎しみや怒りといった暗い感情を打ち消してしまうだけの力がある。博史は笑いを押し込んで深呼吸をした。

行くぞ！

帽子を目深に直すと立ち上がった。右手にはヤクザの安西から譲り受けた拳銃が握られている。安西は神妙な顔をして、

「ロシア製で命中精度が低い。できるだけ至近距離で撃て」

と言った。

博史はそのままステージに向かった。周囲の客たちがざわつき始める。ステージの上はコンビの二人だけだ。普段取り巻いているマネージャーやスタッフもいない。ざわつく客たちを無視して博史はステージに上った。

ミツミツエリーは博史の姿を見てコントを中断した。会場のざわめきがさらに大きさを増す。ステージの袖からスタッフが飛びだしてきた。博史が天井に向けて一発撃つと彼らの動きが止まった。すぐに客たちはパニック状態になった。客席からの叫び声や怒鳴り声を背中で受け止めた。もう一発撃つと客たちは出口に殺到した。

博史はゆっくりと銃口をミツミツに向けた。彼女に寄り添うように立っているエリーは顔を真っ白にしたままなんとか持ちこたえているといった有様だ。ミツミツは覆面をしているので表情が窺えない。しかし博史の迫力に気圧されたように少しずつ後ずさっている。ステージ上に飛び出してきたスタッフたちも本物の銃声に完全に怖気づいていた。

「優子……。どうしてなんだ？　どうして辰巳と拓也の命を奪った？　家族を愛していたんだろ。だから夢の中で謝ったんだろ。それなのにどうして殺した！」

ミツミツは何も答えない。覆面からは彼女の感情が何も窺えない。いや、博史の視界は滲んでいた。彼は目元を片手で乱暴に拭う。

「優子。教えてくれ。お前は本当は何者なんだ？　一体誰なんだ！」

そのときだった。

スタッフの一人が雄叫《おたけ》びを上げながら飛びかかってきた。

博史は咄嗟《とっさ》に引き金に力を込めた。炸裂《さくれつ》音と反動がしてミツミツの青の覆面がパッとどす黒い色に変わった。さらに引き金を引く。覆面から赤い煙が舞った。そこから先はすべての動きがスローモーションに見えた。博史は男たちに押さえこまれる。彼らの体の隙間から崩れていくミツミツの姿が見えた。

【エピローグ】

桔平と香山はステージに転がる女の巨体を眺めていた。覆面には二つの赤黒い穴が開いており、どす黒く染まっていた。そのすぐ近くに拳銃が落ちている。ロシア製のトカレフだ。おそらく暴力団ルートで入手したのだろう。警察としてはもちろん入手先も追及するつもりだ。

「ちくしょう。新巻博史はあの番組を見ていたんだ」

桔平は唇を嚙んだ。あの番組。もちろん『哲美の部屋』だ。不動産屋で番組を見ていたとき、エリーのトークに桔平と香山は思わず顔を見合わせた。

〈タツミぃ〜　タクヤぁ〜、ゴメンねぇぇって言うんですよ〉

タツミは新巻博史の実弟、タクヤは甥だ。辰巳の妻である優子はカセットコンロ爆発事故のあとに姿を消している。桔平はその優子こそがスペクターであると考えていた。

妙な胸騒ぎがして博史に電話を入れた。しかし彼の反応は素っ気ないものだった。そのときは博史が『哲美の部屋』を見ていなかったのだと思いこんでしまった。しかしそうではなかった。彼は家族の仇であるスペクターである優子の手がかりを見逃してはいなかった。番組を見て復讐心に火がついたのだろうか。いや、彼は復讐するためにずっと彼女のあとを追っていたのかもしれない。しかしそれを警察である桔平たちに悟られるわけにはいかなかった。彼は凶器を調達して、ガードの緩むライブを襲ったのだ。新巻博史を現行犯で確保した警官によると、そのときの博史は晴れ晴れとした表情を浮かべていたという。彼は捨て身で女の命を狙っていたのだ。

「まったく早まったことをしてくれましたね」

香山がミツミツを見下ろしながら痛ましそうに顔を歪めた。

「本当にバカなことをしてくれたよ」

桔平はその場で腰を下ろしてミツミツを眺める。彼女はピクリとも動かない。呼吸も脈動も止まっていた。

「真実を知ったら新巻さん、どうなりますかね」

「最悪だ。彼は取り返しのつかないことをしてしまったんだ」

桔平は天井を見上げた。照明が眩しすぎて目が痛んだ。


三日前……。


『哲美の部屋』の放送を見た桔平と香山はすぐにミツミツエリーの所在を調べた。コンビは都内のスタジオでバラエティ番組の収録中だった。桔平たちは収録が終わるのを待って、エリーだけを呼び出した。なにを悟ったのか、彼女は神妙な顔をして二人の前に現れた。早速、桔平は『哲美の部屋』の話を切り出した。

「エリーさんは番組の中でミツミツさんの寝言についてお話をされてますね。たしか、タツミとタクヤでしたか」

　エリーが頷く。心なしか彼女の目の動きが落ち着かない。

「それが何か？」

「その二人は誰ですか？」

「さあ……。昔付き合っていて別れた男じゃないんですか。二股かけていたんですよ、きっと」

　エリーは首をひねる仕草をしながらぎごちなく笑った。

「他にはどんな寝言がありましたか？」

「あの、刑事さん。どうしてミツミツの寝言なんかを聞くんですか？　何かの事件に関係しているんですか？　あたし、売れっ子なんで結構忙しいんですけど」

　エリーの瞳には明らかに警戒の色が滲んでいる。しかし桔平はそんな彼女の表情に目を凝らす。

「ジェノサイド、バラオ、バス」

　桔平は三つの言葉をひとつひとつ区切りながらゆっくりと言った。

「はい？」

「今の三つの中にミツミツさんの寝言は入ってますか？」

「い、いいいえ……」

彼女から笑顔はさっと消えた。桔平から目を逸らしてしきりに鼻を揉み出した。明らかに嘘をついている仕草だ。三つのうち特に「バラオ」には顕著な反応があった。一瞬だが彼女の顔が強ばったのだ。

「エリーさん。これだけは言っておきます。あなたの相方のミツミツさんは過去に起きた重大な事件に関与しているかもしれないんです。捜査に関わることなので、ここでは詳しく話せませんが、多くの人間が命を落とした凶悪犯罪なんです」

エリーの喉が上下に動いた。見る見る顔が青ざめていく。

「バラオって左京薔薇夫のことですよね？」

エリーは思い切ったように尋ねてきた。桔平はゆっくりと頷く。やはりバラオが寝言に出ていたようだ。

「あたし、気になってネットで調べたんです。今は行方不明になっているみたいだけど、過去に何人もの女性を殺した疑いのある男でした。彼は見つかったんですか？」

「いえ。全国に指名手配をかけてますが」

もう十年以上も姿を消している。おそらく薔薇夫は白いお姉ちゃん、スペクターによって殺されているだろう。しかしエリーは別のことを考えているようだ。

「あの子はもしかして姿を隠している薔薇夫に何らかの形で関わってるんでしょう

か？　『哲美の部屋』が放送された次の日……」

　エリーは突然言葉を切って、慌てて手のひらで口を押さえた。

「次の日がどうしたんです？」

「いや……、あの、なんて言うか……」

　エリーがうろたえ始めた。

「正直にお話しいただけませんか？」

　今度は香山がエリーに優しく話しかけた。エリーは思い詰めたような顔を彼に向けている。そして、

「ここでの話は表沙汰になりますか？」

と、不安の入り交じった声で尋ねた。

「いいえ。大丈夫です」

　本来確約できることではないが、桔平は力強く断言した。それでも彼女の顔には逡巡が浮かんでいる。しばらくエリーは落ち着かない様子で爪を噛んでいた。桔平と香山は声をかけずにじっと待った。

「実は……ミツミツが『哲美の部屋』が放送された次の日に消えたんです」

　意を決したように姿勢を正すと、エリーは一語一語声を絞り出すように言った。

「消えた？」

　桔平と香山の声がピタリと重なった。

「ええ。次の日の朝に目が醒めたら彼女がいなかったんです。彼女の荷物はなくなっていて、布団はきれいに畳んでありました。そしてこれが書き置きです」

　エリーは丁寧に折りたたまれた便せんを差し出した。広げてみるとそこには「ありがとう。自分を信じて頑張って」と女性らしい筆跡で書き込まれていた。文末にはミツミツのサインがある。

「でも戻ってきたんでしょう？」

　香山が手紙を返しながら言った。

「いいえ。彼女は帰ってきてないわ」

「何を馬鹿なことを。先ほどまで一緒にいたあの女性は誰なんです？　ミツミツさんでしょうが」

　桔平もエリーの辻褄《つじつま》の合わない話に思わず苛立ってしまう。しかし彼女は哀しそうに首を横に振った。

「ミツミツエリーは今や売れっ子芸人です。数ヶ月先までスケジュールが埋まってます。プロダクションとしても穴をあけるわけにはいかないんです」

「まさか……」

桔平は彼女の遠回しな物言いにピンとくるものがあった。すぐにそれが思い違いであることを祈った。エリーも桔平の思いを察したようだ。彼に向かって小さく頷いた。

「今のミツミツは替え玉です。プロダクションが体型のそっくりな女性を用意して、彼女に覆面をかぶせているんです。ミツミツは書き置きと一緒にネタ帳を残してくれました。とにかくミツミツが見つかるまでこれで凌いでいくしかないんです」

桔平は全身から力が抜けるのを感じた。昨日の朝にたまたまテレビで見かけたワイドショーを思い出す。ミツミツエリーのインタビューが生で放映されていた。ミツミツの声がいつもと違っていた。本人は「風邪を引いて喉を痛めた」と言っていたが、そういうことだったのだ。

「刑事さん、お願いです。ミツミツを見つけてやってください。あの子が何をしたのかは知りません。でも彼女はあたしの夢をかなえてくれたんです。絶望のどん底に陥っていたあたしを救い出してくれたんです」

エリーは濡れそぼった瞳を拭いもせずに桔平にすがりついてきた。桔平は何も答えることができなかった。

＊＊＊＊＊＊＊＊

眼下に転がる太った女の死体はミツミツの替え玉だ。

つまり新巻博史は何の罪もないまったくの別人を撃ち殺したこととなる。それを知ったとき彼はどんな顔をするだろう。しかしどんなに悔やんでも取り返しがつかない。同情すべき余地もあるが、彼はこれから一生十字架を背負って生きていかなければならない。

そしてスペクターである辛島ミサはまたも姿を消してしまった。彼女は、身の危険を察知するセンサーを生まれついて持っているのかもしれない。体を改造してまで手に入れた人気お笑い芸人の自分を捨て去る潔さ。あと一日決断が遅ければ桔平たちが確保していたのだ。

おそらく彼女はまた顔と体と名前を変えて、他の誰かの人生を乗っ取るだろう。

多くは命を落としたり、命があっても不幸に陥っている。彼女の素性を突き止めようとする者たちもまた、間宮や小田原たちのように消されている。しかしその中で例外があった。エリーだ。彼女だけはスペクターによって人生を救われている。この先、ミツミツエリーがどうなるのか分からないが、スペクターはエリーのために芸人の命ともいえるネタ帳を残している。彼女を見捨てたわけではないのだ。多くの罪もない人間の命を奪った女がいったいどういう気まぐれなのか。

そしてもうひとつ。スペクターは寝言の中で夫と息子の死を嘆いている。あの女にも家族愛や母性があったというのか。そもそも彼女はどうして家庭を築こうとしたのか。とにかくあの女は分からないことだらけだ。

「奈良橋さん。絶対悪って本当に存在するんですかね？」

転がる女を見下ろしながら、香山は桔平と同じ思いを噛みしめているようだ。

「何ごとにも絶対はない。人間で生まれた以上、必ず人間の心が残っているはずだ。友情や愛情。やつにもそれがわずかながらとはいえ残っていた、そういうことだろ。どちらにしても必ず捕まえなきゃならん女だ。たとえ一人になっても追いつめてやるさ」

桔平は握り拳に力を込めた。スペクター追跡に専念するためには刑事を辞めなければならないだろう。姉と姪の仇に人生を賭けるつもりだった。

姉ちゃん、美咲。あの女だけは絶対に逃がさないからな。見守っててくれよ。

「僕も付き合いますよ」

隣に立つ香山が頼もしい顔を向けてくれた。刑事を辞めることをまだ彼には伝えてない。しかし、警察の情報は必要だ。その時は彼に力になってもらうつもりだ。

「だけど手がかりがありますかね？」

「エリーの言っていたことがヒントになるかな」

〈ミツミツと「このまま売れなくなってお笑いを辞めたらどうする」って話になったことがあるんですよ。そしたら彼女は「ラーメン屋を始める」って言ってましたね。ものすごい行列ができる美味しいラーメン屋にするんだって〉

エリーがそう言いながら笑った。彼女は再びミツミツと一緒にステージに上がれることを信じている。エリーにとってスペクターは何にも代え難い相方なのだ。彼女の夢そのものなのだ。

「これからどうします？」

香山がスーツの皺を伸ばしてネクタイを締め直す。その引き締まった顔には気合いがこもっていた。桔平は嬉しくなって彼の肩を叩いた。

「日本中のラーメン屋をしらみつぶしに回ってやるさ」

「ヤツを捕まえる頃にはラーメン通になってますね」

香山がニコリと笑う。ここ最近、すっかり刑事の顔になってきていた。いい刑事になるだろう。

桔平は天井を見上げた。

スペクターはどんなラーメンを作るのだろう？

そして彼女のラーメンを食べられる日が来るのだろうか。

二人は替え玉の死体に向かって手を合わせた。

この作品は二〇一一年十二月に小社より刊行した単行本『殺しも芸の肥やし 殺戮ガール』を加題・加筆修正したものです。

この作品はフィクションです。もし同一の名称があった場合も、実在する人物、団体等とは一切関係ありません。

宝島社
文庫

殺戮ガール
（さつりくがーる）

2012年6月7日　第1刷発行

著　者　七尾与史
発行人　蓮見清一
発行所　株式会社 宝島社
〒102-8388　東京都千代田区一番町25番地
電話：営業 03(3234)4621／編集 03(3239)0599
http://tkj.jp
振替：00170-1-170829（株）宝島社
印刷・製本　中央精版印刷株式会社

First published 2011 by Takarajimasha,Inc.
ISBN 978-4-7966-6964-1